Yilin Classics

DANIEL DEFOE

经/典/译/林

Robinson Crusoe

鲁滨逊漂流记

[英国] 丹尼尔·笛福 著

郭建中 译

译林出版社

图书在版编目（CIP）数据

鲁滨逊漂流记 /（英）丹尼尔·笛福（Daniel Defoe）著；郭建中译．—南京：译林出版社，2020.11（2024.9重印）
（经典译林）
书名原文：Robinson Crusoe
ISBN 978-7-5447-8339-2

Ⅰ.①鲁…　Ⅱ.①丹…②郭…　Ⅲ.①长篇小说－英国－近代　Ⅳ.①I561.44

中国版本图书馆 CIP 数据核字（2020）第 124657 号

鲁滨逊漂流记　[英国] 丹尼尔·笛福 / 著　郭建中 / 译

责任编辑　鲍迎迎
装帧设计　韦　枫
校　　对　戴小娥
责任印制　颜　亮

原文出版　W. W. Norton & Company, Inc., 1975
出版发行　译林出版社
地　　址　南京市湖南路 1 号 A 楼
邮　　箱　yilin@yilin.com
网　　址　www.yilin.com
市场热线　025-86633278
排　　版　南京展望文化发展有限公司
印　　刷　江苏凤凰盐城印刷有限公司
开　　本　880 毫米 ×1230 毫米　1/32
印　　张　9.75
插　　页　4
版　　次　2020 年 11 月第 1 版
印　　次　2024 年 9 月第 16 次印刷
书　　号　ISBN 978-7-5447-8339-2
定　　价　39.00 元

译　序

笛福的生平及其《鲁滨逊漂流记》一书的成就，已有许多前人名家评说，我就不多费笔墨了。简而言之，笛福（1660—1731）的一生，正处于资本主义发展的上升期，《鲁滨逊漂流记》则形象地反映了资产阶级处在上升时期的精神面貌，塑造了那个时期资产阶级的一个典型人物。

当然，《鲁滨逊漂流记》的意义和价值，不仅仅是笛福所塑造的人物形象。小说内容丰富，涉及社会、政治、经济、宗教等各个方面。不同时代的政治家、经济学家、宗教人士、文学史家和文艺评论家，都从各个角度解读《鲁滨逊漂流记》，但一般读者只将其作为一部冒险小说来阅读消遣而已。这部小说之所以风靡当时而又历久不衰，并不是因为历代评论家的种种褒扬，而是因为它在世界各地拥有一代又一代的读者。小说从初版至今，已出了几百版，几乎译成了世界上的所有文字。据说，除了《圣经》之外，《鲁滨逊漂流记》是再版最多的一本书。今天，该书被誉为英国文学史上第一部现实主义长篇小说，成了世界文学宝库中一部不朽的名著。苏格兰历史学家和诗人沃尔特·司各特曾说过："作为《鲁滨逊漂流记》的作者，只要英语还存在，他的名声也将流传下去。"

但在当时，它只是一部畅销的通俗小说，连粗通文化的厨娘也人手一册。究其原因，我想不外乎两点：一是故事情节引人入胜；二是叙事语言通俗易懂。因此，作为译者，翻译《鲁滨逊漂流记》既要以严肃认真的态度对待这部文学名著，又要用通俗易懂的语言，讲述一个冒险故事。这两点是我重译《鲁滨逊漂流记》的出发点，以尽可能在叙事方式和语言运用上体现原著的风格。我在重译过程中，主要做了以下几项工作：

1）使语言更现代化，更通俗易懂。个别地方略作引申，以前后映衬。例如小说一开始介绍“克罗索”这一姓氏的来历。鲁滨逊的父亲是德国人，姓Kreutznaer, “but by the usual corruption of words in England, we are called ... Crusoe”其中corruption一词，在前人译本中，被简单地译为“变化”或“转讹”，结果译文成为“由于英国语音的变化”或“由于英国语言的转讹的关系”，意思含糊而有歧义。其实，corruption在这里是指英国人读这个德国姓名发生了语音上的变化，因此我翻译时引申为：“由于英国人一读‘克罗伊茨内’这个德国姓，发音就走了样，结果大家就叫我们‘克罗索’。”

2）地名、人名及其他专有名词，一律从现在的统一译名。如主人公名字Robinson，旧译“鲁滨孙”，今从现在的统一译名，译成“鲁滨逊”。

3）对小说中引述《圣经》的地方，加了注释。这方面得益于原版本的注释。

4）对某些地名、历史事件做了考证，详加注释，并纠正了前人译本中的一些不确切之处。例如，鲁滨逊第一次航海遇难，船只曾停泊在雅茅斯港外的锚地。该港口有一条河流入海湾。原文只用了“River”一词。查该河应为“耶尔河”，但前人译本称“泰晤士河”，而泰晤士河是从伦敦入海的。

5）纠正了前人译本中的一些误译，补充了个别漏译之处。以“原序”为例，序言第一句就说，这是一个private Man的历险记。private一词在前人译本中曾被译为“私人的”。其实，在此意为plain，即一个“普通人”（的冒险经历）。笛福同时代的不少评论家就指出，小说之所以深受大众欢迎，原因之一就是笛福写了一个普通老百姓的离奇遭遇。有些评论家就用了plain一词，亦可作为佐证。再如，原序中最后有这么一句话：“And however thinks, because all such things are dispatch'd, that the Improvement of it, as well to the Diversion, as to the Instruction of the Reader, will be the same ;. . . ”前人译本曾译为“他更认为读者从它里面无论就消遣来说、就教训来说都可以同样地得到益处，因为在这些方面的内容它都具备；……”在这里，译文与原文的意思相去甚远。其实，序是笛福以编者的名义写的。此句前半句是说，书中所记述的一切都是事实，没有任何虚构的痕迹。接着笛福再次强调这一点，编者也未对原作的文字作任何加工修饰。作为编者，“（He）thinks . . . that the Improvement of it . . . will be the same as well to the Diversion as to the Instruction of the Reader, because all such things are dispatch'd.”。因此，此句的正确理解应是：“读者阅读这类故事，一般也只是浏览而已，因而编者认为无需对原作加以润色，因为这样做对读者在教育和消遣方面都毫无二致。”另外，前人译本中有些误译是由于不了解词义的历史演变引起的。如小说中用到admiration一词。此词今义为“钦佩、羡慕”之意，但在笛福时代，则为“惊讶、震惊”之意。如此等等，不一而足。

此外，翻译必须尽可能地体现笛福行文流畅、通俗易懂和口语化的语言风格。我在重译过程中，尽可能用现代汉语的习惯表达方式，包括适当运用成语等。例如：“All evils are to be considered with the good that is in them, and with what worse attends them.”。这句话前人译本中直译为：“当我们遇到坏事的时候，我们应当考虑到其中所包含的好事，同时也应当考虑到更坏的情况。”我把这一句话译成：

“我怎么不想想祸福相倚和祸不单行的道理呢？”其中，“祸福相倚”和“祸不单行”，就是运用了成语的表达形式，同时采用了“我怎么不想想”这样的口语表达方式。

此外，我想对重译所依据的版本略作交代。重译所依据是“诺顿异文校勘版（A Norton Critical Edition: An Authoritative Text）”。这是笛福研究专家迈克尔·希纳格尔（Michael Shinagel）以1719年4月威廉·泰勒（William Taylor）出的《鲁滨逊漂流记》第一版为基础，参照泰勒当年出的其他五个版本而编辑、校勘的权威文本。这六个版本均经作者笛福亲自审订。

最后，我要感谢译林出版社前社长章祖德先生。承蒙他厚爱，托以重译《鲁滨逊漂流记》的重任。

我更要感谢我的夫人陆平女士在我翻译和修订过程中，提出了不少修改意见和建议。没有她的耐心、支持和帮助，我也是很难完成这部译稿的。

郭建中

2020年6月

原　序

如果世界上真有什么普通人的冒险经历值得公之于世，并在发表后会受到公众欢迎的话，那么，编者认为，这部自述便是这样的一部历险记。

编者认为，此人一生的离奇遭遇，是前所未闻的；他那变化万端的生活，也是绝无仅有的。

故事主人公以朴实严肃的态度，叙述自己的亲身经历，并像所有明智的人一样，把遭遇的每件事情都与宗教信仰联系起来，用现身说法的方式教导别人，让我们在任何境遇下都要相信和尊重造物主的智慧，一切听其自然。

编者相信，本书所记述的一切都是事实，没有任何虚构的痕迹。读者阅读这类故事，一般也只是浏览一下而已，因而编者认为无需对原作加以润色，因为那样做对读者在教育和消遣方面也没什么两样。正因为如此，编者认为，出版这部自述本身就是对读者的一大贡献，因而也不必多说什么客套话了。

鲁滨逊 · 克罗索的一生及其历险

一六三二年，我生在约克市[1]一个富裕家庭。我们不是本地人。父亲是德国不来梅市[2]人。他移居英国后，先住在赫尔市[3]，经商发家后就收了生意，最后搬到约克市定居，并在那儿娶了我母亲。母亲娘家姓鲁滨逊，是当地的一家名门望族，因而给我取名叫鲁滨逊·克罗伊茨内[4]。由于英国人一读“克罗伊茨内”这个德国姓，发音就走样，结果大家就叫我们“克罗索”[5]，以至连我们自己也这么叫，这么写了。所以，我的朋友们都叫我克罗索。

我有两个哥哥。大哥是驻佛兰德[6]的英国步兵团中校。著名的洛克哈特上校[7]曾带领过这支部队。大哥是在敦刻尔克[8]附近与西班牙人作战时阵亡的。至于二哥的下落，我至今一无所知，就像我父母对我后来的境况也全然不知一样。

---

① 约克市，英格兰北部一大城市。

② 不来梅市，德国北部港口城市。

③ 赫尔市，英格兰东部港口城市。

④ 即Robinson Kreutznaer。

⑤ 即Crusoe。

⑥ 佛兰德，欧洲旧地名，包括现在比利时北部和荷兰西南部。

⑦ 威廉·洛克哈特爵士（1621—1676）于1658年率军在敦刻尔克大败西班牙人，并占领该市。

⑧ 敦刻尔克，法国北端一靠海城市，古时属佛兰德。

我是家里的小儿子，父母亲没让我学谋生的手艺，因此从小只是喜欢胡思乱想，一心想出洋远游。当时，我父亲年事已高，但他还是让我受了相当不错的教育。他曾送我去寄宿学校读书，还让我上免费学校接受乡村义务教育，一心一意想要我将来学法律。但我对什么都没有兴趣，只是想航海。我完全不顾父亲的意愿，甚至违抗父命，也全然不听母亲的恳求和朋友们的劝告。我的这种天性，似乎注定了我未来不幸的命运。

我父亲头脑聪明，为人慎重。他预见到我的意图必然会给我带来不幸，就时常严肃地开导我，并给了我不少有益的忠告。一天早晨，他把我叫进他的卧室；因为，那时他正好痛风病发作，行动不便。他十分恳切地对我规劝了一番。他问我，除了为满足我自己漫游四海的癖好外，究竟有什么理由要离弃父母，背井离乡。在家乡，我可以经人引荐，在社会上立身。如果我自己勤奋努力，将来完全可以发家致富，过上安逸快活的日子。他对我说，一般出洋冒险的人，不是穷得身无分文，就是妄想暴富；他们野心勃勃，想以非凡的事业扬名于世。但对我来说，这样做既不值得，也无必要。就我的社会地位而言，正好介于两者之间，即一般所说的中间地位。从他长期的经验判断，这是世界上最好的阶层，这种中间地位也最能使人幸福。他们既不必像下层大众从事艰苦的体力劳动而生活依旧无着；也不会像那些上层人物因骄奢淫逸、野心勃勃和相互倾轧而弄得心力交瘁。他说，我自己可以从下面的事实中认识到，中间地位的生活确实幸福无比；这就是，人人羡慕这种地位，许多帝王都感叹其高贵的出身给他们带来的不幸后果，恨不得自己出身于贫贱与高贵之间的中间阶层。明智的人也证明，中间阶层的人能获得真正的幸福。《圣经》中的智者也曾祈祷："使我既不贫穷，也不富裕。"①

---

①《旧约·箴言》30节第8句（以下用30 ： 8表示）。这是玛撒人雅基的儿子亚克珥对以铁和乌甲说的话。《圣经》中译文引自中国圣经出版社《当代圣经》1980年2月第二次试用版（下同）。

他提醒我，只要用心观察，就会发现上层社会和下层社会的人都多灾多难，唯中间阶层灾祸最少。中间阶层的生活，不会像上层社会和下层社会的人那样盛衰荣辱，瞬息万变。而且，中间地位不会像阔佬那样因挥霍无度、腐化堕落而弄得身心俱毁；也不会像穷人那样因终日操劳、缺吃少穿而搞得憔悴不堪。唯有中间地位的人可享尽人间的幸福和安乐。中等人常年过着安定富足的生活。适可而止，中庸克己，健康安宁，交友娱乐，以及生活中的种种乐趣，都是中等人的福分。这种生活方式，使人平静安乐，悠然自得地过完一辈子，不受劳心劳力之苦。他们既不必为每日生计劳作，或为窘境所迫，以致伤身烦神；也不会因妒火攻心，或利欲熏心而狂躁不安。中间阶层的人可以平静地度过一生，尽情地品味人生的甜美，没有任何艰难困苦；他们感到幸福，并随着时日的过去，会越来越深刻地体会到这种幸福。

接着，他态度诚挚、充满慈爱地劝我不要耍孩子气，不要急于自讨苦吃。因为，不论从人之常情来说，还是从我的家庭出身而言，都不会让我吃苦。他说，我不必为每日生计去操劳，他会为我做好一切安排，并将尽力让我过上前面所说的中间阶层的生活。如果我不能在世上过上安逸幸福的生活，那完全是我的命运或我自己的过错所致，而他已尽了自己的责任。因为他看到我将要采取的行动必然会给我自己带来苦难，因此向我提出了忠告。总而言之，他答应，如果我听他的话，安心留在家里，他一定尽力为我做出安排。他从不同意我离家远游。如果我将来遭遇到什么不幸，那就不要怪他。谈话结束时，他又说，我应以大哥为前车之鉴。他也曾经同样恳切地规劝过大哥不要去佛兰德打仗，但大哥没听从他的劝告。当时他年轻气盛，血气方刚，决意去部队服役，结果在战场上丧了命。他还对我说，他当然会永远为我祈祷，但我如果执意采取这种愚蠢的行动，那么，他敢说，上帝一定不会保佑我的。当我将来呼援无门时，我会后悔自己没有听从他的忠告。

事后想起来，我父亲最后这几句话，后来竟成了我遭际的预言；当然我相信我父亲自己当时未必意识到他自己会有这种先见之明。我注意到，当我父亲说这些话的时候，老泪纵横，尤其是他讲到我大哥陈尸战场，讲到我将来呼援无门而后悔时，更是悲不自胜，不得不中断了他的谈话。最后，他对我说，他忧心如焚，现在连话也说不下去了。

我为这次谈话深受感动。真的，谁听了这样的话会无动于衷呢？我决心不再想出洋的事了，而是听从父亲的意愿，安心留在家里。可是，天哪！只过了几天，我就把自己的决心抛到九霄云外去了。简单地说，为了不让我父亲再纠缠我，在那次谈话后的好几个星期里，我一直远远躲开他。但是，我并不仓促行事，不像以前那样头脑发热时想干就干，而是等我母亲心情较好的时候去找了她。我对她说，我一心想到外面去见见世面，除此之外我什么事也不想干。父亲最好答应我，免得逼我私自出走。我说，我已经十八岁了，无论去当学徒，或是去做律师的助手都太晚了。而且，我绝对相信，即使自己去当学徒或做助手，也必定不等满师就会从师傅那儿逃出来去航海的。如果她能去父亲那儿为我说情，让他答应我乘船出洋一次，如果我回家后觉得自己并不喜欢航海，那我就会加倍努力弥补我所浪费的时间。

我母亲听了我的话就大发脾气。她对我说，她知道去对父亲说这种事毫无用处。父亲非常清楚这事对我的利害关系，决不会答应我去做任何伤害我自己的事情。她还说，父亲和我的谈话那样语重心长、谆谆善诱，而我竟然还想离家远游，这实在使她难以理解。她说，总而言之，如果我执意自寻绝路，那谁也不会来帮助我的。

她要我相信，无论是母亲，还是父亲，都不会同意我出洋远航，所以我如果自己想找死，与她也无关，免得我将来说，当时我父亲是不同意的，但我母亲却同意了。

尽管我母亲当面拒绝了我的请求，表示不愿意向父亲转达我的话，但事后我听说，她还是把我们的谈话原原本本地告诉了父亲。父亲听了深为忧虑。他对母亲叹息说，这孩子要是能留在家里，也许会很幸福的；但如果他坚持要到海外去，就会成为世界上最不幸的人，因此，说什么他也不能同意我出去。

只过了一年光景，我终于离家出走了。而在这一年里，尽管家里人多次建议我去干点正事，但我就是冥顽不化，一概不听，反而老是与父母亲纠缠，要他们不要那样反对自己孩子的心愿。有一天，我偶然来到赫尔市。当时，我还没有私自出走的念头。但在那里，我碰到了一个朋友。他说他将乘他父亲的船去伦敦，并怂恿我与他们一起去。他用水手们常用的诱人航海的办法对我说，我不必付船费。这时，我既不同父母商量，也不给他们捎个话，我想我走了以后他们迟早会听到消息的。同时，我既不向上帝祈祷，也没有要父亲为我祝福，甚至都不考虑当时的情况和将来的后果，就登上了一艘开往伦敦的船。时间是一六五一年九月一日。谁知道这是一个恶时辰啊！我相信，没有一个外出冒险的年轻人会像我这样一出门就倒霉，一倒霉就这么久久难以摆脱。我们的船一驶出恒比尔河[①]就刮起了大风，风助浪势，煞是吓人。因为我第一次出海，人感到难过得要命，心里又怕得要死。这时，我开始对我的所作所为感到后悔了。我这个不孝之子，背弃父母，不尽天职，老天这么快就惩罚我了，真是天公地道啊！这时，我父母的忠告，父亲的眼泪和母亲的

① 恒比尔河，又作亨伯河，发源于英格兰中部，流入北海。

乞求，都涌进了我的脑海。我良心终究尚未丧尽，不禁谴责起自己来：我不应该不听别人的忠告，背弃对上帝和父亲的天职。

这时风暴越刮越猛，大海汹涌澎湃，波浪滔天。我以前从未见过这种情景。但比起我后来多次见到过的咆哮的大海，那真是小巫见大巫了；就是与我几天后见到的情景，也不能相比。可是，在当时，对我这个初次航海的年轻人来说，足以令我胆战心惊了，因为我对航海的事一无所知。我感到，海浪随时会将我们吞没。每次我们的船跌入浪涡时，我想我们的船会随时倾覆沉入海底再也浮不起来了。在这种惶恐不安的心情下，我一次又一次地发誓，下了无数次决心，说如果上帝在这次航行中留我一命，只要让我双脚一踏上陆地，我就马上回到我父亲身边，今生今世再也不乘船出海了。我将听从父亲的劝告，再也不自寻烦恼了。同时，我也醒悟到，我父亲关于中间阶层生活的看法，确实句句在理。就拿我父亲来说吧，他一生平安舒适，既没有遇到过海上的狂风恶浪，也没有遭到过陆上的艰难困苦。我决心，我要像一个真正回头的浪子①，回到家里，回到我父亲的身边。

这些明智而清醒的思想，在暴风雨肆虐期间，乃至停止后的短时间内，一直在我脑子里盘旋。到了第二天，暴风雨过去了，海面平静多了，我对海上生活也开始有点习惯了。但我整天仍是愁眉苦脸的；再加上有些晕船，更是打不起精神来。到了傍晚，天空完全放晴了，风也完全停了，继之而来的是一个美丽可爱的黄昏。当晚和第二天清晨天气晴朗，日落和日出显得异常清丽。此时，阳光照在风平浪静的海面上，令人心旷神怡。那是我以前从未见过的美景。

①《圣经·新约·路加福音》15：11，一个人家的小儿子要了父亲分给他的一半财产，浪迹天涯，受尽苦难，最后反悔回家。父亲杀牛相迎，以庆贺浪子回头，因为父亲认为，他这个儿子是“死而复活，失而复得的”。

那天晚上我睡得很香，所以第二天也不再晕船了，精神也为之一爽。前天还奔腾咆哮的大海，一下子竟这么平静柔和，真是令人感到不可思议。那位引诱我上船的朋友唯恐我真的下定决心不再航海，就过来看我。“喂，鲍勃，”他拍拍我的肩膀说，“你现在觉得怎样？我说，那天晚上只吹起了一点微风，就把你吓坏了？”“你说那是一点微风？”我说，“那是一场可怕的风暴啊！”“风暴？你这傻瓜，”他回答说，“你把那也叫风暴？那算得了什么！只要船稳固，海面宽阔，像这样的一点风我们根本不放在眼里。当然，你初次出海，也难怪，鲍勃。来吧，我们弄碗甜酒[①]喝喝，把那些事通通忘掉吧！你看，天气多好啊！”我不想详细叙述这段伤心事。简单一句话，我们按照一般水手的生活方式，调制了甜酒，我被灌得酩酊大醉。那天晚上，我与其他人一起尽情喝酒胡闹，把对自己过去行为的忏悔与反省，以及对未来下的决心，通通丢到九霄云外去了。简而言之，风暴一过，大海又平静如镜，我头脑里纷乱的思绪也随之一扫而光，怕被大海吞没的恐惧也消失殆尽，我热衷航海的愿望又重新涌上心头。我把自己在危难中下的决心和发的誓言一概丢之脑后。有时，我也发现，那些忏悔和决心也不时地会回到自己的脑海里来。但我却竭力摆脱它们，并使自己振作起来，就好像自己要从某种坏情绪中振作起来似的。因此，我就和水手们一起照旧喝酒胡闹。不久，我就控制了自己，不再让那些正经的念头死灰复燃。不到五六天，我就像那些想摆脱良心谴责的年轻人那样，完全战胜了良心。为此，我必定会遭受新的灾难。上帝见我不思悔改，就决定毫不宽恕地惩罚我，并且，这完全是我自作自受，无可推诿。既然我自己没有把平安渡过第一次灾难看作是上帝对我的拯救，下一次

---

① 甜酒，又译作潘趣酒，是一种用酒、果汁和牛奶等调和的饮料。

大祸临头就会变本加厉；那时，就连船上那些最凶残阴险、最胆大包天的水手，也都要害怕，都要求饶。

出海第六天，我们到达雅茅斯锚地[①]。在大风暴之后，我们的船没有走多少路，因为尽管天气晴朗，却一直刮着逆风，因此，我们不得不在这海中停泊处抛锚。逆风吹了七八天，风是从西南方向吹来的。在此期间，许多从纽卡斯尔[②]来的船只也都到这一开放锚地停泊，因为这儿是海上来往必经的港口，船只都在这儿等候顺风，驶入耶尔河[③]。

我们本来不该在此停泊太久，而是应该趁着潮水驶入河口。无奈风刮得太紧，而停了四五天之后，风势更猛。但这块锚地素来被认为是个良港，加上我们的锚十分牢固，船上的锚索、辘轳、缆篷等一应设备均十分结实，因此水手们对大风都满不在乎，而且一点也不害怕，照旧按他们的生活方式休息作乐。到第八天早晨，风势骤然增大。于是全体船员都动员起来，一齐动手落下了中帆，并把船上的一切物件都安顿好，使船能顶住狂风，安然停泊。到了中午，大海掀起了狂澜。我们的船头好几次钻入水中，打进了很多水。有一两次，我们以为脱了船锚，因此，船长下令放下备用大锚。这样，我们在船头下了两个锚，并把锚索放到最长的限度。

这时，风暴来势大得可怕，我看到，连水手们的脸上也显出惊恐的神色。船长虽然小心谨慎，力图保护自己的船，但当他出入自己的舱房而从我的舱房边经过时，我好几次听到他低声自语："上帝啊，可怜我们吧！我们都活不了啦！我们都要完蛋了！"他说了不少这一类的话。在最初的一阵纷乱中，我不知所措，只是一动不动地

① 雅茅斯，又称大雅茅斯，是英格兰东部港口城市；锚地是指港口外的海中停泊处。

② 纽卡斯尔，英格兰中西部城市。

③ 耶尔河，英格兰诺福克郡河流，流入北海。雅茅斯在该河河口湾畔的岬角。

躺在自己的船舱里——我的舱房在船头，我无法形容我当时的心情。最初，我没有像第一次那样忏悔，而是变得麻木不仁了。我原以为死亡的痛苦已经过去，这次的风暴与上次一样也会过去。但我前面说过，当船长从我舱房边经过，并说我们都要完蛋了时，可把我吓坏了。我走出自己的舱房向外一看，只见海面上满目凄凉；这种惨景我以前从未见过：海上巨浪滔天，每隔三四分钟就向我们扑来。再向四面一望，境况更是悲惨。我们发现，原来停泊在我们附近的两艘船，因为载货重，已经把船侧的桅杆都砍掉了。突然，我们船上的人惊呼起来。原来停在我们前面约一海里远的一艘船已沉没了。另外两艘船被狂风吹得脱了锚，只得冒险离开锚地驶向大海，连船上的桅杆也一根不剩了。小船的境况要算最好了，因为小船在海上容易行驶。但也有两三只小船被风刮得从我们船旁飞驰而过，船上只剩下角帆，向外海漂去。

到了傍晚，大副和水手长恳求船长砍掉前桅；此事船长当然是绝不愿意干的。但水手长抗议说，如果船长不同意砍掉前桅，船就会沉没。这样，船长也只好答应了。但船上的前桅一砍下来，主桅就随风摇摆失去了控制，船也随着剧烈摇晃，于是他们又只得把主桅也砍掉。这样就只剩下一个空荡荡的甲板了。

谁都可以想象我当时的心情。因为我只是一个初次航海的年轻人，不久前那次小风浪已把我吓得半死，更何况这次真的遇上了大风暴。此时此刻，当我执笔记述我那时的心情时，我还感到，那时我固然也害怕死，但使我更害怕的是想到自己违背了自己不久前所作的忏悔，并且又像在前次危难中那样重新下起种种决心，这种恐惧感比我害怕死更甚。当时的心情便是如此，再加上对风暴的恐惧，那种心理状态即使是现在也无法用笔墨描述。但当时的情景还不算是最糟的呢！更糟的是风暴越刮越猛，就连水手们自己也都承认，他们平生从未遇到过这么厉害的大风暴。我们的船虽然坚固，但因载货太重，吃水很深，一直在水中剧烈地摇摆颠簸。只听见水手们不时地喊叫着船要沉了。当时我还不知道“沉船”是什么意思，这于我倒也是件好事。后来我问过别人后才明白究竟。这时风浪更加凶猛了，我看到了平时很少见到的情况：船长、水手长，以及其他一些比较有头脑的人都不断地祈祷，他们都感到船随时有沉没的危险。到了半夜，更是灾上加灾。当时，有些人到船舱底下去看情况。忽然有一个人跑上来喊道：船底漏水了；接着又有一个水手跑上来说，底舱里已有四英尺深的水了。于是全船的人都被叫去抽水。我听到船底漏水时，感到我的心就好像突然停止了跳动；我当时正坐在自己的舱房的床边，一下子感到再也支持不住了，就倒在了船舱里。这时有人把我叫醒，说我以前什么事也不会干，现在至少可以去帮着抽水吧。听了这话我立即打起精神，来到抽水机旁，十分卖力地干起来。正当大家全力抽水时，船长发现有几艘小煤船因经不起风浪，不得不随风向海上漂去；当他们从我们附近经过时，船长就下令放一枪，作为求救的信号。我当时不知道为什么要放枪，听到枪声大吃一惊，以为船破了，或是发生了什么可怕的事情。一句话，我吓得晕倒在抽水机旁。这种时候，人人都只顾自己的生命，哪里还会有人来管我死活，也没有人会看一下我到底发生了什么事。另一个人立刻上来接替我抽水；他上来时把我一脚踢到一边，由我躺在那里。他一定以为我已经死了。过了好一会儿我才苏醒过来。

我们继续不断地抽水，但底舱里进水越来越多。我们的船显然不久就会沉没。这时，尽管风势略小了些，但船是肯定不可能驶进港湾了。船长只得不断鸣枪求救。有一艘轻量级的船顺风从我们前面漂过，就冒险放下一只小艇来救我们。小艇上的人冒着极大的危险才划近我们的大船，但我们无法下到他们的小艇，他们也无法靠拢我们的大船。最后，小艇上的人拼命划桨，冒死相救；我们则从船尾抛下一根带有浮筒的绳子，并尽量把绳子放长。小艇上的人几经努力，终于抓住了绳子。我们就慢慢把小艇拖近船尾，全体船员才得以下了小艇。此时此刻，我们已无法再回到他们的大船上去了，大家一致同意任凭小艇随波逐流，并努力向岸边划去。我们的船长许诺，万一小艇在岸边触礁，他将给他们船长照价赔偿。这样，小艇半划着，半随浪漂流，逐渐向北方的岸边漂去，最后靠近了温特顿岬角[①]。

离开我们自己的大船不到一刻钟，我们就看到它沉下去了。这时，我才平生第一次懂得大海沉船是怎么回事。说实话，当水手们告诉我大船正在下沉时，我几乎不敢抬头看一眼。当时，与其说是我自己爬下了小艇，还不如说是水手们把我丢进小艇的。从下小艇那一刻起，我已心如死灰；一方面这是由于受了风暴的惊吓，另一方面是想到此行凶吉未卜，内心万分恐惧。

尽管我们处于危难之中，水手们还是奋力向岸边划去。当小艇被冲上浪尖时，我们已能看到海岸了，并见到岸上有许多人奔来奔去，想等我们的小艇靠岸时救助我们。但小艇前进速度极慢，而且怎么也靠不了岸。最后，我们竟划过了温特顿灯塔。海岸由此向西凹进，并向克罗默[②]延伸。这样，陆地挡住了一点风势，我们费了九牛二虎之力终于靠了岸。全体人员安全上岸后，即步行至雅茅斯。我们这些受难的人得到了当地官员、富商和船主们的热情款待；他们妥善安置我们住宿，还为我们筹足了旅费。我们可以按自己的意愿或去伦敦，或回赫尔。

当时，我要是还有点头脑，就应回到赫尔，并回到家里。我一

① 温特顿岬角，位于诺福克郡海岸边。

② 克罗默，诺福克北部沿海城镇。

定会非常幸福。我父亲也会像耶稣讲道中所说的那个寓言中的父亲，杀肥牛迎接我这回头的浪子。因为，家里人听说我搭乘的那条船在雅茅斯锚地遇难沉没，之后又过了好久才得知我并没有葬身鱼腹。

但我厄运未尽，它以一种不可抗拒的力量迫使我不思悔改。有好几次，在我头脑冷静时，理智也曾向我大声疾呼，要我回家，但我却没有勇气听从理智的召唤。我不知道，也不想知道该怎么称呼这种驱使自己冥顽不化的力量，但这是一种神秘而无法逃避的定数；它往往会驱使我们自寻绝路，明知大祸临头，还是自投罗网。很显然，正是这种劫数使我命中注定无法摆脱厄运。也正是这种劫数的驱使，我才违背理智的召唤，甚至不愿从初次航海所遭遇的两次灾难中接受教训。

我的朋友，即船长的儿子，正是他使我铁下心来上了他父亲的船，现在胆子反而比我小了。当时，我们在雅茅斯市被分别安置在好几个地方住宿，所以两三天之后他才碰到我。我刚才说了，这是我们上岸分开后第一次见面。我们一交谈，我就发现他的口气变了。他看上去精神沮丧，且不时地摇头。他问了我的近况，并把我介绍给他父亲。他对他父亲说，我这是第一次航海，只是试试罢了，以后想出洋远游。听了这话，他父亲用十分严肃和关切的口吻对我说："年轻人，你不应该再航海了。这次的灾难是一个凶兆，说明你不能当水手。""怎么啦，先生，"我问，"难道你也不再航海了吗？""那是两码事，"他说，"航海是我的职业，因此也是我的职责。你这次出海，虽然只是一种尝试，老天爷已给你点滋味尝尝了；你若再一意孤行，必无好结果的。也许，我们这次大难临头，正是由于你上了我们的船的缘故，就像约拿上了开往他施的船一样。[①]请问，"船

①《圣经·旧约·约拿书》1:1，上帝命约拿去尼尼微传道，约拿违命乘上开往他施的船，中途风浪大作，水手们惊惧求神，占卜结果，证明约拿触怒神而引来了风暴。他们把约拿投入海中后，立即风平浪静。

长接着说，“你是什么人？你为什么要坐我们的船出海？”于是，我简略地向他谈了谈自己的身世。他听我讲完后，忽然怒气冲天，令人莫可名状。他说：“我作了什么孽，竟会让你这样的灾星上船。我以后绝不再和你坐同一条船，给我一千镑我也不干！”我觉得，这是因为沉船的损失使他心烦意乱，想在我身上泄愤罢了。其实，他根本无权对我大发脾气。可是，后来他又郑重其事与我谈了一番，敦促我回到父亲身边，不要再惹怒老天爷来毁掉自己。他说，我应该看到，老天爷是不会放过我的。“年轻人，”他说，“相信我的话，你若不回家，不论你上哪儿，你只会受难和失望。到那时，你父亲的话就会在你身上应验了。”

我对他的话不置可否，很快就跟他分手了。从此我再也没有见到过他，对他的下落，也一无所知。至于我自己，口袋里有了点钱，就从陆路去伦敦。在赴伦敦途中，以及到了伦敦以后，我一直在做剧烈的思想斗争，不知道该选择什么样的生活道路：是回家呢，还是去航海？

一想到回家，羞耻之心使我归心顿消。我立即想到街坊邻居会怎样讥笑我；我自己不仅羞见双亲，也羞见别人。这件事使我以后时常想起，一般人的心情是多么荒诞可笑，且又是那样莫名其妙；尤其是年轻人，在这种时刻，照例应听从理智的指导。然而，他们不以犯罪为耻，反而以悔罪为耻；他们不以干傻事为耻，反而以改过自新为耻。而实际上他们若能觉悟，别人才会把他们看成聪明人呢。

我就这样过了好几天，内心十分矛盾，不知何去何从，如何才好。但一想到回家，一种厌恶感油然升起，难以抑制。这样过了一些日子，对灾祸的记忆逐渐淡忘，原来动摇不定的归家念头也随之日趋淡薄，最后甚至丢到了九霄云外。这样，我又重新向往起航海生活来了。

不久之前，那种邪恶的力量驱使我离家出走。我年幼无知，想入非非，妄想发财。这种念头，根深蒂固，竟使我对一切忠告充耳不闻，对父亲的恳求和严令置若罔闻。我是说，现在，又正是这同一种邪恶的力量——不管这是一种什么力量，使我开始了一种最不幸的冒险事业。我踏上了一艘驶往非洲海岸的船。用水手们的俗话说，到几内亚①去！

在以往的冒险活动中，我在船上从未当过水手。这是我的不幸。本来，我可以稍微过得艰苦些，学会做一些普通水手们做的工作。到一定时候，即使做不了船长，说不定也能当上个大副或船长助手什么的。可是，命中注定我每次都会做出最坏的选择，这一次也不例外。口袋里装了几个钱，身上穿着体面的衣服，我就像往常一样，以绅士的身份上了船。船上的一切事务，我从不参与，也从不学着去做。

在伦敦，我交上了好朋友。这又是我命里注定的。这种好事通常不会落到像我这样一个放荡不羁、误入歧途的年轻人身上。魔鬼总是早早给他们设下了陷阱。但对我却不然。一开始，我就认识了一位船长。他曾到过几内亚沿岸，在那儿，他做了一笔不错的买卖，所以决定再走一趟。他对我的谈话很感兴趣，因为那时我的谈吐也许不怎么令人讨厌。他听我说要出去见见世面，就对我说，假如我愿意和他一起去，可以免费搭他的船，并可做他的伙伴，和他一起用餐。如果我想顺便带点货，他将告诉我带什么东西最能赚钱，这样也许我能赚点钱。

对船长的盛情，我正是求之不得，并和船长成了莫逆之交。船

① 几内亚，现今指几内亚地区，西非沿大西洋的一个广大地区，大致北起北纬15°，南至南纬15°。欧洲17、18世纪对非洲西部的通称。

长为人真诚朴实，我便上了他的船，并捎带了点货物。由于我这位船长朋友的正直无私，我赚了一笔不少的钱。因为，我听他的话，带了一批玩具和其他小玩意儿，大约值四十英镑。这些钱是靠一些亲戚的帮助搞来的。我写信给他们；我相信，他们会告诉我父亲，或至少告诉我母亲，由父亲或母亲出钱，再由亲戚寄给我，作为我第一次做生意的本钱。

可以说，这是我一生冒险活动中唯一一次成功的航行。这完全应归功于我那船长朋友的正直无私。在他的指导下，我还学会了一些航海的数学知识和方法，学会了记航海日志和观察天文。一句话，我懂得了一些做水手的基本常识。他乐于教我，我也乐于跟他学。总之，这次航行使我既成了水手，又成了商人。这次航行，我带回了五磅零九盎司金沙；回到伦敦后，我换回了约三百英镑，赚了不少钱。这更使我踌躇满志，因而也由此断送了我的一生。

然而，这次航行我也有不幸的事。尤其是因为我们做生意都是在非洲西海岸一带，从北纬15°一直南下至赤道附近，天气异常炎热，所以我得了航行于热带水域的水手们常得的热病，三天两头发高烧，说胡话。

现在，我俨然成了做几内亚生意的商人了。不幸的是，我那位当船长的朋友在回伦敦后不久就去世了。尽管如此，我还是决定再去几内亚走一趟，就踏上了同一条船。这时，原来船上的大副做了船长。这是一次最倒霉的航行。虽然我上次赚了点钱，但我只带了不到一百英镑的货物，余下的二百英镑通通寄存在船长寡妇那里。她像船长一样，待我真挚无私。但是，在这次航行中，我却屡遭不幸。第一件不幸的事情是：我们的船向加那利群岛①驶去，或者，说

① 加那利群岛，位于北大西洋东部。1497年起沦为西班牙殖民地，后被改为西班牙的两个省。

得更确切些，正航行于这些群岛和非洲西海岸之间。一天拂晓，突然有一艘从萨累[①]开来的土耳其海盗船，扯满了帆，从我们后面追了上来。我们的船也张满了帆试图逃跑。但海盗船比我们快，逐渐逼近了我们。看情形，再过几小时，他们肯定能追上我们。我们立即开始做战斗准备。我们船上有十二门炮，但海盗船上有十八门。大约到了下午三点钟光景，他们赶了上来。他们本想攻击我们的船尾，结果却横冲到我们的后舷。我们把八门炮搬到了这一边，一齐向他们开火。海盗船边后退，边还击；他们船上二百来人一齐用枪向我们射击。我们的人隐蔽得很好，因而无一受伤。海盗船准备对我们再次发动攻击，我们也全力备战。这一次他们从后舷的另一侧靠上我们的船，并有六十多人跳上了我们的甲板。强盗们一上船就乱砍乱杀，并砍断了我们的桅索等船具。我们用枪、短柄矛和炸药包等各种武器奋力抵抗，把他们击退了两次。我不想细说这件不幸的事。总之，到最后，我们的船失去了战斗力，而且死了三个人，伤了八人，只得投降。我们全部被俘，被押送到萨累，那是摩尔人[②]的一个港口。

我在那儿受到的待遇，并没有像我当初担心的那么可怕。其他人都被送到皇帝的宫里去，远离了海岸；我却被海盗船长作为他自己的战利品留下，成了他的奴隶。这是因为我年轻伶俐，对他有用处。我的境况发生了突变，从一个商人一下子变成了可怜的奴隶。这真使我悲痛欲绝。这时，我不禁回忆起我父亲的预言；他说过我一定会受苦受难，并会呼援无门。现在我才感到，父亲的话完全应验了。我现在的境况不能再糟糕了。我受到了老天的惩罚，谁也救不了我。可是，唉，我的苦难才刚刚开始呢，下面我再接着细说吧。

---

① 萨累，摩洛哥西北部的港口城市，属首都拉巴特的一部分，曾经是臭名昭著的海盗圣地。

② 摩尔人，指非洲西北部阿拉伯人与柏柏尔人的混血后代。公元8世纪成为伊斯兰教徒，入侵并统治西班牙。

我的主人把我带回他家中。我满以为他出海时会带上我。如果这样，我想，他迟早会被西班牙或葡萄牙的战舰俘获，那时我就可以恢复自由了。但我的这个希望很快就破灭了。他每次出海时，总把我留在岸上照看他那座小花园，并在家里做各种奴隶干的苦活。当他从海上航行回来时，又叫我睡到船舱里替他看船。

在这里，我头脑里整天盘算着如何逃跑，但怎么也想不出稍有希望的办法。从当时的情况来看，我根本没有条件逃跑。我没有人可以商量，没有人与我一起逃跑。我孤身一人，形单影只，周围没有其他奴隶，也没有英格兰人、爱尔兰人或苏格兰人。就这样过了整整两年。在这两年中，逃跑的计划只有在我的想象中实现，并借此自慰，却怎么也无法付诸实施。

大约两年之后，出现了一个特殊的情况，这使我重新升起了争取自由的希望。这一次，我主人在家里待的时间比以往长。据说是因为手头缺钱，他没有为自己的船配备出航所必需的设备。在这段时间里，他经常坐一只舢板去港口外的开放锚地捕鱼，每星期至少一两次，天气好的话，去的次数更多一些。那只舢板是他大船上的一只小艇。每次出港捕鱼，他总让我和一个摩尔小孩替他摇船。我们两个小年轻颇能得他的欢心，而我捕鱼也确实有一手，因此，有时他就只叫我与他的一个摩尔族亲戚和那个摩尔小孩一起去替他打点鱼来吃；那个摩尔小孩名叫马列司科①。

一天早晨，我们又出海打鱼了。出发时，天气晴朗，海面也风平浪静。突然，海上升起浓雾。我们划了才一海里多点，就看不见海岸了。当时，我们已辨不清东南西北了，只是拼命划船。这样划了一天一夜，到第二天早晨才发现，我们不仅没有划近海岸，反而

① 马列司科，西班牙语中“摩尔人”的读音。

向外海划去了，离岸至少约六海里。最后，我们费了很大的劲，冒了很大的危险，才平安抵岸。因为那天早晨风很大，而且我们大家都快饿坏了。

这次意外事件给了我们主人一个警告，他决定以后得小心谨慎一些，出海捕鱼时带上指南针和一些食品。正好在他俘获的我们那艘英国船上，有一只长舢板。他就下令他船上的木匠——也是他的一个英国人奴隶——在长舢板中间做一个小舱，像驳船上的小舱那样；舱后留了些空间，可以容纳一个人站在那里掌舵和拉下帆索；舱前也有一块地方，可容纳一两个人站在那里升帆或降帆。这长舢板上所使用的帆叫三角帆，帆杆横垂在舱顶上。船舱做得很矮，但非常舒适，可容得下他和一两个奴隶在里面睡觉，还可摆下一张桌子吃饭；桌子里做了一些抽屉，里面放上几瓶他爱喝的酒，以及他的面包、大米和咖啡之类的食物和饮料。

我们从此就经常坐这只长舢板出海捕鱼。因为我捕鱼技术高明，所以每次出去他总是带着我。有一次，他约定要与当地两三位颇有身份的摩尔人坐我们的长舢板出海游玩或捕鱼。为了款待客人，他预备了许多酒菜食品，并在头天晚上就送上了船。他还吩咐我从他的大船上取下三支短枪放到舢板上，把火药和子弹准备好。看来，他们除了想捕鱼外，还打算打鸟。

我按照主人的吩咐，把一切都准备妥当。第二天早晨，船也洗干净了，旗子也挂上了；一切安排完毕，我就在舢板上专候贵客的光临。不料，过了一会儿，我主人一个人上船来。他对我说，客人临时有事，这次不去了，下次再去，但他们会来家里吃晚饭，所以要我和那个摩尔人还有小孩像往常一样去打点鱼来，以便晚上招待客人。他还特地吩咐，要我们一打到鱼就立即回来送到他家里。这些事我当然准备一一照办。

这时，我那争取自由的旧念头又突然萌发起来。因为，我觉得自己可以支配一条小船了。主人一走，我就着手准备起来，当然不是准备去捕鱼，而是准备远航。至于去哪儿，连我自己都不知道，也没有考虑过，只要离开这儿就行。

我计划的第一步，先借口对那个摩尔人说，我们不应当吃主人的面包，得自己动手准备船上吃的东西。他说我的话非常对，就拿来了一大筐当地甜饼干，又弄了三罐子淡水，一起搬到舢板上。我知道主人装酒的箱子放在什么地方；看那箱子的样子，显然也是从英国人手里夺来的战利品。我趁那摩尔人上岸去的时候，就把那箱酒搬上舢板，放到一个适当的地方，好像主人原来就放在那儿似的。同时我又搬了六十多磅蜂蜡到船上来，还顺便拿了一小包粗线、一把斧头、一把锯子和一只锤子；这些东西后来对我都非常有用，尤其是蜂蜡，可以用来做蜡烛。接着我又想出了一个新花样，他居然天真地上了圈套。这个摩尔人的名字叫伊斯玛，但大家叫他马利或莫利，所以我也这样叫他。“莫利，”我说，“我们主人的枪在船上，你去搞点火药和鸟枪弹来，也许我们还能给自己打几只水鸟呢！我知道主人的火药放在大船上。”“对，”他说，“我去拿些来。”果然，他拿来了一大皮袋火药，足有一磅半重，可能还要多些。另外，他又拿来了一大皮袋鸟枪弹和一些子弹，也有五六磅重。他把这些全部放到舢板上。同时，我又在大舱里找到了一些主人的火药。我从箱子里找出一只大酒瓶，里面所剩酒已不多。我把不多的酒倒入另一只瓶中，把空瓶装满火药。一切准备停当，我们便开始出港去捕鱼了。港口堡垒里的士兵都认识我们，所以也不来注意我们。我们出港不到一海里光景就下了帆开始捕鱼。这时，风向东北偏北，正与我的愿望相反。因为，假如刮南风，我就有把握把船驶到西班牙海岸，至少也可以到西班牙西南部的加的斯海湾。但我决心已下，不管刮什么风，只要离开我现在待的可怕的地方就行；其余一切，都听天由命了。

我们钓了一会儿鱼，一条也没有钓到；因为即使鱼儿上钩，我也不钓上来，免得让那摩尔人看见。然后，我对他说，这样下去可不行，我们拿什么款待主人啊。我们得走远一点。他一想这样做也无妨，就同意了。他在船头，就张起了帆；我在船尾掌舵。就这样我们把船驶出了约三海里，然后就把船停下，好像又要准备捕鱼似的。我把舵交给摩尔小孩，自己向船头摩尔人站的地方走去。我弯下腰来，装作好像在他身后找什么东西似的。突然，我趁其不备，用手臂猛地在他裤裆下一撞，把他一下推入海里。这个摩尔人像钓鱼竿上的软木浮子，一下子就浮出海面。他向我呼救，求我让他上船，并说他愿追随我走遍天涯海角。他游得极快，而这时风不大，小船行驶速度很慢，眼看他很快就会赶上来。我走进船舱，拿起一支鸟枪。我把枪对准了摩尔人，并对他说我并不想伤害他，如果他不胡闹，也不会伤害他。我说："你泅水泅得很好，你完全可以泅回岸去。现在海上风平浪静，就赶快泅回去吧。我是不会伤害你的。要是你靠近我的船，那我就打穿你的脑袋！我已决心逃跑争取自由了！"他立即转身向海岸方向游回去。我毫不怀疑，他必然能安抵海岸，因为他游泳的本领确实不赖。

本来，我可以把小孩淹死，带上那个摩尔人，可我怎么也不敢信任那个摩尔人。前面提到过，那个摩尔小孩名叫马列司科，但大家都叫他佐立。那摩尔人走后，我就对他说："佐立，假如你忠于我，我会使你成为一个堂堂的男子汉。但如果你不打自己的耳光向我发誓[①]，如果你不凭着穆罕默德起誓效忠于我，我也把你扔到海里去。"

---

① 伊斯兰教徒发誓的方式。

那孩子冲着我笑了，并发誓忠于我，愿随我走遍天涯海角。他说这些话时神情天真无邪，使我没法不信任他。

那个摩尔人在大海里泅着水，我们的船还在他的视线之内。这时，我故意让船逆着风径直向大海驶去。这样，他们就会以为我是驶向直布罗陀海峡（事实上，任何有头脑的人都会这样做）。没有人会想到，我们会驶向南方野蛮人出没的海岸。到那儿，我们还来不及上岸，就会被各个黑人部族的独木舟包围并杀害；即使我们上了岸，也将不是给野兽吃掉，就是给更无情的野人吃掉。

因此，到傍晚时，我改变了航向。我把船向东南偏东驶去，这样船可沿着海岸航行。这时风势极好，海面也平静，我就张满帆让船疾驶。以当时船行速度来看，我估计第二天下午三点钟就能靠岸。那时我已经在萨累以南一百五十英里之外了，远离摩洛哥皇帝的领土，也不在任何国王的领地之内，因为那儿我们根本就看不到人迹。

但是，我已被摩尔人吓破了胆，生怕再落到他们的手里；同时风势又顺，于是也不靠岸，也不下锚，一口气竟走了五天。这时风势渐渐转为南风，我估计即使他们派船来追我，这时也该罢休了。于是我就大胆地驶向海岸，在一条小河的河口下了锚。我不知道这儿是什么地方，在什么纬度，什么国家，什么民族，什么河流。四周看不到一个人，我也不希望看到任何人。我现在所需要的只是淡水。我们在傍晚驶进了小河口，决定一等天黑就游到岸上去，摸一下岸上的情况。但一到天黑，我们就听到各种野兽狂吠咆哮，怒吼呼啸，不知道那是些什么野兽，真是可怕极了！这可把那可怜的孩子吓得魂飞魄散，哀求我等天亮后再上岸。我说："好吧，佐立，我不去就是了。不过，说不定白天会碰见人。他们对我们也许像狮子一样凶呢！"佐立笑着说："那我们就开枪把他们打跑！"佐立在我们奴隶中能用英语交谈，虽然发音不太地道。见到佐立这样高兴，我心里也很快乐。于是我从主人的酒箱里拿出酒瓶，倒了一点酒给他喝，让他壮壮胆子。不管怎么说，佐立的提议是有道理的，我接受了他的意见。于是，我们就下了锚，静静地在船上躺了一整夜。我是说，只是“静静地躺着”，事实上我们整夜都没合过眼。因为两三个小时后，便有一大群各种各样的巨兽来到海边，在水里打滚，洗澡，或凉爽一下自己的身子；它们是些什么野兽，我也叫不出名字，而它们那狂呼怒吼的咆哮声，真是我平生从未听到过的，真是吓人！

佐立吓坏了，我自己也吓得要死。然而，更让我们心惊胆战的是，我们听到有一头巨兽向我们船边游来。虽然我们看不见，但从其呼吸的声音听来，一定是个硕大无比的猛兽。佐立说是头狮子，我想也可能是的。可怜的佐立向我高声呼叫，要我起锚把船划走。“不，”我说，“佐立，我们可以把锚索连同浮筒一起放出，把船向海里移移，那些野兽游不了太远的，它们不可能跟上来。”我话音未落，那巨兽离船不到两桨来远了。我立刻走进舱里，拿起枪来，对着那家伙放了一枪。那猛兽立即掉头向岸上泅去。

枪声一响，不论在岸边或山里的群兽都漫山遍野地狂呼怒吼起来，那种情景，真令人毛骨悚然。我想，这里的野兽以前大概从未听到过枪声，以致它们如此惊恐不安。这更使我不得不相信，不用说晚上不能上岸，就是白天上岸也是个问题。落入野人手里，无异于落入狮子猛虎之口。至少，这两种危险我们都害怕。

但不管怎样，我们总得上岸到什么地方弄点淡水，因为船上剩下的水已不到一品脱了。问题是：什么时候上岸？在哪儿才能弄到水？佐立说，如果我让他拿个罐子上岸，他会去找找看有没有水，有的话就给我带回来。我问他，为什么要他去，而不是我去，让他自己待在船上。这孩子的回答憨厚深情，使我从此喜欢上了他。他说：“如果野人来了，他们吃掉我，你可以逃走。”“好吧，佐立，”我说，“如果野人来了，我们两个人一起开枪把他们打死，我们俩谁也不让他们吃掉。”我拿了一块干面包给佐立吃，还从原来主人的酒箱里拿出酒瓶给他倒了点酒喝。关于这个酒箱的来历，我前面已经提到过了。我们把船向岸边适当推近一些，两人就一起涉水上岸。除了枪支弹药和两只水罐，我们其他什么都不带。

我不敢走得离船太远，唯恐野人的独木舟从河的上游顺流而下。可那孩子见到一英里开外处有一块低地，就信步走去。不一会儿，只见他飞快向我奔来。我以为有野人在追赶他，或者给什么野兽吓坏了，急忙迎上去帮助他。但他跑近我时，却见他肩上背着个野兔似的动物，但皮色与野兔不一样，腿也比野兔长，原来是他打到的猎物。这东西的肉一定很好吃，为此我们都大为高兴。然而，更令人高兴的是，佐立告诉我，他已找到了淡水，而且也没有见到有野人。

但后来我们发现，我们不必费那么大的力气去取水。沿着我们所在的小河稍稍往上走一点，潮水一退，就可取到淡水。其实，海潮没进入小河多远。我们把所有的罐子都盛满了水，又把杀死的野兔煮了饱餐一顿，就准备上路了。在那一带，我们始终没有发现人类的足迹。

过去我曾到这一带的海岸来过一次，知道加那利群岛和佛得角群岛[①]离大陆海岸不远。但船上没有仪器，无法测量我们所在地点的纬度，而且，我已不记得这些群岛确切的纬度了，因此也无法找到这些群岛，也不知道什么时候该离开海岸，驶向海岛。要不然，我一定能很容易找到这些海岛的。我现在唯一的希望是：沿着海岸航行，直到英国人做生意的地方。在那儿总会遇到来往的商船，他们

---

① 佛得角群岛，大西洋中对着非洲西岸的群岛，在加那利群岛之南的佛得海角附近。

就会救我们。

我估计，我现在所在的地区正好在摩洛哥王国和黑人部族居住的地区之间；这儿只有野兽出没，荒无人烟。黑人因怕摩尔人的骚扰而放弃该地区迁向南方；摩尔人则因这儿是蛮荒之地，不愿在此居住。另外，这儿群兽出没，是猛虎、狮子、豹子和其他野兽栖息的地方。所以，不论是摩尔人还是黑人，都放弃了这块地方。但摩尔人有时也来这儿打猎。每次来的时候，至少有两三千人，像开来一支军队。事实上，我们沿海岸走了约一百英里，白天只见一片荒芜，杳无人迹；晚上只听到野兽咆哮，此起彼伏。

有一两次，在白天，我仿佛远远看到了加那利群岛高山的山顶——泰尼利夫山山顶。当时我很想冒一下险，把船驶过去。可是试了两次，都被逆风顶了回来。而且，这时海上风浪很大，我们的船又小，无法驶向大海。因此，我决定依照原来的计划，继续沿海岸行驶。

我们离开那个地方后，也有好几次不得不上岸取水。特别有一次，在大清早，我们来到一个小岬角抛了锚。这时正好涨潮，我们想等潮水上来后再往里驶。佐立的眼睛比我尖，他向我低声叫唤，要我把船驶离岸远一点。他说："看那儿，一个可怕的怪物正在小山下睡觉呢！"我朝他手指的方向看了一下，果然看到一个可怕的怪物，原来那是一头巨狮，正躺在一片山影下熟睡呢！我说："佐立，你上岸去把它打死吧。"佐立大吃一惊，说："我？我去把它打死？它一口就把我吃掉了。"我就不再对这孩子说什么了，只叫他乖乖待在那儿。我自己拿起最大的一支枪，装了大量的火药，又装了两颗大子弹，放在一旁，然后又拿起第二支枪，装了两颗子弹，再把第三支枪装了五颗小子弹。我拿起第一支大枪，尽力瞄准，对着那狮子的头开了一枪。但那狮子躺着时，前腿稍稍往上抬起，挡住了鼻子，因此子弹正好打在它膝盖上，把腿骨打断了。狮子一惊，狂吼而起，但发觉一条腿已断，复又跌倒在地，然后用三条腿站立起来，发出刺耳的吼叫声。我见自己没有打中狮子的头部，心里不由暗暗吃惊，这时，那头狮子似乎想走开，我急忙拿起第二支枪，对准它的头部又开了一枪，只见它颓然倒下，轻轻地吼了一声，便在那儿拼命挣扎。这时佐立胆子大了，要求我让他上岸。“好吧，你去吧！”我说。于是他便跳到水里，一手举着支短枪，一手划着水，走到那家伙跟前，把枪口放在它的耳朵边，向它的头部又开了一枪，终于结果了这猛兽的性命。

这件事对于我们来说实在是玩乐而已，狮子的肉根本不能吃。为了这样一个无用的猎物，浪费了三份火药和弹丸，实在不值得，我颇感后悔。可是佐立说，他一定得从狮子身上弄点东西下来。于是他上船向我要斧子。“干什么，佐立？”我问。“我要把它的头砍下来！”他说。结果，佐立没法把狮子头砍下来，却砍下了一只脚带回来。那脚可真大得可怕！

我心里盘算，狮子皮也许对我们会有用处，便决定想办法把皮剥下来。于是我和佐立就跑去剥皮。对于这件工作，佐立比我高明得多了，而我完全不知道从何下手。我们两人忙了一整天，才把整张皮剥下来。我们把皮摊在船舱的顶上，两天后皮就晒干了。以后我就把它当成垫被来睡觉。

这次停船之后，我们向南一连行驶了十一二天，我们的粮食逐渐减少，只得省着点吃。除了取淡水不得不上岸外，很少靠岸。我这样做的目的是要把船驶到非洲海岸的冈比亚河①或塞内加尔河②；也

---

① 冈比亚河，西非大河，流经几内亚、塞内加尔、冈比亚等国，注入大西洋。

② 塞内加尔河，西非大河，注入大西洋，塞内加尔共和国位于其下游。

就是说，到达佛得海角一带，希望能在那儿遇上欧洲的商船。万一遇不到的话，我就不知道该往哪儿去了。那就只好去找找那些群岛，或者死在黑人手里了。我知道，从欧洲开往几内亚海岸，或去巴西和东印度群岛的商船，都要经过这个海角或这些群岛。总之，我把自己整个命运都押在这唯一的机遇上了；遇上商船就得救，遇不上就只有死路一条。

我下定了决心，就又向前航行了十天左右，开始看到了有人烟的地方。有两三个地方，在我们的船驶过时，可以看到有些人站在岸上望着我们；同时可以看到，他们都一丝不挂，浑身墨黑。有一次，我很想上岸和他们接触一下，但佐立劝我说："不要去，不要去。"但是我还是驶近海岸，以便与他们谈谈。我发现他们沿着海岸跟着我的船跑了一大段路。我看到，他们手中都没有武器，只有一个人拿了一根细长的棍子。佐立告诉我，那是一种镖枪，他们可以投得又远又准。我不敢靠岸太近，并尽可能用手势与他们交谈。我尤其着力打出一些要求食物的手势。他们也招手要我把船停下，他们会回去取些肉来给我们。于是我落下了三角帆把船停下来。有两个人往回向村里跑去。不到半小时，他们回来了，手里拿着两块肉干和一些谷类。这些大概都是他们的土产品，但我和佐立都叫不出是什么东西。我们当然很想要这些食物，但怎样去拿这些东西却是个问题。我们自己不敢上岸接近他们，他们也同样怕我们。最后，他们想出了一个对双方来说都安全的办法。他们把东西先放在岸上，然后走到远处等待，让我们把东西拿上船后再走近岸边。

我们打着手势向他们表示感谢，因为我们拿不出什么东西答谢他们。说来也巧，正当此时，出现了一个大好机会，使我们大大地还了他们的人情。当时，突然有两头巨兽从山上向海岸边冲来，看那样子，好像后一只正在追逐前一只，究竟它们是雌雄相逐，还是戏耍或争斗，我们也弄不清楚。同时，我们也不知道这种事是司空见惯的呢，还是偶然发生的。但是，照当时的情况判断，后者的可能性更大。因为，首先，这类凶残的猛兽一般大白天不出来活动，其次，我们看到那些黑人惊恐万分，特别是妇女更是害怕。大家都逃光了，只留下那个拿镖枪的人。可是那两头巨兽跑到海边并没有去袭击那些黑人，而是一下子跳到海里，游来游去，好像是在游戏。后来，出乎我的意料，有一头竟跑到我们的船跟前来了。好在我早有准备。我迅速把枪装上了弹药，还叫佐立把另外两支枪也装好了弹药。当那巨兽一进入射程，我立即开火，一枪打中了它的头部。那家伙立即沉下去了，但又马上浮起来在水里上下翻腾，垂死挣扎，然后，匆匆向岸边游去。但由于它受到的是致命伤，又被海水所窒息，所以还未游到岸边就死了。

那些可怜的黑人听到了枪声，看到了枪里发出的火光，其惊恐之状，真是笔墨难以形容。有几个吓得半死，跌倒在地上。过后，他们见那怪兽已死，并沉到水里去了，又见我向他们招手，叫他们到海边来，这时，他们才壮着胆子，到海边来寻找那死兽。我根据水里的血迹找到了那巨兽，又用绳子把它套住，并把绳子递给那些黑人，叫他们去拖。他们把那死了的家伙拖到岸上，发现竟是一头很奇特的豹。此豹满身黑斑，非常美丽。黑人们一齐举起双手，表示无比惊讶。他们怎么也想不出我是用什么东西把豹打死的。

枪声和火光早就把另一只巨兽吓得泅到岸上，一溜烟跑回山里去了。因为距离太远，我看不清它到底是什么东西。不久我看出那些黑人想吃豹子肉，我当然乐意做个人情送给他们。对此，黑人们感激万分。他们马上动手剥皮。虽然他们没有刀子，用的是一片削薄了的木片，但不一会儿就把豹皮剥下来了，比我们用刀子剥还快。他们要送些豹肉给我们，我表示不要，并做手势表示全部送给他们，不过我也表示想要那张豹皮。他们立刻满不在乎地给了我。他们又给了我许多粮食，尽管我不知道是些什么东西，但还是收下了。接着，我又打起手势向他们要水。我把一只罐子拿在手里，把罐底朝天罐口朝下翻转来，表示里面已空了，希望装满水。他们马上告诉自己的同伴，不久便有两个女人抬了一大泥缸水走来。我猜想，那泥缸是用阳光焙制而成的。她们把泥缸放在地下，然后像第一次那样远远走开。我让佐立带了三只水罐上岸去取水。那些女人也和男人一样，全都赤身裸体，一丝不挂。

现在，我有了不少杂粮，无非是一些根茎或谷类食物，又有了水，就离别了那些友好的黑人，一口气大约又航行了十一天，中间一次也没有登岸。后来，我看到有一片陆地，长长地突出在海里，离我们的船约十三四海里。当时风平浪静，我从远处经过这海角。最后，在离岸六海里左右绕过这小岬角后，又发现岬角的另一边海里也有陆地。这时，我已深信不疑，这儿就是佛得角，而对面的那些岛屿即是佛得角群岛。但岬角和岛屿离我都很远，我不知该怎么办才好。如果刮大风，那我一个地方也到不了。

在这进退维谷之际，我郁郁不乐地走进舱房坐了下来，让佐立去掌舵。突然，那孩子惊叫起来："主人，主人，有一只大帆船！"这傻小子以为他原来的主人派船追了上来，几乎吓昏了头。我却很清楚，我们已驶得很远，他们绝不可能追到这儿来。我跳出船舱一看，不仅立刻看到了船，而且看出那是一艘葡萄牙船。我猜想那是驶往几内亚海岸贩卖黑奴的船。但当我观察那船的航向时，我才知道，他们要去的是另一个方向，根本没有想靠岸的意思。因此，我拼命把船往海里开，并决心尽可能与他们取得联系。

我虽然竭力张帆行驶，但不久就看出，我根本无法横插到他们的航路上去；等不及我发信号，他们的船就会驶过去。我满帆全速前进追赶了一阵子，就开始感到绝望了。然而，正当此时，他们好像在望远镜里发现了我们。他们看到我的船是一艘欧洲小艇，因此，一定以为是大船遇难后放出的救生艇，所以便落下帆等我们。这给了我极大的鼓舞。我船上本来就有我们原主人的旗帜，我就拿出旗帜向他们摇起来作为求救的信号，同时又鸣枪求救。这两个信号他们都看见了，因为后来他们告诉我，他们虽然没有听到枪声，但看到了冒烟。他们看到了信号，就停船等我们。他们的这个举动真是仁慈极了。大约过了三小时光景，我才靠上了他们的大船。

他们用葡萄牙语、西班牙语、法语问我是什么人，但他们的话我都不懂。后来，船上有一个苏格兰水手上来与我打招呼，我便告诉他我是英格兰人，是从萨累的摩尔人手下逃出来的。于是，他们便让我上了船，亲热地接待了我，并把我的一切东西也都拿到大船上。

谁都相信，我竟然能绝处逢生，其喜悦之情，实在难于言表。我立刻把我的一切东西送给船长，以报答他的救命之恩。但船长非常慷慨。他对我说，他什么也不要，等我到了巴西后，他会把我所有的东西都交还给我。他说："今天我救了你的命，希望将来有一天别人也会救我的命，说不定哪一天我也会遭到同样的命运。再说，我把你带到巴西，远离自己的祖国，如果我要了你的东西，你就会在异国他乡挨饿，这不等于我救了你的命，又送了你的命吗？不，不，英国先生，我把你送到巴西，完全是一种慈善行为。你的那些东西可以帮助你在那儿过活，并可做你回家的盘缠。"

他提出这些建议是十分仁慈的，而且一丝不苟地实践了他自己的许诺。他给手下的船员下令，不准他们动我的任何东西。后来，他索性把我所有的东西都收归他自己保管，还给我列了一张清单，以便我以后要回。清单中连我的那三只装水的瓦罐也没漏掉。

他也看到我的小艇很不错。他对我说，他想把小艇买下来，放在大船上使用，并要我开个价。我对他说，他对我这么慷慨大度，我实在不好意思开价，并告诉他，他愿出多少钱都可以。他说他可以先给我一张八十西班牙银币的期票（这种西班牙银币都打上一个“8”字），到巴西可换取现金。到了巴西，如果有人愿意出更高的价钱，他愿意全数补足。他又表示愿出六十西班牙银币买下佐立。这钱我实在不能接受。我倒不是不愿意把佐立给船长，而是我不愿意出卖这可怜的孩子的自由。在我争取自由的逃跑过程中，他对我可谓忠心耿耿。我把不愿出卖佐立的原因告诉了船长，他认为我说得有理，就提出了一个折中的方案：这孩子如果成为基督徒，则十年后还其自由，并签约为凭。基于这个条件，我终于同意了，因为佐立自己也表示愿意跟随船长。

去巴西的航行十分顺利，大约二十二天之后，就到达了群圣湾①。现在我摆脱了困境，该打算打算下一步怎么办了。

船长对我慷慨无私的好处，真是数不胜数。他不仅不收我的船费，并出二十枚欧洲流通金币买下我的豹皮，四十枚金币买下狮子皮。我小艇上的一应物品，立刻如数奉还给我；我愿出卖的东西，他又都通通买下，包括酒箱、两支枪、剩下的一大块蜜蜡（其余的我都做成蜡烛在旅途中点掉了）。简而言之，我变卖物品共得了二百二十西班牙银币；带着这笔钱，我踏上了巴西海岸。

我到巴西不久，船长把我介绍给一位种植园主，这人与船长一样正直无私。他拥有一个甘蔗种植园和一个制糖厂。我在他家住了一段时间，了解了一些种甘蔗和制糖的方法。我看到，在巴西的这些种植园主生活优裕，他们都在短时期内就发家致富了。所以我想，

---

① 群圣湾，南美巴西东岸一港口，原巴西首都圣萨尔瓦多所在地。

如果我能获得在巴西的居留证，我也要做个种植园主。同时，我决定设法把我寄存在伦敦的那笔钱汇到巴西来。为了获得入籍证书，我倾囊买了一些没有开垦过的土地，并根据我将要从伦敦收到的资本，拟定了一个经营种植园和定居的计划。

我有个邻居，是葡萄牙人，生于里斯本[①]，但他父母却是英国人。他名叫威尔斯。当时他的境况与我差不多。我称他为邻居，是因为我们两家的种植园紧紧相邻，而且我们也经常来往。我们两人的资本都很少。开始两年，我们只种些粮食为生。可是不久，我们开始发展起来，经营的种植园也开始走上了轨道。因此，在第三年，我们种了一些烟草。同时，我们各自又购进了一大块土地，准备来年种甘蔗。然而，我们都感到缺乏劳动力。这时，我想到真不该把佐立让给别人，以致现在后悔莫及。

可是，天哪，我这个人老是把事情办糟，却从未办好过一件事情，这种行事处世的方式对我来说已不足为怪了。现在我已别无选择，只能勉强维持下去。现在的生计与我的天性和才能是完全不相称的，与我所向往的生活也大相径庭。为了我所向往的生活，我违抗父命，背井离乡。我现在经营种植园，也快过上我父亲一直劝我过的中产阶级生活了。但是，如果我真的想过中产阶级的生活，那我完全可以待在家里，何必在世界上到处闯荡，劳苦自己呢？要过上中产阶级的生活，我完全可以留在英国，生活在亲朋好友中间，又何必千里迢迢，来到这举目无亲的荒山僻壤之地，与野蛮人为伍呢？在这儿，我远离尘世，谁也不知道我的音讯。

每当我想到自己目前的境遇，总是悔恨不已。除了偶尔与我的那位邻居交往外，简直没有其他人可以交谈。我也没有什么工作可

① 里斯本，葡萄牙首都。

做，只有用自己的双手辛苦劳作。我老是对自己说，我就像被丢弃在一个杳无人烟的荒岛上，形单影只，孑然一身。可是，当人们把自己目前的处境与境况更糟的人相比时，老天爷往往会让他们换一换位置，好让他们以自己的亲身阅历，体会过去生活的幸福。老天爷这么做是十分公道的。对此，我们人人都得好好反省一下。我把自己目前的生活，比作荒岛上孤独的生活，结果我真的命中注定要过这种生活，那正是因为我不应该不满足于当前的境遇。老天爷这样对待我，也真是天公地道的。要是我真的继续我当时的生活，也许我可以变成个大富翁呢！

当我经营种植园的计划稍有眉目时，我的朋友——就是在海上救我的船长，又回来了。这次他的船是停在这儿装货的，货装完后再出航，航程将持续三个月左右。我告诉他，我在伦敦还有一笔小小的资本，他给了我一个友好而又诚恳的建议。“英国先生，”他说，他一直这么叫我的，“你写封信，再给我一份正式委托书请那位在伦敦替你保管存款的人把钱汇到里斯本，交给我所指定的人，再用那笔钱办一些在这儿有用的货物。我回来时，如果上帝保佑，就可以替你一起运来。可是，天有不测风云，人有旦夕祸福，我建议你动用你一半的资本，也就是一百英镑，冒一下险。如果一切顺利，你可以用同样的方法支取另一半。那样，即使万一失手，你还可以用剩下的一半来接济自己。”

船长的建议确实是一个万全良策，且出于真诚的友谊。我深信，这简直是一个万无一失的办法。所以，我按船长的要求，给保管我存款的太太写了一封信，并写了一份委托书，交给这位葡萄牙船长。

在我给那位英国船长寡妇的信里，我详细叙述了我的冒险经历。我怎样成了奴隶，怎样逃跑，又怎样在海上遇到这位葡萄牙船长，船长又怎样对我慷慨仁慈，以及我目前的境况。此外，我还把我需要的货物详细地开列了一个单子。这位正直的葡萄牙船长到了里斯本之后，通过在里斯本的某个英国商人，设法把我的信以及我冒险经历的详情，送达在伦敦的一位商人；这位伦敦商人又把我的情况详详细细地转告了那位寡妇。这位太太接到了信，获知了我的遭遇后，不仅把钱如数交出，还从她自己的私人积蓄中拿出一笔钱来酬谢葡萄牙船长，以报答他对我的恩情。

在伦敦的那位商人用这笔钱——一百英镑——购买了葡萄牙船长开列的单子上的全部货物，直接运往里斯本给船长。船长又把全部货物安全运抵巴西。在这些货物中，他替我带来了各种各样的工具、铁器和用具；这些都是对经营种植园非常有用的东西。船长为我可谓想得周到备至，因为我自己并未想到要带这些东西。当时，我经营种植园还是个新手呢！

当这批货物运抵巴西时，我以为自己发了大财了，真是喜出望外。同时，我的那位能干的管家，也就是这位船长，用那位寡妇给他作为礼物的五英镑钱，替我买了一个用人，契约期为六年；在此期间，他不拿报酬，只要给他一点我们自己种的烟草就行了。这点烟草也是我一定要给他，他才收受的。

不仅如此，我的货物，什么布啊，绒啊，粗呢啊，等等，都是地地道道的英国货；另外一些东西则都是这儿特别贵重和需要的物品。我设法高价出售，结果赚了四倍的利润。现在，就我的种植园发展情况而言，我已大大超过了我那可怜的邻居了。因为，我做的第一件事，就是先买了一个黑奴和一个欧洲人用人。另外，前面提到过，那位葡萄牙船长从里斯本也给我带来了一个仆人。

常言道，富得快，麻烦来。我的情形完全是这样。第二年，我的种植园大获成功。我从自己的地里收了五十捆烟叶，除了供应当地的需要外，还剩下很多。这五十捆烟叶每捆一百多磅重；我都把它们晒好存放起来，专等那些商船从里斯本回来。这个时候，生意兴隆，资财丰厚，我的头脑里又开始充满了各种不切实际的计划和梦想。这种虚妄的念头往往会毁掉最有头脑的商人。

我若能照此安居乐业下去，生活必然会无比幸福。正是为了能获得这些幸福，我父亲曾竭力规劝我过一种安分守己的平静生活。而且，他告诉我，只有中产阶层的生活，才能享有种种幸福。他的看法确实是合情合理、切合实际的。然而，冥冥中另一种命运在等待着我。我自己一手造成了自己的不幸，增加了自己的过错，使我后来回想起来非常悔恨。后来遭遇的种种灾难都是由于我执迷不悟所造成的，我坚持遨游世界的愚蠢愿望，并着意去实现这种愿望。结果，我违背了大自然与造物主的意愿和自己的天职，放弃用通常正当的手段追求幸福的生活，以致给自己造成无穷的麻烦。

正如我上次从父母身边逃走一样，这时我又开始不满足于现状。我本来可以靠经营种植园发家致富，可我偏偏把这种幸福的远景丢之脑后，去追求一种不切实际的想法。我异想天开，想做个暴发户，而不是像通常一般人那样靠勤劳积累财富。这样，我又把自己抛入人世间最不幸的深渊。如果我没有那种种虚幻的想法，我的生活一定会康乐安适的。

现在，让我把后来发生的一切慢慢向读者细说吧。你们可以想象，当时我在巴西已待了四年，我经营的种植园也渐渐兴旺起来。我不仅学会了当地的语言，而且，在种植园主和城里的商人中间有了不少熟人，交了不少朋友。我说的城里，就是我在巴西登陆的港口城市圣萨尔瓦多。我与他们交谈时，经常谈到我去几内亚沿岸的两次航行，告诉他们与黑人做生意的情况。我对他们说，与黑人做生意真是太容易了，只要用一些杂七杂八的货物，什么假珠子啦，玩具啦，刀子剪子啦，斧头啦，以及玻璃制品之类的东西，就可换来金沙、几内亚香料及象牙之类的贵重物品，还可换来黑奴。在巴西，当时正需要大量的黑奴劳动力。

每当我谈论这些话题的时候，大家都仔细倾听；尤其是买卖黑奴的事，更引起了他们的兴趣。当时，贩运黑奴的买卖还刚刚开始。从事贩卖黑奴的商人必须签约，保证为西班牙殖民地和葡萄牙殖民地供应黑奴，并必须获得西班牙国王或葡萄牙国王的批准。贩运黑奴是一种垄断的贸易，因而在巴西黑奴进口的数量不多，价钱也特别昂贵。

有一次，我与一些熟悉的种植园主和商人又很起劲地谈论这些事情。第二天上午，有三个人来找我。他们对我说，他们对我昨天晚上的谈话认真思考了一番，特地前来向我提出一个建议。但他们说，这建议必须保密。因此他们要求我严守秘密。然后，他们对我说，他们想装备一条船去几内亚。他们说，他们都像我一样有种植园，但感到最缺乏的是劳动力。他们不可能专门从事贩运黑奴的买卖，因为他们回巴西后不可能公开出售黑奴，因此，他们打算只去几内亚一次，回巴西后把黑奴偷偷送上岸，然后大家均分到各自的种植园里去。简而言之，现在的问题是，我愿不愿意管理他们船上的货物，并经办几内亚海岸交易的事务。他们提出，我不必拿出任何资本，但回来后带回的黑奴与我一起均分。

必须承认，如果这个建议是向一个没有在这儿定居，也没有自己经营的种植园的人提出来的话，确是十分诱人的。因为这很有希望赚一大笔钱，何况他们是下了大资本的，而我却不必花一个子儿。但我的情况却完全不同。我已在巴西立足，只要把自己的种植园再经营两三年，并把存放在英国的一百英镑再汇来，那时，再加上那点小小的积蓄，不愁不挣出一个三四千英镑的家当，而且还会不断增加。处于我现在这种境况的人，再想去进行这次航行，那简直是太荒唐了。

但我这个人真是命里注定自取灭亡，竟然抵御不了这种提议的诱惑，就像我当初一心要周游世界而不听父亲的忠告一样。一句话，我告诉他们，只要他们答应我不在的时候照料我的种植园，如果我失事遇难的话，又能按照我的嘱咐处理种植园，那我极愿同他们一同前往几内亚。对此他们都一一答应，并立下了字据。我又立了一份正式的遗嘱，安排我的种植园和财产。我立我的救命恩人船长为我的种植园和财产的全权继承人，但他应按照我在遗嘱中的指示处置我的财产：一半归他自己，一半运往英国。

总之，我采取一切可能的措施，竭力保护好自己的财产，并维持种植园的经营。但是，如果我能用一半的心思来关注自己的利益，判断一下应做和不应做的事情，我就绝不会放弃自己正在日益兴旺的事业，把发家致富的前景丢之脑后而踏上这次航行。要知道，海上航行总是凶险难测的，更何况我自己也清楚，我这个人命里注定会遭到种种不幸的。

可是，我却被命运驱使，盲目屈从自己的妄想，而把理智丢到九霄云外。于是，我把船只装备好，把货也装好；同伴们也按照合同把我托付的事情安排妥当。我于一六五九年九月一日上了船。这是一个不吉利的日子。八年前，我违抗父母严命，不顾自己的利益，从赫尔上船离家，也正是九月一日。

我们的船载重一百二十吨，装备有六门炮，除了船长、他的小用人和我自己外，另外还有十四个人。船上没有什么大件的货物，只是一些适合与黑人交易的小玩意儿，像假珠子啦，玻璃器皿啦，贝壳啦，以及其他一些新奇的零星杂货，像望远镜啦，刀子啦，剪刀啦，斧子啦，等等。

我上船的那天，船就开了。我们沿着海岸向北航行，计划驶至北纬10°～12°之间后，横渡大洋，直奔非洲。这是一条当时从南美去非洲通常走的航线。我们沿着巴西海岸向北行驶。一路上天气很好，就是太热。最后我们到达圣奥古斯丁角，那是在巴西东部突入海里的一块高地。过了圣奥古斯丁角，我们就离开海岸，向大海中驶去，航向东北偏北，似乎要驶向费尔南多·迪诺罗尼亚岛，再越过那些岛屿向西开去。我们沿着这条航线航行，大约十二天之后穿过了赤道。根据我们最后一次观测，我们已经到了北纬7°22′的地方。不料这时我们突然遭到一股强烈飓风的袭击。这股飓风开始从东南刮来，接着转向西北，最后转到东北，风势强劲。猛烈的大风连刮十二天，使我们一筹莫展，只得让船随风逐浪漂流，听任命运和狂风的摆布。不必说，在这十二天中，我每天都担心被大浪吞没，船上的其他人也没有一个指望能活命。

风暴已使我们惊恐万状，在这危急的情况下，船上一个人又患热带病死去，还有一个人和那个小用人被大浪卷到海里去了。到第二十二天，风浪稍息。船长尽其所能进行了观察，发现我们的船已被刮到北纬11°左右的地方，但经度上在圣奥古斯丁角以西22°。船长发现，我们的船现在所处的位置在巴西北部或圭亚那[①]海岸；我们已经漂过了亚马孙河[②]的入海口，靠近那条号称“大河”的奥里诺科河[③]了。于是，船长与我商量航行线路。他主张把船开回巴西海岸，因为船已渗漏得很厉害，而且损坏严重。

我竭力反对驶回巴西。我和他一起查看了美洲沿岸的航海图，

① 圭亚那，在巴西西北。这儿是指南美洲北部的一个广大地区。

② 亚马孙河，南美最大的河流，也是世界最长的河流之一，发源于秘鲁附近，东流横贯全洲，在巴西入海。

③ 奥里诺科河，又名“大河”，在委内瑞拉境内。

最后得到的结论是，除非我们驶到加勒比群岛①，否则就找不到有人烟的地方可以求援。因此，我们决定向巴尔巴多群岛②驶去。据我们估计，只要我们能避开墨西哥湾的逆流，在大海里航行，就可在半个月之内到达。在那儿，如果我们不能把船修一下，补充食物和人员，我们就不可能到达非洲海岸。

计划一定，我们便改变航向，向西北偏西方向驶去，希望能到达一个英属海岛，在那儿我希望能获得救援。但航行方向却不由我们自己决定。在北纬12°18′处，我们又遇到了第二阵风暴，风势与前一次同样凶猛，把我们的船向西方刮去，最后把我们刮出当时正常的贸易航线，远离人类文明地区。在这种情境下，即使我们侥幸不葬身鱼腹，也会给野人吃掉，至于回国，那谈都不用谈了。

狂风不停地劲吹，情况万分危急。一天早上，船上有个人突然大喊一声："陆地！"我们刚想跑出舱外，去看看我们究竟到了什么地方，船却突然搁浅在一片沙滩上动弹不得了。翻天大浪不断冲进船里，我们都感到死亡已经临头了。我们大家都躲到舱里去，逃避海浪的冲击。

没有身临其境，是不可能描述或领会我们当时惊惧交加的情景的。我们不知道当时身处何地，也不知道给风暴刮到了什么地方：是岛屿还是大陆，是有人烟的地方，还是杳无人迹的蛮荒地区。这时风势虽比先前略减，但依然凶猛异常。我们知道，我们的船已支持不了几分钟了，随时都可能被撞成碎片——除非出现奇迹，风势会突然停止。总之，我们大家坐在一起，面面相觑，等待着死亡时刻的来临，准备去另一个世界，因为，在这个世界上，我们已无能

---

① 加勒比群岛，在南美西北，介于南美、中美和西印度群岛之间。

② 巴尔巴多群岛，加勒比群岛南部，在西印度群岛中间。

为力了。这时，船没有像我们所担心的那样被撞得粉碎，同时风势也渐渐减弱，使我们稍感安慰。

风势虽然稍减，可船搁浅在沙里，无法动弹，因此情况依然十分危急。我们只能尽力自救了。在风暴到来之前，船尾曾拖着一只小艇。可是小艇被大风刮到大船的舵上撞破了，后来又被卷到海里，不知是沉了，还是漂走了。所以对此我们只得作罢了。船上还有一只小艇，只是不知道如何才能把它放到海里去。但现在我们已没有时间商量这个问题了，因为我们觉得大船时刻都会被撞得粉碎。有些人甚至还说，船实际上已经破了。

在这危急之际，大副拉住那只小艇，大家一齐用力，把小艇放到大船旁。然后，我们十一个人[①]一齐上了小艇，解开小艇缆绳，就听凭上帝和风浪支配我们的命运了。虽然这时风势已减弱了不少，但大海依然波涛汹涌，排山倒海向岸上冲去。难怪荷兰人把暴风雨中的大海称为“疯狂的海洋”，真是形象极了。

我们当时的处境是非常凄惨的。我们明白，在这种洪涛巨浪中，我们的小艇肯定会被打翻，我们也不可避免地都要被淹死。我们没有帆，即使有，也无法使用。我们只能用桨向岸上划去，就像是走上刑场的犯人，心情十分沉重。因为我们知道，小艇一靠近海岸，马上就会被海浪撞得粉碎。然而，我们只能听天由命，顺着风势拼命向岸上划去。我们这么做，无疑是自己加速自己的灭亡。

等待着我们的海岸是岩石还是沙滩，是陡岸还是浅滩，我们一无所知。我们仅存的一线希望是，进入一个海湾或河口，侥幸把小艇划进去；或划近避风的陡岸，找到一片风平浪静的水面。但我们既看不到海湾或河口，也看不到陡岸；而且，我们越靠近海岸，越

---

① 根据前文，船上应剩下十四人，此处疑为作者笔误。

感到陆地比大海更可怕。

我们半划着桨，半被风驱赶着，大约走了四海里多。忽然一个巨浪排山倒海从我们后面滚滚而来，无疑将给我们的小艇以致命一击。说时迟，那时快，巨浪顿时把我们的小艇打得船底朝天，我们都落到海里，东一个，西一个。大家还来不及喊一声“噢，上帝啊！”，就通通被波涛吞没了。

当我沉入水中时，心乱如麻，实难言表。我平日虽善泅水，但在这种惊涛骇浪之中，连浮起来呼吸一下也十分困难。最后，海浪把我冲上了岸，等浪势使尽而退时，我被留在半干的岸上。虽然海水已把我灌得半死，但我头脑尚清醒，见到自己已靠近陆地，就立即爬起来拼命向陆上奔去，以免第二个浪头打来时再把我卷入大海。可是，我立即发现，这种情境已无法逃脱，只见身后高山似的海浪汹涌而至，我根本无法抗拒，也无力抗拒。这时，我只能尽力屏息浮出水面，并竭力向岸上游去。我唯一的希望是，海浪把我冲近岸边后，不再把我卷回大海。

巨浪扑来，把我埋入水中二三十英尺深。我感到海浪迅速而猛力地把我推向岸边。同时，我自己屏住呼吸，也拼命向岸上游去。我屏住呼吸屏得肺都快炸了。正当此时，我感到头和手已露出水面，虽然只短短两秒钟，却使我得以重新呼吸，并大大增强了勇气，也大大减少了痛苦。紧接着我又被埋入浪中，但这一次时间没有上次那么长，我总算挺了过来。等我感到海浪势尽而退时，就拼命在后退的浪里向前挣扎。我的脚又重新触到了海滩。我站了一会儿，喘了口气，一等海水退尽，立即拔脚向岸上没命奔去。但我还是无法逃脱巨浪的袭击。巨浪再次从我背后汹涌而至，一连两次又像以前那样把我卷起来，推向平坦的海岸。

这两次大浪的冲击，后一次几乎要了我的命，因为海浪把我向前推时，把我冲撞到一块岩石上，使我立即失去了知觉，动弹不得。原来这一撞，正好撞在我胸口上，使我几乎透不过气来。假如此时再来一个浪头，我必定憋死在水里了。好在第二个浪头打来之前我已苏醒，看到情势危急，自己必定会被海水吞没，就决定紧抱岩石，等海水一退，又往前狂奔一阵，跑近了海岸。后一个浪头赶来时，只从我头上盖了过去，已无力把我吞没或卷走了。我又继续向前跑，终于跑到岸边，攀上岸上的岩石，在草地上坐了下来。这时，我总算脱离了危险，海浪已不可能再袭击我了，心里感到无限的宽慰。

我现在既已登上了陆地，平安上岸，便仰脸向天，感谢上帝令我绝处逢生，因为几分钟之前，我还几乎无一线生还的希望。现在我相信，当一个人像我这样能死里逃生，他那种心荡神怡、喜不自胜的心情，确实难以言表。我也完全能理解我们英国的一种风俗，即当恶人被套上绞索，收紧绳结，正要被吊起来的时刻，赦书适到，这种情况下，往往外科医生随赦书同时到达，以便给犯人放血，免得他喜极而血气攻心，晕死过去：

狂喜极悲，
均令人灵魂出窍。

我在岸上狂乱地跑来跑去，高举双手，做出千百种古怪的姿势。这时，我全部的身心都在回忆着自己死里逃生的经过，并想到同伴们全都葬身大海，唯我独生，真是不可思议。因为后来我只见到三顶帽子和一顶无檐便帽，以及两只不成双的鞋子在随波逐流。

我遥望那只搁浅了的大船，这时海上烟波浩渺，船离岸甚远，只能隐约可见。我不由感叹：“上帝啊，我怎么竟能上岸呢！”

我自我安慰了一番，庆幸自己死而复生。然后，我开始环顾四

周，看看我究竟到了什么地方，想想下一步该怎么办。但不看则已，这一看使我的情绪立即低落下来。我虽获救，却又陷入了另一种绝境。我浑身湿透，却没有衣服可更换；我又饥又渴，却没有任何东西可充饥解渴。我看不到有任何出路，除了饿死，就是给野兽吃掉。我身上除了一把小刀、一个烟斗和一小匣烟叶，别无他物。这使我忧心如焚，有好一阵子，我在岸上狂乱地跑来跑去，像疯子一样。夜色降临，我想到野兽多半在夜间出来觅食，更是愁思满腹。我想，若这儿真有猛兽出没，我的命运将会如何呢?

在我附近有一棵枝叶茂密的大树，看上去有点像枞树，但有刺。我想出的唯一办法是：爬上去坐一整夜再说，第二天再考虑死的问题吧，因为我看不出有任何生路可言。我从海岸向里走了几十米，想找些淡水喝，居然给我找到了，真使我大喜过望。喝完水，我又取了点烟叶放到嘴里充饥，然后爬上树，尽可能躺得稳当些，以免睡熟后从树上跌下来。我事先还从树上砍了一根树枝，做了一根短棍防身。由于疲劳至极，我立即睡着了，真是睡得又熟又香。我想，任何人，处在我现在的环境下，绝不会睡得像我这么香的。

一觉醒来，天已大亮。这时，风暴已过，天气晴朗，海面上也不像以前那样波浪滔天了。然而，最使我惊异的是，那只搁浅的大船，在夜里被潮水浮出沙滩后，又给冲到我先前被撞伤的那块岩石附近。现在这船离岸仅一海里左右，并且还好好地停在那儿。我想我若能上得大船，就可以拿出一些日常生活的必需品。

我从树上睡觉的地方下来，环顾四周，发现那只逃生的小艇被风浪冲到陆地上搁浅在那儿，在我右方约两英里处。我沿着海岸向小艇走去，但发现小艇与我所在的地方横隔着一个小水湾，约有半英里宽。于是我就折回来了。因为，当前最要紧的是我得设法上大船，希望在上面能找到一些日常生活必需品。

午后不久，海面风平浪静，潮水也已远远退去。我只要走下海岸，泅上几十米，即可到达大船。这时，我心里不禁又难过起来。因为我想到，倘若昨天我们全船的人不下小艇，仍然留在大船上，大家必定会平安无事，这时就可安全抵达陆地；我也不会像现在这样，孤苦伶仃，孑然一身了。而现在，我既无乐趣，又无伴侣。想到这里，我忍不住流下泪来。可是，现在悲伤于事无补，我决定只要可能就先上船去。当时，天气炎热，我便脱掉衣服，跳下水去。可是，当我泅到船边时，却没法上去，因为船已搁浅，故离水面很高；我两臂所及，没有任何可以抓住的东西。我绕船游了两圈，忽然发现一根很短的绳子。我惊异自己先前竟没有看见这根绳子。那绳子从船头上挂下来，绳头接近水面；我毫不费力地抓住绳子往上攀登，进入了船的前舱。上去后发现船已漏水，舱底进满了水。因为船搁浅在一片坚硬的沙滩上，船尾上翘，船头几乎都浸在水里，所以船的后半截没有进水。可以想象，我急于要查看一下哪些东西已损坏，哪些东西还完好。首先，我发现船上的粮食都还干燥无碍。这时，我当然先要吃些东西，就走到面包房去，把饼干装满了自己的衣袋，同时边吃边干其他活儿，因为我必须抓紧时间才行。我又在大舱里找到了一些甘蔗酒，就喝了一大杯。此时此刻，我极需喝点酒提提神。此时此刻，我只想能有一只小船，把我认为将来需要的东西，通通运到岸上去。

如果这样呆坐着不动手，是不可能获得所需要的东西的。这么一想，使我萌发了自己动手的念头。船上有几根备用的帆杠，还有两三块木板，一两根多余的第二接桅。我决定由此着手，只要搬得动的，都从船上扔下去。在把这些木头扔下水之前，先都用绳子绑好，以免被海水冲走。然后，我又把它们一一用绳子拉近船边，把四根木头绑在一起，两头尽可能绑紧，扎成一只木排的样子，又用两三块短木板横放在上面，我上去走了走，倒还稳当，就是木头太轻吃不住多少重量。于是我又动手用木匠的锯子把一根第二接桅锯成三段加到木排上。这工作异常辛苦，但我因急于想把必需的物品运上岸，也就干下来了。要在平时，我是无论如何不可能完成如此艰巨的工程的。

木排做得相当牢固，也能吃得住相当的重量。接着我就考虑该装些什么东西上去，还要防止东西给海浪打湿。不久我便想出了办法。我先把船上所能找到的木板都铺在木排上，然后考虑了一下所需要的东西。我打开三只船员用的箱子，把里面的东西倒空，再把它们一一吊到木排上。第一只箱子里我主要装食品：粮食、面包、米、三块荷兰干酪、五块羊肉干，以及一些剩下来的欧洲麦子——这些麦子原来是喂船上的家禽的。现在家禽都已死了。船上本来还有一点大麦和小麦，但后来发现都给老鼠吃光了或搞脏了，使我大为失望。至于酒类，我也找到了几箱，那都是船长的。里面有几瓶烈性甜酒，还有五六加仑椰子酒。我把酒直接放在木排上，因为没有必要把酒放进箱子，更何况箱子里东西也已塞满了。在我这般忙碌的时候，只见潮水开始上涨，虽然风平浪静，但还是把我留在岸边的上衣、衬衫和背心全部冲走了。这使我非常懊丧，因为我游泳上船时，只穿了一条长短及膝的麻纱短裤和一双袜子。这倒使我不得不找些衣服穿了。船里衣服很多，但我只挑了几件目前要穿的，因为我认为其他有些东西更重要，尤其是木工工具。我找了半天，总算找到了那只木匠箱子。此时工具对我来说是最重要的，即使是整船的金子也没有这箱木匠工具值钱。我把箱子放到木排上，不想花时间去打开看一下，因为里面装些什么工具我心里大致有数。

其次，我必须搞到枪支和弹药。大舱里原来存放着两支很好的鸟枪和两支手枪，我都拿了来，又拿了几只装火药的角筒，一小包子弹和两把生锈的旧刀。我知道船上还有三桶火药，只是不知道炮手们把它们放在什么地方了。我又找了半天，终于找到了。有两桶仍干燥可用，另一桶已浸水了。我就把两桶干燥的火药连同枪支一起放到木排上。这时我发现木排上装的东西已不少了，就开始动脑筋如何运上岸，因为一没帆二没桨三没舵，只要有点风，就会把木排打翻在海里。

当时，有三点情况令人鼓舞：第一，海面平静如镜；第二，时值涨潮，海水正向岸上冲去；第三，虽有微风，却也吹向岸上。我找到了原来小艇上用的三支断桨；此外，除了工具箱中的那些工具外，另外还找出了两把锯子，一把斧头和一只榔头。货物装载完毕，我就驾起木排向岸上进发。最初的一海里，木排行驶得相当稳当，但却稍稍偏离了我昨天登陆的地方。至此，我发现，原来这一带的水流直向岸边的一个方向流去。因此，我想附近可能会有一条小溪或小河，果真如此的话，我就可驾木排进入港口卸货了。

果然不出所料，不久我就看到了一个小湾，潮水正直往里涌。于是我驾着木排，尽可能向急流的中心漂去。在这里，我几乎又一次遭到了沉船失事的灾祸。果真那样，那我可要伤透心了。因为我尚不熟悉地形，木排的一头忽然一下子搁浅在沙滩上，而另一头却还漂在水里。只差一点，木排上的货物就会滑向漂在水里的一头而最后滑入水中。这种情况下，我只能竭尽全力用背顶住那些箱子，不让它们下滑。但我怎么用力也无法撑开木排，而且，我只能死顶着，无法脱身做其他事情。就这样我足足顶了半个钟头。直到后来，潮水继续上涨，木排才稍稍平衡。又过了一会儿，潮水越涨越高，木排又浮了起来。我用桨把木排向小河的入海口撑去，终于进入河口。这儿两边是岸，潮水直往里涌。我观察了一下小河两岸的地势，准备找个合适的地方停靠。我不想驶入小河太远的地方，而是想尽量靠近海边的地方上岸，因为我希望能看到海上过往的船只。

最后，我终于在小河的右岸发现一个小湾。我费尽艰辛，好不容易把木排驶到最浅的地方。我用桨抵住河底，尽力把木排撑进去。可是，在这里，我几乎又一次险些把货物全都倒翻在水里。这一带河岸又陡又直，找不到可以登岸的地方。如果木排一头搁浅在岸上，另一头必定会像前次那样向下倾斜，结果货物又有滑向水里的危险。这时，我只好用桨作锚，把木排一边固定在一片靠近河岸的平坦的沙滩上，以等待潮水涨高，漫过沙滩再说。后来，潮水果然继续上涨，漫上沙滩，等水涨得够高了，我才把木排撑过去，因为木排吃水有一尺多深。到了那儿，我把两支断桨插入沙滩里，前后各一支，把木排停泊好，单等潮水退去，就可以把木排和货物平平安安地留在岸上了。

接下来我得观察一下周围的地形，找个合适的地方安置我的住所和贮藏东西，以防发生意外。至今我还不知自己身处何地，在大陆上呢，还是在小岛上；有人烟的地方呢，还是没有人烟的地方；有野兽呢，还是没有野兽，对这些我都一无所知。离我不到一英里的地方，有一座小山，高高耸立于北面的山丘之上，看来那是一道山脉。我拿了一支鸟枪、一支手枪和一角筒火药，向那座山的山顶走去。历尽艰辛，总算爬上了山顶；环顾四周，不禁令我悲伤万分。原来我上了一个海岛，四面环海；极目所至，看不见一片陆地，只见远方几块孤岩礁石。再就是西边有两个比本岛还小的岛屿，约在十五海里开外。

我还发现，这个海岛非常荒凉，看来荒无人烟，只有野兽出没其间。但至今我尚未遇见过任何野兽，却看到无数飞禽，可都叫不出是什么飞禽，也不知道打死之后肉好不好吃。回来路上，我见一只大鸟停在大树林旁的一棵树上，就向它开了一枪。我相信，自上

帝创造这世界以来，第一次有人在这个岛上开枪。枪声一响，整个森林里飞出无数的飞鸟，各种鸟鸣聒噪而起，呼号交错，乱成一片，但这些鸟我却一个也叫不出名字来。我打死的那只鸟，从毛色和嘴看，像是一种老鹰，但没有钩爪，其肉酸腐难吃，毫无用处。

现在，我感到对岛上的环境已了解得差不多了，就回到木排旁，动手把货物搬上岸来。那天剩下的时间全都用在搬运物品上了。至于夜间怎么办，在什么地方安息，还心中无数。我当然不敢睡在地上，怕野兽来把我吃掉。后来我才发现，这种担心是多余的。

但我还是尽我所能，把运到岸上的那些箱子和木板，搭成一个像木头房子似的住所，把自己围起来保护自己，以便晚上可以睡在里面。至于吃的，我至今还未想出办法如何为自己提供食物。在我打鸟的地方，曾见过两三只野兔似的动物从树林里跑出来。

这时我想到，船上还有许多有用的东西，尤其是那些绳索，帆布以及许多其他东西都可以搬上岸来。我决定只要可能，就再上船去一次。我知道，要是再刮大风暴，船就会彻底毁了。因此，我决定别的事以后再说，先把船上能搬下来的东西通通搬下来。这么一想，我就琢磨再次上船的办法。看来，再把大木排撑回去是不可能了。所以，我只好等潮水退后，像上次那样泅水过去。决心一下，我就立即付诸实施。不过，在我走出木屋之前，先脱掉衣服，只穿一件衬衫、一条短裤和一双薄底鞋。

我像前次那样上了船，并又做了一只木排。有了上次的经验，我不再把木排做得像第一个那么笨重了，也不再装那么多货物了，但还是运回了许多有用的东西。首先，我在木匠舱房里找到了三袋钉子和螺丝钉、一把大钳子、二十来把小斧，尤其有用的是一个磨刀砂轮。我把这些东西都安放在一起，再拿了一些炮手用的物品，特别是两三只起货用的铁钩、两桶枪弹、七支短枪、一支鸟枪，还有一小堆火药、一大袋小子弹和一大卷铅皮。可铅皮太重，我无法把它从船上吊到木排上。

此外，我搜集了能找到的所有的男人衣服和一个备用樯帆——那是一个前桅中帆，一个吊床和一些被褥。我把这些东西都装上我的第二只木排，并平安地运到岸上。这使我深感宽慰。

在我离岸期间，我曾担心岸上的粮食会给什么动物吃掉。可是回来一看，却不见有任何不速之客来访的迹象，但见一只野猫似的动物站在一只箱子上。我走近它时，它就跑开几步，然后又站在那里一动也不动。这小家伙神态自若，直直地瞅着我的脸，毫无惧色，还好像要与我交个朋友似的。我用枪把它拨了一下，可这小家伙一点都不在乎，根本就没有想跑开的意思，因为它不懂那枪是什么东西。于是，我丢给它一小块饼干。说实在的，我手头并不宽裕，存粮不多，但还是分给它一小块。那家伙走过去闻了闻，就吃下去了，好像吃得很有味，还想向我要。可是，对不起了，我自己实在没有多少了，只能谢绝它的要求。于是，那小家伙就走开了。

第二批货上岸后，我很想把两桶火药打开，分成小包藏起来，因为两大桶的火药分量太重，但我得先用船上的帆布和砍好的支柱做一顶帐篷，把凡是经不起雨打日晒的东西通通搬进去，再把那些空箱子和空桶放在帐篷周围，以防人或野兽的突然袭击。

帐篷搭好，防卫筑好，我又用几块木板把帐篷门从里面堵住，门外再竖上一只空箱子。然后，我在地上搭起一张床，头边放两支手枪，床边再放上一支长枪，这样总算第一次能上床睡觉了。我整夜睡得很安稳，因为昨天晚上睡得很少，白天又从船上取东西、运东西，辛苦了一整天，实在疲倦极了。

我相信，我现在所拥有的各种武器弹药，其数量对单独一个人来说是空前的。但我并不以此为满足，我想趁那只船还搁浅在那儿时，尽可能把可以搬动的东西弄下来。因此，我每天趁退潮时上船，每次都运回些东西。特别是第三次，我把船上所有的粗细绳子通通取了来，同时又拿了一块备用帆布，那是备着补帆用的。我甚至把那桶受了潮的火药也运了回来。一句话，我把船上的帆都拿了下来，不过我都把它们裁成一块块的，每次能拿多少就拿多少，因为现在我需要的不是整块的帆，而是帆布。

但最令我快慰的是，在我这样跑了五六趟之后，满以为船上已没什么东西值得我搜寻了，不料又找到了一大桶面包，三桶甘蔗酒，一箱砂糖和一桶上等面粉。这真是意外的收获，因为我以为除了那些已浸水的粮食外，已不会再有什么食品了。我立刻将一大桶面包倒出来，把它们用裁好的一块块帆布包起来，平安地运到岸上。

第二天，我又到船上去了一趟。这时，我看到船上凡是我拿得动而又易于搬运的东西，已被我掠取一空。于是我就动手搬取船上的锚索。我把锚索截成许多小段，以便于搬运。我把船上两根锚索和一根铁缆以及其他能搬动的铁器都取下来，又把船上的前帆杠和后帆杠，以及所有能找到的其他木料也都砍下来，扎成一只大木排，再把那些东西装上去运回岸上。但这次运气不佳。因为木排做得太笨重，载货又多，当木排驶进卸货的小湾后，失去控制。结果木排一翻，连货带人，通通掉进水里去了。因为木排离岸已近，人倒没有受伤；可是，我的大部分货物却都损失了。尤其是那些铁器，我本来指望将来会有用处的。不过，退潮后，我还是把大部分锚索和铁器从水里弄了上来；这项工作当然十分吃力，我不得不潜入水里把它们一一打捞上来。后来，我照样每天到船上去一次，把能够搬下来的东西都搬下来。

我现在已上岸十三天了，到船上就去了十一次。在这十多天里，我已把我双手拿得动的东西，通通搬了下来。可是，我相信，假如天气一直晴好，我一定可以把整条船拆成一块块的木板搬到岸上。当我正准备第十二次上船时，开始刮起了大风，但我还是在退潮时上了船，尽管我以为我已搜遍了全船，不可能再找到什么有用的东西了，结果还是有新发现。我找到了一个有抽屉的柜子，在一个抽屉里，我找到了两三把剃刀，一把大剪刀，十几副刀叉；在另一个抽屉里，还发现了约值三十六镑的钱币，有欧洲的，巴西的，也有西班牙的；其中有的是金币，有的是银币。

看着这些钱币，我感到好笑。“噢，你们这些废物！”我大声说，“你们现在还有什么用处呢？对我来说，现在你们的价值还不如粪土。那些刀子，一把就值你们这一大堆。我现在用不着你们，你们就留在老地方沉到海底去吧，根本不值得救你们的命！”可是，再一想，我还是把钱拿走了。我一边用一块帆布把钱包好，一边考虑再做一只木排。正当我在做木排时，发现天空乌云密布，风也刮得紧起来。不到一刻钟，一股狂风从岸上刮来。我马上意识到，风从岸上刮来，做木排就毫无用处了，还不如乘潮水还未上涨，赶快离开，要不可能根本回不到岸上去了。于是我立刻跳下水，游过船和沙滩之间那片狭长的水湾。这一次，由于带的东西太重，再加上风势越刮越强劲，我游得很吃力。当潮水上涨不久后，海上已刮起风暴了。

我回到了自己搭的小帐篷，这算是我的家了。我躺了下来，四周是我全部的财产，心中不禁感到十分安稳和踏实。大风刮了整整一夜。第二天早晨，我向外一望，那只船已无影无踪了！这使我感到有点意外，但回头一想，我又觉得坦然了。我没有浪费时间，也没有偷懒，把船上一切有用的东西都搬了下来，即使再多留一点时间，船上也已没有多少有用的东西好拿了。

我现在不再去想那只船了，也不去想船上的东西了，只希望船破之后，有什么东西会漂上岸来。后来，船上确实也有一些零零碎碎的东西漂过来，但这些东西对我已没多大用处了。

当时，我的思想完全集中在如何保护自己，防备野人或野兽的袭击上——假如岛上有野人或野兽的话。我想了许多办法，考虑造什么样的住所：是在地上掘个洞呢，还是搭个帐篷。最后，我决定两样都要。至于建成什么样子，怎样去做，不妨在这里详细谈谈。

首先，我感到目前居住的地方不太合适。一则因离海太近，地势低湿，有害身体健康；二则附近没有淡水。我得找一个比较卫生、比较方便的地方建造自己的住所。

我根据自己的情况，拟定了选择住所的几个条件：第一，必须如我上面所说的，要清洁卫生，要有淡水；第二，要能遮阴；第三，要能避免猛兽或人类的突然袭击；第四，要能看到大海，万一上帝让什么船只经过，我就不至于失去脱险的机会，因为我始终存有一线希望——迟早能摆脱目前的困境。

我按上述条件去寻找一个合适的地点，发现在一个小山坡旁，有一片平地。小山靠平地的一边又陡又直，像一堵墙，不论人或野兽都无法从上面下来袭击我。在山岩上，有一块凹进去的地方，看上去好像是一个山洞的进口，但实际上里面并没有山洞。

在这山岩凹进去的地方，前面是一片平坦的草地，我决定就在此搭个帐篷。这块平地宽不过一百码，长不到二百码。若把住所搭好，这块平坦的草地犹如一块草坪，从门前起伏连绵向外伸展形成一个缓坡，直至海边的那块低地。这儿正处小山西北偏北处，日间小山正好挡住阳光，当太阳转向西南方向照到这儿时，也就快要落下去了。

搭帐篷之前，我先在石壁前面划了一个半圆形，半径约十码，直径有二十码。

沿这个半圆形，我插了两排结实的木桩。木桩打入泥土，就像木橛子，大头朝下，高约五英尺半，顶上都削得尖尖的。两排木桩之间的距离不到六英寸。

然后，我用从船上截下来的那些缆索，沿着半圆形，一圈一圈地盘绕在两排木桩之间，一直堆到顶上，再用一些两英尺半高的木桩插进去拉紧缆索，仿佛柱子上的横条。这个篱笆十分结实牢固，不管是人还是野兽，都无法冲进来或攀越篱笆爬进来。这项工程，花了我不少时间和劳力，尤其是我得从树林里砍下粗枝做木桩，再运到草地上，又一一把它们打入泥土，这工作尤其费力费时。

至于住所的进出口，我没有在篱笆上做门，而是用一个短梯从篱笆顶上翻进去，进入里面后再收好梯子。这样，我四面都受保护，完全与外界隔绝，夜里就可以高枕无忧了。不过，我后来发现，对我所担心的敌人，根本不必如此戒备森严。

我又花了极大的力气，把前面讲到的我的全部财产——全部粮食、弹药武器和补给品，一一搬到篱笆里面，或者可以说搬到这个堡垒里来。我又给自己搭了一个大帐篷用来防雨，因为这儿一年中有一个时期常下倾盆大雨。我把帐篷做成双层的，也就是说，里面一个小的，外面再罩一个大的，大帐篷上面又盖上一大块油布。那油布当然也是我在船上搜集帆布时一起拿下来的。

现在我不再睡在搬上岸的那张床上了，而是睡在一张吊床上，这吊床原是船上大副所有，质地很好。

我把粮食和一切容易受潮损坏的东西都搬进了帐篷。完成这工作后，就把篱笆的出入口给堵起来。此后，我就像上面所说，用一个短梯翻越篱笆进出。

做完这些工作后，我又开始在岩壁上打洞，把挖出来的土石方从帐篷里运到外面，沿篱笆堆成一个平台，约一英尺高。这样，帐篷算是我的住房，房后的山洞就成了我的地窖。

这些工作既费时又费力，但总算一一完成了。现在，我再回头追述一下其他几件使我煞费苦心的事情。在我计划搭帐篷打岩洞的同时，突然乌云密布，暴雨如注，雷电交加。在电光一闪，霹雳突至时，一个念头也像闪电一样掠过我的头脑，比闪电本身更让我吃惊："哎哟，我的火药啊！"想到一个霹雳就会把我的火药全部炸毁时，我几乎完全绝望了。因为我不仅要靠火药自卫，还得靠其猎取食物为生。当时，我只想到火药，而没有想到火药一旦爆炸自己也就完了。假如真的火药爆炸，我自己都不知道死在谁的手里呢。

这场暴风雨使我心有余悸。因此，我把所有其他工作，包括搭帐篷、筑篱笆等这些事情都先丢在一边。等雨一停，我立刻着手做一些小袋子和匣子，把火药分成许许多多小包。这样，万一发生什么情况，也不致全部炸毁。我把一包包的火药分开贮藏起来，免得一包着火危及另一包。这件工作我足足费了两个星期的时间。火药大约有二百四十磅，我把它们分成一百多包。至于那桶受潮的火药，我倒并不担心会发生什么危险，所以我就把它放到新开的山洞里。我把这山洞戏称为我的厨房。其余的火药我都藏在石头缝里，以免受潮，并在储藏的地方小心地做上记号。

在包装和储藏火药的两星期中，我至少每天带枪出门一次。这样做可以达到三个目的：一来可以散散心；二来看看能否猎获点什么东西吃；三来也可以了解一下岛上的物产。第一次外出，我便发现岛上有不少山羊，这使我十分高兴。可我也发现这对我来说并非是件大好事。因为这些山羊胆小而又狡猾，而且跑得飞快，实在很难靠近它们。但我并不灰心，我相信总有办法打到一只的。不久我真的打死了一只。我先是发现了山羊经常出没的地方，然后就采用打埋伏的办法来获取我的猎物。我注意到，如果我在山谷里，哪怕它们在山岩上，也准会惊恐地逃窜；但若它们在山谷里吃草，而我站在山岩上，它们就不会注意到我。我想，这是由于山羊眼睛生的部位使它们只能向下看，而不容易看到上面的东西吧。因此，我就先爬到山上，从上面打下去，往往很容易打中。我第一次开枪，打死了一只正在哺小羊的母羊，这使我心里非常难过。母羊倒下后，小羊呆呆地站在它身旁。当我背起母羊往回走时，那小羊也跟着我一直走到围墙外面。于是我放下母羊，抱起小羊，进入木栅，一心想把它驯养大。可是小山羊就是不肯吃东西，没有办法，我只好把它也杀了吃了。这一大一小两只山羊的肉，供我吃了好长一段时间，因为我吃得很省。我要尽量节省粮食，尤其是面包。

住所建造好了，我就想到必须要有一个生火的地方，还得准备些柴来烧。至于我怎样做这件事，怎样扩大石洞，又怎样创造其他一些生活条件，我想以后在适当的时候再详谈。现在想先略微谈谈自己，谈谈自己对生活的看法。在这些方面，你们可以想象，我确实有不少感触可以谈谈的。

我感到自己前景黯淡。因为，我被凶猛的风暴刮到这荒岛上，远离原定的航线，距离人类正常的贸易航线有数百海里之遥。我想，这完全是出于天意，让我孤苦伶仃，在凄凉中了却余生。想到这些，我的眼泪不禁夺眶而出。有时我不禁犯疑，苍天为什么要这样作践自己所创造的生灵，害得他们如此不幸，如此孤立无援，又如此沮丧寂寞呢！在这样的环境中，有什么理由要我们认为生活对我们是一种恩赐呢？

可是，每当我这样想的时候，立刻又有另一种思想出现在我的脑海里，并责怪我不应有上述这些念头。特别是有一天，当我正带枪在海边漫步时，我思考着自己目前的处境。这时，理智从另一方面劝慰我："的确，你目前形单影只，孑然一身，这是事实。可是，

你不想想，你的那些同伴呢？他们到哪儿去了？你们一同上船时，不是有十一个人吗？那么，其他十个人到哪儿去了呢？为什么他们死了，唯独留下你一个人还活着呢？是在这孤岛上强呢，还是到他们那儿去好呢？”说到去他们那儿时，我用手指了指大海——“他们都已葬身大海了！真是，我怎么不想想祸福相倚和祸不单行的道理呢？”

这时，我又想到，我目前所拥有的一切，殷实充裕，足以维持温饱。要是那只大船不从触礁的地方浮起来漂近海岸，并让我有时间从船上把一切有用的东西取下来，那我现在的处境又会怎样呢？要知道，像我现在的这种机遇，真是千载难逢的。假如我现在仍像我初上岸时那样一无所有，既没有任何生活必需品，也没有任何可以制造生活必需品的工具，那我现在的情况又会怎么样呢？“尤其是，”我大声对自己说，“如果我没有枪，没有弹药，没有制造东西的工具，没有衣服穿，没有床睡觉，没有帐篷住，甚至没有任何东西可以遮身，我又该怎么办呢？”可是现在，这些东西我都有，而且相当充足，即使以后弹药用尽了，不用枪我也能活下去。我相信，我这一生绝不会受冻挨饿，因为我早就考虑到各种意外，考虑到将来的日子；不但考虑到弹药用尽之后的情况，甚至想到我将来体衰力竭之后的日子。

我得承认，在考虑这些问题时，并未想到火药会被雷电一下子炸毁的危险；因此雷电交加之际，我才想到这个危险，着实使我惊恐万状。这件事我前面已叙述过了。

现在，我要开始过一种寂寞而又忧郁的生活了。这种生活也许在这世界上是前所未闻的。因此，我决定把我生活的情况从头至尾，按时间顺序一一记录下来。我估计，我是九月三十日踏上这可怕的海岛的，当时刚入秋分，太阳差不多正在我头顶上。所以，据我观察，我在北纬9°22′的地方。

上岛后约十一二天，我忽然想到，我没有书、笔和墨水，一定会忘记计算日期，甚至连安息日和工作日都会忘记。为了防止发生这种情况，我便用刀子在一根大柱子上用大写字母刻上以下一句话："我于一六五九年九月三十日在此上岸。"我把柱子做成一个大十字架，立在我第一次上岸的地方。在这方柱的四边，我每天用刀刻一个凹口，每七天刻一个长一倍的凹口，每一月刻一个再长一倍的凹口。就这样，我就有了一个日历，可以计算日期了。

另外，我还应该提一下，我从船上搬下来的东西很多，有些东西价值不大但用处不小，可是前面我忘记交代了，我这里特别要提一下那些纸、笔、墨水，以及船长、大副、炮手和木匠的一些东西，像三四个罗盘啦，一些观察和计算仪器啦，日晷仪啦，望远镜啦，地图啦，以及航海书籍之类的东西。当时我不管有用没用，通通收拾起来带上岸。同时，我又找到了三本完好的《圣经》，是随我的英国货一起运来的。我上船时，把这几本书打在我的行李里面。此外，还有几本葡萄牙文的书籍，其中有两三本天主教祈祷书和几本别的书籍。所有这些书本我都小心地保存起来。我也不应忘记告诉读者，船上还有一条狗和两只猫。关于它们奇异的经历，我以后在适当的时候还要谈到。我把两只猫都带上岸。至于那条狗，我第一次上船搬东西时，它就泅水跟我上岸了，后来许多年中，它一直是我忠实的仆人。我什么东西也不缺，不必让它帮我猎取什么动物或做我的同伴帮我干什么事，但求能与它说说话，可就连这一点它都办不到。我前面已提到，我找到了笔、墨水和纸，但我用得非常节省。你们将会看到，只要我有墨水，我可以把一切都如实记载下来，但一旦墨水用完，我就记不成了，因为我想不出有什么方法可以制造墨水。

这使我想到，尽管我已收集了这么多东西，我还缺少很多很多东西，墨水就是其中之一。其他的东西像挖土或搬土用的铲子、鹤嘴锄、铁锹，以及针线等我都没有。至于内衣内裤之类，虽然缺乏，不久我也便习惯了。

由于缺乏适当的工具，一切工作进行得特别吃力。我花了差不多整整一年的时间，才把我的小木栅或围墙筑好。就拿砍木桩而言，木桩很重，我只能竭尽全力选用我能搬得动的。我花很长时间在树林里把树砍下来削好，至于搬回住处就更费时间了。有时，我得花两天的时间把一根木桩砍下削好再搬回来，第三天再打入地里。至于打桩的工具，我起初找了一块很重的木头，后来才想到了一根起货用的铁棒。可是，就是用铁棒，打桩的工作还是非常艰苦、非常麻烦的。

其实，我有的是时间，工作麻烦一点又何必介意呢？何况筑完围墙，又有什么其他工作可做呢？至少我一时还没有想到要做其他什么事情，无非是在岛上各处走走，寻找食物而已。这是我每天多多少少都要做的一件事。

我开始认真地考虑自己所处的境遇和环境，并把每天的经历用笔详细地记录下来。我这样做，并不是为了留给后人看，因为我相信，在我之后，不会有多少人上这荒岛来；我这样做，只是为了吐露心事，每日可以浏览，聊以自慰。现在，我已开始振作起来，不再灰心丧气，因此，我尽量自勉自慰。我把当前的祸福利害一一加以比较，以使自己知足安命。我按照商业簿记的格式，分“借方”和“贷方”，把我的幸运和不幸，好处和坏处公允地排列出来：

祸与害	福与利
我流落荒岛，摆脱困境已属无望。	唯我独生，船上同伴皆葬身海底。
唯我独存，孤苦伶仃，困苦	在全体船员中，我独免一

万状。	死。上帝既然以其神力救我一命，也必然会救我脱离目前的困境。
我与世隔绝，仿佛是一个隐士，一个流放者。	小岛虽荒凉，但我尚有粮食，不致饿死。
我没有衣服穿。	我地处热带，即使有衣服也穿不住。
我无法抵御人类或野兽的袭击。	在我所流落的孤岛上，没有我在非洲看到的那些猛兽。假如我在非洲沿岸覆舟，那又会怎样呢？
我没有人可以交谈，也没有人能解救我。	但上帝神奇地把船送到海岸附近，使我可以从船上取下许多有用的东西，让我终身受用不尽。

总而言之，从上述情况看，我目前的悲惨处境在世界上是绝无仅有的。但是，即使在这样的处境中，也祸福相济，有令人值得庆幸之处。我希望世上的人都能从我不幸的遭遇中取得经验和教训。那就是，在万般不幸之中，可以把祸福利害一一加以比较，找出可以聊以自慰的事情，然后可以归入账目的“贷方金额”这一项。

现在，我对自己的处境稍感宽慰，就不再对着海面望眼欲穿，希求有什么船只经过了。我说，我已把这些事丢在一边，开始筹划度日之计，并尽可能地改善自己的生活。

前面我已描述过自己的住所。那是一个搭在山岩下的帐篷，四周用木桩和缆索做成坚固的木栅环绕着。现在，我可以把木栅叫作围墙了，因为我在木栅外面用草皮堆成了一道两英尺来厚的墙，并在大约一年半的时间里，在围墙和岩壁之间搭了一些屋椽，上面盖些树枝或其他可以弄到的东西用来挡雨。因为我发现，一年之中总有一段时间大雨如注。

前面我也说过，我把一切东西都搬进了这个围墙，搬进了我在帐篷后面打的山洞。现在我必须补充说一下，那些东西起初都杂乱无章地堆在那里，以致占满了住所，弄得我连转身的余地都没有。于是我开始扩大和挖深山洞。好在岩石质地是一种很松的沙石，很容易挖。当我觉得围墙已加固得足以防御猛兽的袭击时，我便向岩壁右边挖去，然后再转向右面，直至把岩壁挖穿，通到围墙外面，做成了一个可供出入的门。

这样，我不但有了一个出入口，有了帐篷和贮藏室的后门，而且有了更多的地方贮藏我的财富。

现在，我开始着手制造日常生活中的一些必需家具了。譬如说椅子和桌子，没有这两样家具，我连世上一些最起码的生活乐趣都无法享受。没有桌子，我写字吃饭无以为凭，其他不少事也无法做，生活就毫无乐趣可言。

于是，我就开始工作。说到这里，我必须先说明一下。推理乃是数学之本质和原理，因此，如果我们能对一切事物都加以分析比较，精思明断，则人人都可掌握任何工艺。我一生从未使用过任何工具，但久而久之，以我的劳动、勤勉和发明设计的才能，我终于发现，我什么东西都能做，只要有适当的工具。然而，尽管我没有工具，也制造了许多东西，有些东西我制造时，仅用一把手斧和一

把斧头。我想没有人会用我的方法制造东西，也没有人会像我这样付出无穷的劳力。譬如说，为了做块木板，我得先砍倒一棵树，把树横放在我面前，再用斧头把两面削平，削成一块板的模样，然后再用手斧刮光。确实，用这种方法，一棵树只能做一块木板，但这是没有办法的办法，我唯有用耐心才能完成。只有花费大量的时间和劳力才能做一块板，反正我的时间和劳动力都已不值钱了，怎么用都无所谓。

上面讲了，我先给自己做了一张桌子和一把椅子，这些是用我从船上运回来的几块短木板做材料制成的；后来，我用上面提到的办法，做了一些木板，沿着山洞的岩壁搭了几层一英尺半宽的大木架，把工具、钉子和铁器等东西分门别类地放在上面，以便取用。我又在墙上钉了许多小木钉，用来挂枪和其他可以挂的东西。

假如有人看到我的山洞，一定会以为是一个军火库，里面枪支弹药应有尽有，一应物品安置得井然有序，取用方便。我看到样样东西都放得井井有条，而且收藏丰富，心里感到无限的宽慰。

现在，我开始记日记了，把每天做的事都记下来。在这之前，我天天匆匆忙忙，辛苦劳累，且心绪不宁。即使记日记，也必定索然无味。例如，我在日记中一定会这样写："九月三十日，我没被淹死，逃上岸来，吐掉了灌进胃里的大量海水，略略苏醒了过来。这时，我非但不感谢上帝的救命之恩，反而在岸上胡乱狂奔，又是扭手，又是打自己的头和脸，为自己的不幸大叫大嚷，不断地叫嚷着'我完了，我完了！'直至自己精疲力竭，才不得不倒在地上休息，可又不敢入睡，唯恐被野兽吃掉。"

几天之后，甚至在我把船上可以搬动的东西都运上岸之后，我还是每天爬到小山顶上，呆呆地望着海面，希望能看到船只经过。妄想过甚，有时仿佛看到极远处有一片帆影，于是欣喜若狂，以为有了希望。我望眼欲穿，这时帆影却消失得无影无踪，我便一屁股坐在地上，像小孩似的大哭起来。这种愚蠢的行为，反而增加了我的烦恼。

这个心烦意乱的阶段多少总算过去了，我把住所和一切家什也都安置妥当。后来又做好了桌子和椅子，样样东西安排得井井有条，我便开始记日记了。现在，我把全部日记抄在下面（有些前面提到过的事不得不重复一下）。但后来墨水用光了，我也就不得不中止记日记了。

日　　记

一六五九年九月三十日　我，可怜而不幸的鲁滨逊·克罗索，在一场可怕的大风暴中，在大海中沉船遇难，流落到这个荒凉的孤岛上。我且把此岛称为“绝望岛”吧。同船伙伴皆葬身鱼腹，我本人却九死一生。

整整一天，我为自己凄凉的境遇悲痛欲绝。我没有食物，没有房屋，没有衣服，没有武器，也没有地方可逃，没有获救的希望，只有死路一条，不是被野兽吞嚼果腹，就是因缺少食物而活活饿死。夜幕降临，因怕被野兽吃掉，我睡在一棵树上。虽然整夜下雨，我却睡得很香。

十月一日　清晨醒来，只见那只大船已随涨潮浮起，并冲到了离岸很近的地方。这大大出乎我意料。使我感到快慰的是，大船依然直挺挺地停在那儿，没有被海浪打得粉碎。我想，待风停浪息之后，可以上去弄些食物和日用品来救急。但想到那些失散了的伙伴，我又深感悲伤。我想，要是我们当时都留在大船上，也许能保住大船，至少也不至于被淹死。假如伙伴们不死，我们可以用大船残余部分的木料，造一条小船，划到别处去。这一天大部分的时间我都被这些念头所困扰。后来，看到船里没进多少水，我便走到离船最近的沙滩，泅水上了船。这一天雨还是下个不停，但没有一点风。

从十月一日至二十四日，我连日上船，把我所能搬动的东西通通搬了下来，趁涨潮时用木排运上岸。这几天雨水很多，有时雨时停时续。看来，这儿当前正是雨季。

十月二十日　木排翻倒，上面的货物也都翻到水里去了，但木排翻倒的地方水很浅，那些东西又都很重，所以没有被冲走。一等退潮，我还是捞回了不少东西。

十月二十五日　下了一天一夜的雨，还夹着阵阵大风。风越刮越猛，最后竟把大船打得粉碎。退潮时可以看到大船的碎片，但大船已不复存在。这一整天，我把从船上搬回来的东西安置好并覆盖起来，以免给雨水淋坏。

十月二十六日　我在岸上跑了差不多一整天，想寻找一个合适的地方做住所。我最担心的是安全问题，住地必须能防御野兽或野人在夜间的突然袭击。傍晚，我终于在一个山岩下找到了合适的地方。我划了一个半圆形作为构筑住所的地点，并决定沿着那个半圆形安上两层木桩，中间盘上缆索，外面再加上草皮，筑成一个坚固的防御工事，像围墙或堡垒之类的建筑物。

二十六日至三十日　我埋头苦干，把全部货物搬到新的住地，虽然有时大雨倾盆。

三十一日　早晨我带枪深入孤岛腹地，一则为了找点吃的，一则为了查看一下小岛环境。我打死了一只母山羊，它的一只小羊跟着我回家，后来我把它也杀了，因为它不肯吃食。

十一月一日　我在小山下搭起了一个帐篷，我尽可能把帐篷搭大些，里面再打上几根木桩用来挂吊床，这是我第一次夜晚在帐篷里睡觉。

十一月二日　我把所有的箱子、木板，以及做木排用的木料，沿着半圆形内侧堆成一个临时性的围墙，作为我的防御工事。

十一月三日　我带枪外出，打死两只野鸭似的飞禽，肉很好吃。下午开始做桌子。

十一月四日　早晨，开始计划时间的安排。规定了工作的时间、带枪外出的时间、睡眠的时间以及消遣的时间。我的计划是这样的：每天早晨，如果不下雨，就带枪出去走上两三个小时，回来后再工作到十一点左右；然后，就有什么吃什么；十二点至下午两点为午睡时间，因为这儿天气异常炎热；傍晚再开始工作。今天和明天的全部工作时间，我都用来做桌子。目前我还是个拙劣的工匠，做一样东西要花很多时间。但不久我就成了一个熟练工了。什么事做多了就熟能生巧，另一方面也迫于需要。我相信，这在其他任何人也是办得到的。

十一月五日　今天我带枪外出，并且把狗也带上了。打死了一只野猫，其毛皮柔软，但肉却不能吃。我每打死什么动物，都剥下毛皮保存起来。从海边回来时，看到各种不同的水鸟，我都叫不上名字。还看到两三只海豹，使我大吃一惊。我开始看到它们时，一时还不知道它们究竟是什么动物。后来它们游向了大海。这一次，它们从我眼皮底下逃掉了。

十一月六日　早晨外出回来后就继续做桌子，最后终于完成了，但样子很难看，连我自己都不满意。不久，我又设法把桌子改进了一下。

十一月七日　天气开始晴朗起来。七日、八日、九日、十日以及十二日的一部分时间（十一日是礼拜日），我都用来做一把椅子。费了好大的劲，才勉强做成椅子的样子，连差强人意都谈不上。在做的过程中，我做了再拆，拆了再做，折腾了好几次。

附记：我不久就不再做礼拜了。因为我忘记在木桩上刻凹痕了，因而也就记不起哪天是哪天了。

十一月十三日　今天下雨，令人精神为之一爽。天气也凉快多了，但大雨伴随着电闪雷鸣，吓得我半死，令我万分惊恐，因为我担心火药会被雷电击中而炸毁。因此，雷雨一停，我就着手把火药分成许许多多小包，以免遭到不测。

十一月十四日，十五日，十六日　这三天，我做了许多小方匣，每个匣子大约可以装一两磅火药。我把火药装入匣内，并分开小心安全地贮藏好。其中有一天，我打到了一只大鸟，肉很好吃，但我不知道是什么鸟。

十一月十七日　今天开始，我开始在帐篷后的岩壁上挖洞，以扩大我住所的空间，使生活更方便些。

附记：要挖洞，我最需要的是三样工具：一把鹤嘴锄、一把铲子和一辆手推车或一只箩筐。我就先不挖洞，而是考虑制造一些必不可少的工具。我用起货钩代替鹤嘴锄，还颇合用，只是重了点。此外，还需要一把铲子，这是挖土的重要工具，没有铲子，什么事也别想做，可我不知道怎样才可以做把铲子。

十一月十八日　第二天，我去树林里搜寻，发现一种树，像巴西的“铁树”，因为这种树的木质特别坚硬。我费了好大的劲才砍下了一块，几乎把我的斧头都砍坏了。又费了不少力气，才把木块带回住所，因为这种木头实在太重了。

这种木料确实非常坚硬，可是我别无他法，所以，我费了好大的功夫才做成一把铲子。我慢慢把木块削成铲子的形状，铲柄完全像英国铲子一样，只是铲头没有包上铁，所以没有正式的铁铲那么耐用。不过，必要时用一下也还能勉强对付。我想，世界上没有一把铲子是做成这个样子的，也绝不会花这么长的时间才做成一把铲子。

虽然有了鹤嘴锄和铲子，但工具还是不够，我还缺少一只箩筐或一辆手推车。箩筐我没有办法做，因为我没有像编藤器用的细软的枝条，至少现在我还没有找到。至于手推车，我想除了轮子外，其他都可以做出来。可做轮子却不那么容易，我简直不知从何处着手。此外，我也无法做一个铁的轮子轴心，使轮子能转动。因此，我决定放弃做轮子的念头，而做一个灰斗似的东西——就是小工替泥水匠运泥灰用的灰斗，这样就可把石洞里挖出来的泥土运出来。

这工作不像做铲子那么难。但制造这些工具——灰斗和铲子，以及试图做手推车最终又不得不放弃，一共花费了整整四天时间，当然不包括每天早晨带枪外出的时间。可以说，我几乎没有一天不出去，也几乎没有一天不带回些猎物做我每天的食物。

十一月二十三日　因为做工具，其他工作都搁了下来，等这些工具制成，我又继续做所耽搁了的工作。只要有精力和时间，我每天都工作，花了整整十八天的时间扩大和加深了岩洞；洞室一拓宽，存放东西就更方便了。

附记：这几天，我的工作主要是扩大洞室。这样，这个山洞成了我的贮藏室和军火库，也是我的厨房、餐室和地窖。我一般仍睡在帐篷里，除非在雨季，雨下得太大，帐篷漏雨，我才睡到洞室里。所以，我后来把围墙里的所有地方，通通用长木条搭成屋椽的样子，架在岩石上，再在上面铺些菖蒲草和大树叶，做成一个茅屋的样子。

十二月十日　我本以为挖洞的工程已大功告成，可突然发生了塌方。也许我把洞挖得太大了，大量的泥土从顶上和一旁的岩壁上塌下来，落下的泥土之多，简直把我吓坏了。我这般惊恐，当然不是没有理由的。要是塌方时我正在洞内，那我肯定用不着掘墓人了。这次灾祸一发生，我又有许多工作要做了。我不但要把落下来的松土运出去，还安装了天花板，下面用柱子支撑起来，免得再出现塌方的灾难。

十二月十一日　今天我按昨天的计划动手工作，用两根柱子作为支撑，每根柱子上交叉搭上两块木板撑住洞顶。这项工作第二天就完成了。接着我支起了更多的柱子和木板，花了大约一星期的时间把洞顶加固。洞内一行行直立的柱子，把洞室隔成了好几间。

十二月十七日　今天至二十日，我在洞里装了许多木架，又在柱子上敲了许多钉子，把那些可以挂起来的东西都挂起来。现在，我的住所看上去有点秩序了。

十二月二十日　我把所有的东西都搬进洞里，并开始布置自己的住所。我用木板搭了个碗架似的架子，好摆吃的东西。但木板已经越来越少了。另外，我又做了一张桌子。

十二月二十四日　整夜整日大雨倾盆，没有出门。

十二月二十五日　整日下雨。

十二月二十六日　无雨，天气凉爽多了，人也感到爽快多了。

十二月二十七日　用枪打死了一只小山羊，又把另一只小山羊的一条腿打瘸了。我抓住了瘸腿的小山羊，用绳子牵回家。到家后我把山羊的断腿绑了起来，还上了夹板。

附记：在我精心照料下，受伤的小山羊活下来了，腿也长好了，而且长得很结实。由于我的长期喂养，小山羊渐渐驯服起来，整日在我住所门前的草地上吃草，不肯离开。这诱发了我的一个念头：我可以饲养一些易于驯服的动物，将来一旦弹药用完也不愁没有东西吃。

十二月二十八日，二十九，三十日　酷热无风。整天在家，到傍晚才外出寻食。整日在家里整理东西。

一月一日　天气仍然很热。我早晚带枪各外出一次，中午午睡。傍晚我深入孤岛中心的山谷里，发现许多野山羊，但极易受惊，难以捕捉。我决定带狗来试试是否能猎取几只。

一月二日　照着昨天的想法，我今天带狗外出，叫它去追捕那些山羊。可是，我想错了，山羊不仅不逃，反而一起面对我的狗奋起反抗。狗也知道危险，不敢接近羊群。

一月三日　我动手修筑篱笆，或可以算作是围墙，因为我一直担心会受到攻击。我要把围墙筑得又厚又坚固。

附记：关于围墙，我前面已交代过了，在日记中，就不再重复已经说过的话了。这里只提一下：从一月三日至四月十四日，我一直在修筑这座围墙。最后终于完成了，并尽可能做得完满些。围墙呈半圆形，从岩壁的一边，围向另一边，两处相距约八码，围墙全长仅二十四码，岩洞的门正好处于围墙中部的后面。

在这段时间里，我努力工作，尽管雨水耽搁了我许多天，甚至好几个星期。我觉得，围墙不做好，我住在里面就没有安全感。我做的每件工作所花的劳动，简直难以令人置信。尤其是那些木桩，要把木桩从树林里搬回来，又要打进土里，实在非常吃力，因为我把木桩做得太大了，而实际上并不需要那么大。

墙筑好后，又在墙外堆了一层草皮泥，堆得和墙一般高。这样，我想，即使有人到岛上来，也不一定看得出里面有人住。我的这一做法是非常明智的。后来事实也证明了这一点。

在此期间，只要雨不大，我总要到树林里去寻找野味，并常有一些新的发现，可以改善我的生活。尤其是我发现了一种野鸽，它们不像斑尾林鸽那样在树上做窠，而像家鸽一样在石穴里做窝。我抓了几只小鸽子，想把它们驯养大。养倒是养大了，可一大就飞走了。想来也许我没有经常给它们喂食。事实上，我也没什么东西可喂它们。然而，我经常找到它们的窝，捉些小鸽子回来，这种鸽子的肉非常好吃。

在料理家务的过程中，我发现还缺少许多许多东西。有些东西根本没办法制造，事实也确实如此。譬如，我无法制造木桶，因为根本无法把桶箍起来。前面我曾提到，我有一两只小桶，可是我花了好几个星期还是做不出一只新桶来。我无法把桶底安上去，也无法把那些薄板拼合得不漏水。最后，我只好放弃了做桶的念头。

其次，我无法制造蜡烛，所以一到天黑就只得上床睡觉。在这儿一般七点左右天就黑下来了。我记得我曾有过一大块蜂蜡，那是我从萨累的海盗船长手里逃到非洲沿岸的航程中做蜡烛用的，现在早已没有了。我唯一的补救办法是：每当我杀山羊时，把羊油留下来。我用泥土做成一个小盘子，经太阳暴晒成了一个小泥盘，然后把羊油放在泥盘里，再弄松麻绳后取下一些麻絮做灯芯。这样总算做成了一盏灯，虽然光线没有蜡烛明亮和稳定，但也至少给了我一点光明。

在我做这些事的时候，我偶尔翻到了一个小布袋。我上面已提到过，这布袋里装了一些谷物，是用来喂家禽的，而不是为这次航行供船员食用的。这袋谷子可能是上次从里斯本出发时带上船的吧。袋里剩下的一点谷物早已被老鼠吃光了，只留下一些尘土和谷壳。因为我很需要这个布袋，就把袋里的尘土和谷壳抖在岩石下的围墙边。当时，想必是我要用这布袋来装火药吧，因为，我记得我给电闪雷鸣吓坏了，急于要把火药分开包装好。

我扔掉这些东西，正是上面提到的那场大雨之前不久的事。扔掉后也就完了，再也没有想起这件事情。大约一个月之后，我发现地上长出了绿色的茎秆。起初我以为那只是自己以前没有注意到的某种植物罢了。但不久以后，我看到长出了十一二个穗头，与欧洲的大麦甚至英国的大麦一模一样，这使我十分惊讶。

我又惊愕，又困惑，心里的混乱难以用笔墨形容。我这个人不信教，从不以宗教戒律约束自己的行为，认为一切出于偶然，或简单地归之于天意，从不去追问造物主的意愿及其支配世间万物的原则。但当我看到，尽管这儿气候不宜种谷类，却长出了大麦。何况我对这些大麦是怎么长出来的一无所知，自然吃惊不小。于是我想到，这只能是上帝显示的奇迹——没有人播种，居然能长出庄稼来。我还想到，这是上帝为了让我能在这荒无人烟的孤岛上活下去才这么做的。

想到这里，我颇为动情，禁不住流下了眼泪。我开始为自己的命运庆幸，这种世间少有的奇事，竟会在我身上发生。尤其令我感到不可思议的是，在大麦茎秆的旁边，沿着岩壁，稀稀落落长出了几枝其他绿色的茎秆，显然是稻茎。我认得出那是稻子，因为我在非洲上岸时曾见过这种庄稼。

当时，我不仅认为这些谷物都是老天为了让我活命而赐给我的，并且还相信岛上其他地方一定还有。于是，我在岛上搜遍了我曾经到过的地方，每个角落，每块岩石边我都查看了一遍，想找到麦穗和稻秆，可是，再也找不到了。最后，我终于想起，我曾经有一只放鸡饲料的袋了，我把里面剩下的谷壳抖到了岩壁下。这一想，我惊异的心情一扫而光。老实说，我认为这一切都是极其平常的事，所以我对上帝的感恩之情也随之减退了。然而，对发生这样的奇迹，对意料之外的天意，我还是应该感恩戴德的。老鼠吃掉了绝大部分谷粒，而仅存的十几颗竟然没有坏掉，仿佛从天上掉下来似的，发生这样的奇迹难道不是天意又是什么呢？再说，我把这十几颗谷粒不扔在其他地方，恰恰扔在岩壁下，因而遮住了太阳，使其很快长了出来；如果丢在别处，肯定早就给太阳晒死了，这难道不是天意吗?

到了大麦成熟的季节，大约是六月底，我小心地把麦穗收藏起来，一颗麦粒也舍不得丢失。我要用这些收获的麦粒作种子重新播种一次，希望将来收获多了，可以用来做面包吃。后来，一直到第四年，我才吃到一点点自己种的粮食，而且也只能吃得非常节省。这些都是后事，我以后自会交代。第一次播种，由于季节不对头，我把全部种子都损失了。因为我正好在旱季来临前播下去，结果种子根本发不了芽，即使长出来了，也长不好。这些都是后话。

除了大麦，另外还有二三十枝稻秆，我同样小心翼翼地把稻谷收藏起来，目的也是为了能再次播种，好自己做面包吃，或干脆煮来吃，因为后来我发现不必老是用烘烤的办法，放在水里煮一下也能吃。当然后来我也烤着吃。现在，再回到我的日记上来吧。

这三四个月，我工作非常努力，修筑好了围墙。到四月十四日，完成了封闭围墙的工作，因为我原来就计划不用门进出，而是用一架梯子越墙而过。这样外来的人就看不出里面是住人的地方。

四月十六日　我做好了梯子。我用梯子爬上墙头，再收起来放到围墙的内侧爬下去。围墙是全封闭的。墙内有足够的活动空间，墙外的人则无法进入墙内，除非也越墙而入。

完成围墙后的第二天，我几乎一下子前功尽弃，而且差点送命。事情是这样的：正当我在帐篷后面的山洞口忙着干活时，突然发生了一件可怕的事情，把我吓得魂不附体。山洞顶上突然掉下大量的泥土和石块，岩壁上也有泥土和石头滚下来，把我竖在洞里的两根柱子一下子都压断了，还发出可怕的爆裂声。我惊慌失措，完全不知道究竟发生了什么事，以为只不过像上回那样发生了塌方，洞顶有一部分塌了下来。我怕被土石埋在底下，立即跑向梯子。后来觉

得在墙内还不安全，怕山上滚下来的石块打着我，我爬到了围墙外面。等到我下了梯子站到平地上，我才明白发生了可怕的地震。我所站的地方在大约八分钟内连续摇动了三次。这三次震动，其强烈程度，足以把地面上最坚固的建筑物震倒。离我大约半英里之外靠近海边的一座小山的岩顶，被震得崩裂下来，那山崩地裂的巨响，把我吓得半死。我平生从未听到过这么可怕的声响。这时，大海汹涌震荡，我想海底下一定比岛上震动得更激烈。

我以前从未遇到过地震，也没有听经历过地震的人谈起过，所以我一时吓得目瞪口呆，魂飞魄散。当时，地动山摇，胃里直想吐，就像晕船一样。而那山石崩裂发出的震耳欲聋的巨响，把我从呆若木鸡的状态中惊醒过来，我感到胆战心惊。小山若倒下来，压在帐篷上和全部家用物品上，就会一下子把一切都埋起来。一想到这里，我心里就凉了半截。

第三次震动过后，过了好久，大地不再晃动了，我胆子才渐渐大起来。但我还是不敢爬进墙去，生怕被活埋。我只是呆呆地坐在地上，垂头丧气，闷闷不乐，不知如何才好。在惊恐中，我从未认真地想到上帝，只是像一般人那样有口无心地叫着："上帝啊，发发慈悲吧！"地震一过，连这种叫唤声也没有了。

我正这么呆坐在地上时，忽见阴云密布，好像马上要下雨了。不久，风势渐起，不到半小时，就刮起了可怕的飓风。顷刻之间，海面上波涛汹涌，惊涛拍岸，浪花四溅，陆地上大树连根拔起。真是一场可怕的大风暴。风暴刮了大约三小时，就开始减退了；又过了两小时，风静了，却下起了滂沱大雨。

在此期间，我一直呆坐在地上，心中既惊恐又苦闷。后来，我突然想到，这场暴风雨是地震之后发生的。看来地震已经过去，我可以冒险回到我的洞室里去了。这样一想，精神再次振作起来，加上大雨也逼得我走投无路，只好爬过围墙，坐到帐篷里去。但大雨倾盆而下，几乎要把帐篷都压塌，我就只好躲到山洞里去，心里却始终惶恐不安，唯恐山顶塌下来把我压死。

这场暴风雨迫使我去做一件新的工作。这就是在围墙脚下开一个洞，像一条排水沟，这样就可把水放出去，以免把山洞淹没。在山洞里坐了一会儿，地震再也没有发生，我才稍稍镇静下来。这时我感到十分需要壮壮胆，就走到贮藏室里，倒了一小杯甘蔗酒喝。我喝甘蔗酒一向很节省，因为我知道，喝完后就没有了。

大雨下了整整一夜，第二天又下了大半天，因此我整天不能出门。现在，我心里平静多了，就考虑起今后的生活来。我的结论是，既然岛上经常会发生地震，我就不能老住在山洞里。我得考虑在开阔的平地上造一间小茅屋，四面像这里一样围上一道墙，以防野兽或野人的袭击。如果我在这里住下去，迟早会被活埋的。

想到这里，我决定要把帐篷从原来的地方搬开。现在的帐篷正好搭在小山的悬崖下面。如果再发生地震，那么悬崖塌下来必定会砸倒帐篷。于是我花了两天的时间，即四月十九日和二十日，来计划新的住地以及搬家的方法。

我唯恐被活埋，整夜不得安睡。但想到睡在外面，四周毫无遮挡，心里又同样害怕。而当我环顾四周，看到一切应用物品都安置得井井有条，自己的住地又隐蔽又安全，又极不愿意搬家了。

同时，我也想到，建个新家耗费时日，目前还不得不冒险住在这里。以后，等我建造好一个新的营地，并也像这儿一样保护起来，才能再搬过去。这样决定之后，我心里安定多了，并决定以最快的速度，用木桩和缆索之类的材料照这儿的样子筑一道围墙，再把帐篷搭在围墙里。但在新的营地建造好之前，我还得冒险住在原地。这是四月二十一日的事。

四月二十二日　今天早上，我开始考虑实施搬家的计划，但却无法解决工具问题。我有三把大斧和许多小斧（我们带了许多小斧，是准备与非洲土人做交易用的），但由于经常用来砍削多节的硬木头，弄得都是缺口，一点也不快了。磨刀砂轮倒是有一个，但我却无法转动磨轮来磨工具。为了设法使砂轮转动，我煞费苦心，犹如政治家思考国家大事，也像法官决定一个人的生死命运。最后，我想出办法，用一根绳子套在轮上，用脚转动轮子，两手就可腾出来磨工具了。

附记：在英国，我从未见过磨刀的工具，即使见过，自己也没注意过这种东西的样子，尽管在英国这种磨刀工具是到处可见的。此外，我的砂轮又大又笨重。我花了整整一个星期，才把这个磨刀机器做好。

四月二十八日、二十九日　整整两天，我忙着磨工具。转动砂轮的机器效果不错。

四月三十日　我发现食物大大减少了，就仔细检查了一下，决定减为每天只吃一块饼干。这使我心里非常忧虑。

五月一日　早晨，我向海面望去，只见潮水已经退了。一个看上去像桶一样的大东西搁浅在岸边。我走过去一看，原来是一只小木桶，另外还有几片破船的残片。这些都是被飓风刮到岸上来的。再看看那只破船，只见比先前更高出水面。我查看了一下冲上岸边的木桶，发现原来是一桶火药，但火药已浸水，结得像石头一样硬。不过，我还是暂时把它滚到岸上，然后踏上沙滩，尽量走近那破船，希望能再弄到点什么东西。

我走近船边，发现船的位置已大大变动了。在此之前，船头是埋在沙里的；现在，至少抬高了六英尺。至于那船尾，在我最后一次上船搜括东西之后不久，就被海浪打得粉碎，脱离了船身，现在看样子被海水冲到一边去了。在船尾旁，原来是一大片水洼子，约四分之一海里宽，要接近破船，非得游泳不可。而现在，水洼被沙泥壅塞，堆得高高的。所以，一退潮，就可以直接走到船跟前。我起初对这一变化感到有点意外，但不久就马上明白，这是地震的结果。由于地震的激烈震动，船破得更不像样了。每天，总有些东西被海浪从船上打下来，风力和潮水又把这些东西冲到岸上。

这使我把搬家的计划暂时搁置一边。当天，我便想方设法到船上去。但我发现，船上已没有什么东西可拿了，因为船里堆满了沙泥。可是我现在对什么事都不轻易放弃，所以决定把船上能拆下来的东西通通拆下来。我相信，这些东西将来对我总会有些用处的。

五月三日　我动手用锯子锯断了一根船梁。我猜想，这根船梁是支撑上面的甲板或后面的甲板的。船梁锯断后，我尽力清除旁边积得很高的泥沙。但不久潮水开始上涨，我不得不暂时放弃这一工作。

五月四日　今天去钓鱼，但钓到的鱼没有一条敢吃。我感到不耐烦了，正想离开时，却钓到了一只小海豚。我用绞绳的麻丝做了一根长长的钓鱼线，但我没有鱼钩。不过我还是常能钓到鱼吃。我把钓到的鱼都晒干了再吃。

五月五日　在破船上干活。又锯断了一根船梁。从甲板上取下三块松木板，把板捆在一起，趁涨潮时把它们漂到岸上。

五月六日　继续上破船干活。从船上取下几根铁条和一些铁器。工作得很辛苦，回来时累坏了，很想放弃这种工作。

五月七日　又到破船上去，但不想再干活了。由于船梁已锯断，破船已承受不住自己的重量，因此自己碎裂了。有几块木板散落下来，船舱裂开，看进去里面尽是水和泥沙。

五月八日　到破船上去。这次我带了一只起货用的铁钩，撬开了甲板，因为甲板上已没有多少水和泥沙了。我撬下了两块木板，像前次那样趁着潮水送上岸。我把起货铁钩留在船上，以便明天再用。

五月九日　到破船上去，用铁钩撬入船身，探到了几只木桶。我用铁钩把这几只桶撬松了，却无法把桶打开。我也探到了一卷英国铅皮，并已拨动了，但实在太重了，根本搬不动。

五月十日、十一日、十二日、十三日、十四日　每天上破船，弄到了不少木料和木板，以及二三百磅的铁。

五月十五日　我带了两把小斧上船，想用一把小斧的斧口放在那卷铅皮上，再用另一把去敲，试试能不能截一块铅皮下来。但因为铅皮在水下有一英尺半深，根本无法敲到放在铅皮上的手斧。

五月十六日　刮了一夜大风，风吹浪打后，那条失事的船显得更破烂不堪了。我在树林里找鸽子吃，耽误了不少时间，等我想上船时，潮水已涨了上来，就无法再到船上去了。

五月十七日　我看见几块沉船的残骸漂到岸上，离我差不多有两英里远，决心走过去看个究竟。原来是船头上的一块木料，但是太重了，根本搬不动。

五月二十四日　几天来，我每天上破船干活。我费尽力气，用起货铁钩撬松了一些东西。潮水一来，竟有几只木桶和两只水手箱子浮了出来。由于风是从岸上吹来的，那天漂到岸上的东西只有几块木料和一桶巴西猪肉，但那肉早被咸水浸坏，且掺杂着泥沙，根本无法食用。

我这样每天除了觅食就上船干活，直到六月十五日。在此期间，我总是涨潮时外出觅食，退潮时就上船干活。这么多天来，我弄到了不少木料和铁器。如果我会造船，就可以造条小艇了。同时，我又先后搞到了好几块铅皮，大约有一百来磅重。

六月十六日　走到海边，看到一只大鳖。这是我上岛后第一次看到这种动物。看来，也许我运气不佳，以前一直没有发现，其实这岛上大鳖不少。后来我发现，要是我在岛的另一边居住，我每天肯定可以捉到好几百只，但同时因鳖满为患，将受害不浅。

六月十七日　我把那大鳖拿来煮了吃。在它的肚子里，我还挖出了六十只蛋。当时，我感到鳖肉鲜美无比，是我平生尝到的最佳菜肴。因为自从我踏上这可怕的荒岛，除了山羊和飞禽，还没有吃过别的动物的肉呢！

六月十八日　整天下雨，没有出门。我感到这回的雨有点寒意，身子感到有点发冷。我知道，在这个纬度上，这是不常有的事。

六月十九日　病得很重，身子直发抖，好像天气太冷了。

六月二十日　整夜不能入睡，头很痛，并发热。

六月二十一日　全身不舒服。想到自己生病而无人照顾的惨状，不禁怕得要死。自从在赫尔市出发遭遇风暴以来，我第一次祈祷上帝。至于为什么祈祷，祈祷些什么，连自己也说不清楚，因为思绪混乱极了。

六月二十二日　身子稍稍舒服一点，但因为生病，还是害怕极了。

六月二十三日　病又重了，冷得直发抖，接着是头痛欲裂。

六月二十四日　病好多了。

六月二十五日　发疟疾，很厉害。发作一次持续七小时，时冷时热，最后终于出了点汗。

六月二十六日　好了一点。因为没有东西吃，就带枪出门。身体十分虚弱，但还是打到了一只母山羊。好不容易把山羊拖回家，非常吃力。烤了一点山羊肉吃。很想煮些羊肉汤喝，可是没有锅子。

六月二十七日　疟疾再次发作，且来势很凶。在床上躺了一整

天，不吃不喝。口里干得要命，但身子太虚弱，连爬起来弄点水喝的力气都没有。再一次祈祷上帝，但头昏昏沉沉的。头昏过去后，我又不知道该怎样祈祷，只是躺在床上，连声叫喊："上帝，保佑我吧！上帝，可怜我吧！上帝，救救我吧！"这样连续喊了两三小时，寒热渐退，我才昏昏睡去，直到半夜才醒来。醒来后，觉得身子爽快了不少，但仍软弱无力，且口里渴得要命。可是家里没有水，只得躺下等第二天早晨再说。于是，我又睡着了。这一次，我做了一个噩梦。

我梦见我坐在围墙外面的地上，就是地震后的暴风雨时我坐的地方，看见一个人从一大片乌云中从天而降，四周一片火光。他降落到地上，全身像火一样闪闪发光，使我无法正眼看他。他面目狰狞可怖，非言语所能形容。当他两脚落到地面上时，我仿佛觉得大地都震动了，就像地震发生时一样。更使我惊恐的是，他全身似乎在燃烧，空中火光熠熠。

他一着地，就向我走来，手里拿着一根长矛样的武器，似乎要来杀我。当他走到离我不远的高坡上时，便对我讲话了，那声音真可怕得难以形容。他对我说的话，我只听懂了一句："既然所发生的一切事情都不能使你忏悔，现在就要你的命。"说着，他就举起手中的矛来杀我。

任何人读到我这段记述时，都会感到，这个可怕的梦境，一定把我吓得灵魂出窍，根本无法描绘当时的情景。虽然这仅仅是一个梦，但却十分恐怖。即使醒来后，明知是一场梦，但在脑海里留下的印象，仍可怕得难以言传。

天哪！我不信上帝。虽然小时候父亲一直谆谆教诲我，但八年来，我一直过着水手的生活，染上了水手的种种恶习；我交往的人也都和我一样，邪恶缺德，不信上帝。所以，我从父亲那儿受到的一点点良好的教育，也早就消磨殆尽了。这么多年来，我不记得自己曾经敬仰过上帝，也没有反省过自己的行为。我生性愚蠢，善恶不分。即使在一般水手中，我也算得上是个邪恶之徒：冷酷无情，轻率鲁莽，危难中不知敬畏上帝，遇救时也不知道对上帝感恩。

从我前面的自述中，读者可以知道，至今我已遭遇了种种灾难，但我从未想到这一切都是上帝的意旨，也从未想到这一切都是对我罪孽的惩罚，是对我悖逆父亲的行为，对我当前深重的罪行，以及对我邪恶生涯的惩罚。当我不顾一切，冒险去非洲蛮荒的海岸，我从未想到这种冒险生涯会给我带来什么后果，也没有祈祷上帝为我指引一条正路，保佑我脱离身边的危险，免遭野兽或野人的袭击。我完全没有想到上帝，想到天意。我的行为完全像一个畜生，只受自然规律的支配，或者只听从常识的驱使，甚至连常识都谈不上。

当我在海上被葡萄牙船长救起来时，得到他优厚、公正和仁慈的对待，但我心里没有对上帝产生一点感激之情。后来我再度遭受船难，并差一点在这荒岛边淹死，我也毫无忏悔之意，也没有把这当作对我的报应。我只是经常对自己说，我是个“晦气鬼”，生来要吃苦受罪。

确实，我一上岸，发现其他船员全都葬身大海，唯我一人死里逃生，着实惊喜了一番；在狂喜中，我若能想到上帝，就会产生真诚的感恩之情。但我仅仅欣喜一阵子而已，高兴过了也就算了。我对自己说，我庆幸自己能活下来，却没有好好想一下，别人都死了，单单我一人幸免于难，岂不是上帝对我的特殊恩宠；也没有深入思考一下，上天为什么对我如此慈悲。我像一般船员一样，沉船之后，侥幸平安上岸，当然欣喜万分，然后就喝上几杯甜酒，就把船难忘得一干二净。我一生就过着这样的生活。

后来，我经过了一番思考，对自己的状况有了清醒的认识，知道自己流落到这个可怕的荒岛上，远离人烟，毫无获救的希望。尽管我知道身陷绝境，但一旦发现自己还能活下去，不致饿死，我的一切苦恼也随之烟消云散了。我又开始过着无忧无虑的生活，一心一意干各种活儿以维持自己的生存。我一点也没有想到，我目前的不幸遭遇，是上天对我的惩罚，是上帝对我的报应。说实话，这种思想很少进入我的头脑里。

前面我在日记中已经提到过，在大麦刚刚长出来时，我曾一度想到上帝，并深受感动，因为我最初认为那是上帝显示其神迹。但后来发现这并非上帝的神迹，我最初的感动也就随之消失了。关于这一点，我前面已记述过了。

地震该是大自然最可怕的景象了吧，而且，这往往使人想到冥冥中的那种神力，这种神力往往又与上帝或天意联系在一起。可是，在最初的一阵恐惧过去之后，关于神力和上帝的印象也马上随之消失。我既不觉得有什么上帝，也不认为有所谓上帝的审判，也没有想到我目前可悲的处境是出于上帝的旨意，好像我一直生活得十分优裕舒适似的。

可是现在，我生病了，死亡的悲惨境遇渐渐在我面前呈现。由于病痛，我精神颓丧；由于发热，我体力衰竭。这时，我沉睡已久的良心开始苏醒，并开始责备自己过去的生活。在此之前，我罪大恶极，冒犯了上帝，所以现在上帝来惩罚我，给我以非同寻常的打击，用这种报应的手段来对待我。

我的反省，在我生病的第二天和第三天，把我压得透不过气来。由于发热，也由于良心的谴责，从我嘴里逼出了几句类似祈祷的话。然而，这种祈祷，有口无心，既无良好的愿望，也不抱任何希望，只是恐惧和痛苦的呼喊而已。这时，我的思想极度混乱，深感自己罪孽深重，而一想到自己将在如此悲惨的境况下死去，更是恐怖万分。我的心灵惶恐不安，不知道自己嘴里说了些什么话，只是不断地呼喊着这样的话："上帝啊，我多可怜啊！我生病了，没有人照顾我，我是必死无疑了！我该怎么办啊？"于是，我的眼泪夺眶而出，半天说不出话来。

这时，我想起了父亲的忠告，也想到了他老人家的预言。这些我在故事一开始就提到了。父亲说，如果我执意采取这种愚蠢的行动，那么，上帝一定不会保佑我。当我将来呼援无门时，我会后悔自己没有听从他的忠告。这时，我大声说，现在父亲的话果然应验了：上帝已经惩罚了我，谁也不能来救我，谁也不能来听我的呼救了。我拒绝了上天的好意，上天原本对我十分慈悲，把我安排在一个优裕的生活环境中，让我幸福舒适地过日子，可是我自己却身在福中不知福，又不听父母的话来认识这种福分。我使父母为我的愚蠢行为而痛心，而现在，我自己也为我的愚蠢行为所带来的后果而痛心。本来，父母可以帮助我成家立业，过上舒适的生活。然而，我却拒绝了他们的帮助。现在，我不得不在艰难困苦中挣扎，困难之大，连大自然本身都难以忍受。而且，我孤独无援，没有人安慰我，也没有人照应我，也没有人忠告我。想到这里，我又大喊大叫："上帝啊，救救我吧！我已经走投无路了啊！"

多少年来，我第一次发出了祈祷，如果这也能算是祈祷的话。现在，让我重新回到日记上来吧。

六月二十八日　睡了一夜，精神好多了，寒热也完全退了，我就起床了。尽管噩梦之后，心有余悸，但我考虑到疟疾明天可能会再次发作，还不如趁此准备些东西，在我发病时可以吃喝。我先把一个大方瓶装满了水，放在床边的桌子上。为了减少水的寒性，又倒了四分之一公升的甘蔗酒在里面，把酒和水掺兑起来。然后，又取了一块羊肉，放在火上烤熟，但却吃不了多少。我又四处走动了一下，可是一点力气也没有。想到我当前可悲的处境，又担心明天要发病，心里非常苦闷，非常沉重。晚上，我在火灰里烤了三个鳖蛋，剥开蛋壳吃了，算是晚饭。就我记忆所及，这是我一生中第一次在吃饭时做祷告，祈求上帝的赐福。

吃过晚饭，我想外出走走，可是周身无力，几乎连枪都拿不动（因为我从来外出都要带枪）。所以我只走了几步，就坐在地上，眺望着面前的海面。这时，海上风平浪静。我坐在那里，心潮起伏，思绪万千。

这大地和大海，尽管我天天看到，可到底是什么呢？它们又来自何方？我和其他一切生灵，野生的和驯养的，人类和野兽，究竟是些什么？又都来自何方？

毫无疑问，我们都是被一种隐秘的力量创造出来的。也正是这种力量创造了陆地、大海和天空。但这种力量又是什么呢？

显然，最合理的答案是上帝创造了这一切。继而，就可得出一个非同寻常的结论：既然上帝创造了这一切，就必然能引导和支配这一切以及一切与之有关的东西。能创造万物的力量，当然也能引导和支配万物。

既然如此，那么在上帝创造的世界里，无论发生什么事，上帝不可能不知道——甚至就是上帝自己的安排。

既然发生的事上帝都知道，那上帝也一定知道我现在流落在这荒岛上，境况悲惨。既然发生的一切都是上帝一手安排的，那么，这么多灾难降临到我头上，也是上帝安排的。

我想不出有任何理由能推翻这些结论。这使我更加坚信，我遭遇的这些灾难，都是上帝安排的。正是上帝的指使，使我陷入了当前的悲惨境遇。上帝不仅对我，而且对世间万物，都有绝对的支配权力。于是，我马上又想到：上帝为什么要这么对待我？我到底做了什么坏事，上帝才这么惩罚我呢？

这时，我的良心立刻制止我提出这样的问题，好像我亵渎了神明；我好像听到良心对我说：“你这罪孽深重的人啊，你竟还要问你做了什么坏事？回头看看你半生的罪孽吧！问问你自己，你什么坏事没有做过？你还该问一下，你本来早就死了，为什么现在还能活着？为什么你没有在雅茅斯港外的锚地中淹死？当你们的船被从萨累开来的海盗船追上时，你为什么没有在作战中死去？你为什么没有在非洲海岸上被野兽吃掉？当全船的人都在这儿葬身大海，为什么唯独你一人没有淹死？而你现在竟还要问‘我做了什么坏事？’”

想到这些，我不禁惊愕得目瞪口呆，无言以对。于是，我愁眉不展地站起来，走回住所。我爬过墙头，准备上床睡觉。可是，我心烦意乱，郁郁不乐，无心入睡。我坐到椅子里，点燃了灯，因为这时天已黑了。我担心旧病复发，心中十分害怕。这时，我忽然想起，巴西人不管生什么病，都不吃药，只嚼烟叶。我箱子里有一卷烟叶，大部分都已烤熟了；也有一些青烟叶，尚未完全烤熟。

于是，我就起身去取烟叶。毫无疑问，这是上天指引我去做的。因为，在箱子里，我不仅找到了医治我肉体的药物，还找到了救治我灵魂的良药。打开箱子，我找到了我要找的烟叶。箱子里也有几本我保存下来的书，我取出了一本《圣经》。前面我曾提到过从破船上找到几本《圣经》的事。在此以前，我一直没有闲暇读《圣经》，也无意去读。我刚才说了，我取出了一本《圣经》，并把书和烟叶一起放到桌上。

我不知道如何用烟叶来治病，也不知道是否真能治好病。但我做了多种试验，并想总有一种办法能生效。我先把一片烟叶放在嘴里嚼，一下子，我的头便晕起来。因为，烟叶还是半青的，味道很重，而我又没有吃烟的习惯。然后，我又取了点烟叶，放在甘蔗酒里浸了一两个小时，决定睡前当药酒喝下去。最后，我又拿一些烟叶放在炭盆里烧，并把鼻子凑上去嗅烟叶烧烤出来的烟味，尽可能忍受烟熏的气味和热气，只要不窒息就嗅下去。

在这样治病的同时，我拿起《圣经》开始读起来。因为烟叶的气味把我的头脑弄得昏昏沉沉的，根本无法认真阅读，就随便打开书。映入我眼帘的第一个句子是："你在患难的时候呼求我，我就必拯救你，而你要颂赞我。"①

这些话对我的处境再合适不过了，读完后给我留下深刻的印象，并且，随着时间的过去，印象越来越深，铭记不忘。至于得到拯救的话，当时并没有使我动心。在我看来，我能获救的希望，实在太渺茫了，太不现实了。正如上帝请其子民以色列人吃肉时，他们竟然问："上帝能在旷野摆设筵席吗？"②所以我也问："上帝自己能把我从这个地方拯救出去吗？"因为获救的希望在许多年后才出现，所以这个疑问多年来一直在我的脑子里盘旋。话虽如此，但这句话还是给我留下了深刻的印象，并时常使我回味这句话的意思。夜已深了，前面我也提到，烟味弄得我头脑昏昏沉沉的，就很想睡觉了。于是，我让灯在石洞里继续点着，以便晚上要拿东西的话会方便些，就上床睡了。临睡之前，我做了一件生平从未做过的事：我跪下来，向上帝祈祷，求他答应我，如果我在患难中向他呼求，他必定会拯救我。我的祈祷断断续续，话不成句。做完了祈祷，我就喝了点浸了烟叶的甘蔗酒。烟叶浸过之后，酒变得很烈，且烟味呛人，几乎无法喝下去。我喝过酒后，就立刻上床睡觉。不久，我感到酒力直冲脑门，非常厉害。我就昏昏睡去，直到第二天下午三点钟才醒来。

---

①《圣经·旧约·诗篇》50 ： 15。在小说中，笛福让鲁滨逊多次提到这句话。

②《圣经·旧约·诗篇》78 ： 19。

现在，在我记这日记的时候，我有点怀疑，很可能在第二天我睡了整整一天一夜，直到第三天下午三点钟才醒来。因为，几年后，我发现我的日历中这一周少算了一天，却又无法解释其中的原因。要是我来回穿越赤道[①]失去时间的话，我少掉的应该不止一天。事实是，我的确把日子漏记了一天，至于为什么会漏掉这一天，我自己也不得而知。

不管怎么说，醒来时我觉得精神焕发，身体也完全恢复了活力。起床后，我感到力气也比前一天大多了，并且胃口也开了，因为我感到肚子饿了。一句话，第二天疟疾没有发作，身体逐渐复原。这一天是二十九日。

三十日当然身体更好了，我重又带枪外出，但不敢走得太远。打死了一两只像黑雁那样的海鸟带回家，可又不想吃鸟肉，就又煮了几个鳖蛋吃，味道挺不错。晚上，我又喝了点浸了烟叶的甘蔗酒，因为我感到，正是昨天喝了这种药酒，身体才好起来，这次我喝得不多，也不再嚼烟叶或烤烟叶熏头。第二天，七月一日，我以为身体会更好些，结果却有点发冷，但并不厉害。

七月二日　我重新用三种方法治病，像第一次那样把头弄得昏昏沉沉的，喝下去的药酒也加了一倍。

七月三日　病完全好了，但身体过了好几个星期才完全复原。在体力恢复过程中，我时时想到《圣经》上的这句话："我就必拯救你。"但我深深感到，获救是绝不可能的，所以我不敢对此存有任何奢望。正当我为这种念头而感到灰心失望时，忽然醒悟到：我一心只想上帝把我从目前的困境中拯救出来，却没有想到自己已经获得了拯救。于是，我扪心自问：我不是从疾病中被拯救出来了吗？难

① 穿越赤道不会失去时间。在这里，鲁滨逊也许头脑里想到的是日界线，即国际日期变更线。

道这不是一个奇迹？我不是也从最不幸、最可怕的境地中被拯救出来了吗？可自己有没有想到这一层呢？自己又有没有尽了本分，做该做的事情呢？“上帝拯救了我，我却没有颂赞上帝。”这就是说，我没有把这一切看作上帝对我的拯救，因而也没有感恩，我怎能期望更大的拯救呢？

想到这些，我心里大受感动，立即跪下来大声感谢上帝，感谢他使我病好复原。

七月四日　早上，我拿起《圣经》从《新约》读起。这次我是真正认真读了，并决定每天早晚都要读一次，也不规定一定要读多少章，只要想读就读下去。认真读经之后不久，我心中受到深切、真诚的感动，觉悟到自己过去的生活实在罪孽深重，梦中的情景又一次浮现在我的面前。我认真思考了梦中听到的那句话：“所发生的一切事情都不能使你忏悔。”那天，我真诚地祈求上帝给我忏悔的机会。忽然，就像有天意似的，在我照例翻阅《圣经》时，读到了这句话：“上帝又高举他在自己的右边，立为君王和救主，将悔改的心和赦罪的恩，赐给以色列人。”[①]于是，我放下书，双手举向天空；同时，我的心灵也升向天上，并欣喜若狂地高喊：“耶稣，你大卫[②]的儿子，耶稣，你被上帝举为君王和救主，请赐给我悔改的心吧！”

这是我有生以来第一次算得上是真正的祈祷，因为，我这次祈祷与自己的境遇联系了起来，并且，这次祈祷是受了上帝的话的鼓舞，抱着一种真正符合《圣经》精神的希望。也可以说，只有从这时起，我才开始希望上帝能听到我的祈祷。

现在，我开始用一种与以前完全不同的观点，理解我上面提到

①《圣经·新约·使徒行传》5 ： 31。

② 大卫，古代犹太王名，被犹太人奉为远祖。

的那句话："你若呼求我，我就必拯救你。"过去，我所理解的所谓拯救，就是把我从目前的困境中解救出来，因为，虽然我在这里自由自在，但这座荒岛对我来说实在是一座牢狱，而且是世界上最坏的牢狱。而现在，我从另一种意义上来理解"拯救"的含义：我回顾自己过去的生活，感到十分惊恐，我深感自己罪孽深重。因此，我现在对上帝别无他求，只求他把我从罪恶的深渊中拯救出来，因为，我的负罪感压得我日夜不安。至于我当前孤苦伶仃的生活，就根本算不了什么。我无意祈求上帝把我从这荒岛上拯救出去，我连想都没有这样想过。与灵魂获救相比，肉体的获救实在是无足轻重的。在这里，我说了这些话，目的是想让读者明白：一个人如果真的世事通明，就一定会认识到，真正的幸福不是被上帝从患难中拯救出来，而是从罪恶中拯救出来。

现在，闲话少说，重回到日记上来吧。

我当前的境况是：虽然生活依然很艰苦，但精神却轻松多了。由于读《圣经》和祈祷，思想变得高尚了，内心也有了更多的安慰，这种宽慰的心情我以前从未有过。同时，健康和体力也已恢复，我重又振作精神，安排工作，并恢复正常的生活。

从七月四日至十四日，我主要的活动是带枪外出，四处走走。像大病初愈的人那样，走走歇歇，随着体力逐渐恢复，再逐步扩大活动范围。当时，我精神萎靡，体力虚弱，一般人实难想象。我治病的方法，可以说是史无前例的。也许，这种方法以前从未治愈过疟疾。可我也不能把这个方法介绍给别人。用这个方法疟疾是治好了，但使我身体虚弱不堪。此后好长一段时间，我的神经和四肢还经常抽搐。

这场大病给了我一个教训：雨季外出对健康危害最甚，尤其是飓风和暴风带来的雨危害更大。而在旱季，要么不下雨，一下雨又总是刮暴风。所以，旱季的暴风雨比九、十月间的雨危害更大。

我在荒岛上已有十个多月了，获救的可能性几乎等于零。我有充分理由相信，在我之前，从未有人上过这孤岛。现在，我已按自己的意愿安排好了住所，就很想进一步了解这座小岛，并去看看岛上还有什么我尚未发现的物产。

七月十五日，我开始对这个小岛做更详细的勘察。我先走到那条小河边。这条小河，先前已经提到，是我木排靠岸的地方。我沿河而上走了约两英里，发现海潮最远只能到达这里。原来这是一条小溪，溪水清澈，口味甚佳。现在适值旱季，溪里有些地方连一滴水也没有；即使有的话，也汇不成水流。

在小溪旁，是一片片可爱的草地，平坦匀净，绿草如茵；在紧靠高地的那些地势较高的地方（显然，这儿是河水泛滥不到的地方），长着许多烟草，绿油油的，茎秆又粗又长。附近还有其他各种各样的植物，可惜我都不认识。这些植物也许各有各的用处，只是我不知道罢了。

我到处寻找木薯，那是热带印第安人用来做面包的植物，可是没有找到。我发现了许多很大的芦荟，但当时不知道其用途。我还看到一些甘蔗，因为是野生的，未经人工栽培，所以不太好吃。我感到这回发现的东西已不少了。在回家的路上，心里寻思着如何利用这些新发现，可是毫无头绪。我在巴西时不曾注意观察野生植物，如今陷入困境也就无法加以利用了。

第二天，十六日，我沿原路走得更远。小溪和草地均已到了尽头，但树木茂盛。在那儿，长着不少水果，地上有各种瓜类，树上有葡萄。葡萄长得很繁茂，葡萄藤爬满树枝，葡萄一串串的，又红又大。这意外的发现使我非常高兴。但经验警告我不能贪吃。我记得，在伯尔伯里上岸时，几个在那儿当奴隶的英国人因葡萄吃得太多，害痢疾和热病死了。但是，我还是想出了一个很好的方法利用这些葡萄，就是把它们放在太阳下晒干，制成葡萄干收藏起来。我相信葡萄干是很好吃的。在不是葡萄成熟的季节，就可以吃葡萄干，又富营养又好吃。后来事实也证明如此。

那晚我就留在那里，没有回家。顺便说一句，这是我第一次在外面过夜。到了夜里，我还是拿出老办法，爬上一棵大树，舒舒服服地睡了一夜。第二天早上，我又继续我的考察。在山谷里，我大约朝北走了四英里，南面和北面是逶迤不绝的山脉。

最后，我来到一片开阔地，地势向西倾斜。一湾清溪从山上流下来，向正东流去。眼前一片清新翠绿，欣欣向荣，一派春天气象，周围景色犹如一个人工花园。

我沿着这个风景秀丽的山坡往下走了一段路，心里暗自高兴，却又夹杂着苦恼。我环顾四周，心里不禁想，这一切现在都是我的，我是这地方无可争辩的君王，对这儿拥有所有权，如果可以转让的话，我可以把这块地方传给子孙后代，像英国采邑的领主那样。在那里，我又发现了许多椰子树、橘子树、柠檬树和橙子树，不过都是野生的，很少结果子，至少目前如此。可是我采集的酸橙不仅好吃，且极富营养。后来，我把酸橙的汁掺上水，吃起来又滋养，又清凉，又提神。

现在，我得采集一些水果运回家了。我采集了葡萄、酸橙和柠檬，准备贮藏起来好在雨季享用。因为我知道，雨季即将来临。

因此，我采集了许多葡萄堆在一个地方，在另一个地方又堆了一小堆，又采集了一大堆酸橙和柠檬放在另一个地方。然后，我每种都带了一些走上了回家的路。我决定下次回来时，带个袋子或其他什么可装水果的东西，把采集下来的水果运回家。

路上花了三天才到家。所谓的家，就是我的帐篷和山洞。可是还没到家，葡萄就都烂掉了。这些葡萄长得太饱满，水分很多，在路上一经挤压，就都破碎流水了，因此根本吃不成，只有少数破碎不太厉害的，尚勉强可吃。至于酸橙倒完好无损，可我不可能带得很多。

第二天，十九日，我带着事先做好的两只小袋子回去装运我的收获物。但是，当我来到葡萄堆前面时，原来饱满完好的葡萄，现在都东一片西一片被拖散开，有的被践踏得破碎不堪，有的则被吃掉了。眼前一片狼藉。这不禁使我大吃一惊。看来，附近一定有野兽出没。至于什么野兽，当然我无法知道。

现在我才意识到，把葡萄采集下来堆在一起不是办法，用袋子装运回去，也不是办法。堆集起来会被野兽吃掉，装运回去会压碎。于是，我想出了另一个办法。我采集了许多葡萄，把它们挂在树枝上。这些树枝当然能伸出树荫晒得到太阳，让太阳把葡萄晒干。但我可以用袋子尽量多带些柠檬和酸橙回来。

这次外出回家后，我想到那山谷物产丰富，风景优美，心里非常高兴。那边靠近溪流，树木茂盛，不怕暴风雨的袭击。我这时才发现，我所选定的住处，实在是全岛最坏的地方。总之，我开始考虑搬家问题，打算在那儿找一个安全的场所安家，因为那儿物产丰富，景色宜人。

搬家的念头在我头脑里盘旋了很久。那地方风光明媚，特别诱人。有时，这种念头特别强烈。但仔细一想，住在海边也有住在海边的好处。说不定还有一些别的倒霉蛋，像我一样，交上噩运，来到这座荒岛上。当然，发生这种事情的希望确实很小很小，但把自己关闭在岛中央的山林里，无异于把自己禁闭起来。那时，这种事情不仅没有希望发生，就连可能性也没有了。思前想后，觉得家还是不搬为好。

家是不准备搬了，但我确实非常喜欢那地方。因此，在七月份这一个月中，我常去那儿，并决定在那儿造一间茅舍，并用一道结实坚固的围墙把它从外面围起来。围墙是由两层篱笆筑成的，跟我自己的身子一般高，桩子打得很牢固，桩子之间塞满了矮树。我睡在里面很安全。有时在里面一连睡上两三个晚上，出入照例也用一架梯子爬上爬下。这样，我想我有了一座乡间住宅和一座海滨住宅。这座乡间住宅到八月初才告完工。

我刚把新居的围墙打好，准备享受自己的劳动果实，就下起大雨来。我被困在旧居，无法外出。在新居，我也像这儿旧居那样用帆布搭了个帐篷，并且支撑得十分牢固，但那儿没有小山挡住风暴，下大雨时也无山洞可退身。

如上所述，八月初，我建好了茅舍，准备在里面享受一番。八月三日，我发现我原先挂在树枝上的一串串葡萄已完全晒干了，成了上等葡萄干。我便动手把它们从树上收下来。我庆幸自己及时收下了葡萄干，要不，后来马上大雨倾盆，葡萄干肯定会全毁了。那样我就会失去冬季一大半的食物。事实上，我差不多晒了两百来串葡萄，而且每串都很大。我刚把葡萄干全收下来，并把大部分运到旧居山洞里贮藏起来，就下起了雨。从这时起，也就是从八月十四日起，一直到十月中旬，几乎天天下雨。有时滂沱大雨，一连几天无法出门。

在这个雨季里，我的家庭成员增加了，这大大出乎我的意料之外。在此之前，有一只猫不见了，不知是死了呢，还是跑了，我一无所知，所以心里一直十分挂念。不料在八月底，它忽然回来了，还带回来了三只小猫。这使我惊讶不已。更使我感到奇怪的是，这些小猫完全是家猫，与大猫长得一模一样，它们是怎么生出来的呢？因为，我的两只猫都是母猫。岛上确实有野猫，我还用枪打死过一只。但那种野猫完全是另外一个品种，与欧洲猫不一样。后来，这三只小猫又繁殖了许多后代，闹得我不可开交。最后，我把这些泛滥成灾的猫视为害虫野兽，不是把它们杀掉，就是把它们赶出家门。

从八月十四日到二十六日，雨下个不停，我无法出门。现在我不敢淋雨了。在此期间，一直困在屋内，粮食贮备逐日减少。我曾冒险两次外出。第一次打死了一只山羊，第二次，最后一天，即二十六日，找到了一只大鳖，使我大享口福。我的粮食是这样分配的：早餐吃一串葡萄干，中餐吃一块烤羊肉或烤鳖（不幸的是，我没有蒸东西或煮东西的器皿），晚餐吃两三个鳖蛋。

在我被大雨困在家里时，每天工作两三个小时扩大山洞。我把洞向另一边延伸，一直开通到围墙外，作为边门和进出口。于是，我就可从这条路进出。但这样进出太容易，我晚上就睡不安稳，因为以前我总是把自己围起来，密不透风；而现在，我感到空荡荡的，什么野兽都可来偷袭我。当然，至今还没有发现有什么可怕的野兽，我在岛上见到过的最大的动物，只不过是山羊而已。

九月三十日，到今天我正好来到荒岛一周年。这是一个不幸的日子。我计算了一下柱子上的刻痕，发现我已上岸三百六十五天了。我把这天定为斋戒日，并举行了宗教仪式，以极端虔诚谦卑的心情跪伏在地上，向上帝忏悔我的罪行，接受他对我公正的惩罚，求他通过耶稣基督可怜我，饶恕我。从早到晚，十二个小时中我不吃不喝，直到太阳下山，我才吃了几块饼干和一串葡萄干，然后就上床睡觉。

我很久没守安息日了。最初，我头脑里没有任何宗教观念；后来，我忘记把安息日刻成长痕来区别周数，所以根本就不知道哪天是哪天了。现在，我计算了一下日子，知道已经一年了。于是，我把这一年的刻痕按星期划分，每七天中留出一个安息日。算到最后，我发现自己漏刻了一两天。

不久，我的墨水快用完了，就只好省着点用，只记些生活中的大事，其他一些琐事，我就不再记在日记里了。

这时，我开始摸到了雨季和旱季的规律，学会了怎样划分这两个季节，并为此做好相应的准备。但这个经验来之不易，是花了代价的。下面我将告诉你们我最糟的一次试验。前面提到过，我曾收藏了几颗大麦穗和稻穗，这些麦穗和稻穗，起初我还以为是凭空从地里长出来的呢。我估计大约有三十颗稻穗和二十颗麦穗。当时，雨季刚过，太阳逐渐向南移动，我认为这该是播种的时机了。

于是，我用木铲把一块地挖松，并把这块地分成两部分播种。在播种时，我忽然想到，不能把全部种子播下去，因为我尚未弄清楚什么时候最适宜下种。这样，我播下了三分之二的种子，每样都留了一点下来。

值得庆幸的是，我做对了。我这回下的种子，一颗也没长出来。因为种子下地之后，一连几个月不下雨，土壤里没有水分，不能滋润种子生长，一直到雨季来临才冒了出来，好像这些种子刚播种下去似的。

发现第一次播下去的种子没有长出来，我料定是由于土地干旱之故。于是我想找一块较潮湿的土地再试一次。二月份的春分前几天，我在茅舍附近掘了一块地，把留下的种子通通播下去。接下去是三四月份的雨季，雨水滋润了种子，不久就欣欣向荣地长了出来，获得了一个好收成。但因为种子太少，所收到的大麦和稻子每种约半配克[①]而已。

这次试验，使我成了种田好手，知道什么时候该下种。现在我

① 配克：英美谷物、水果、蔬菜等的计量单位，1配克等于8夸脱或2加仑。

知道一年可播种两次，收获两次。

在庄稼成长时，我有一个小小的发现，对我后来大有用处。大约十一月，雨季刚过，天气开始转晴，我去了我的乡间茅舍。我离开那儿已好几个月了，但发现一切如旧。我修筑的双层围墙，不仅完好无损，而且，从附近砍下来的那些树桩都发了芽，并长出了长长的枝条，仿佛是去年被修剪过的柳树一样。我不知道这些是什么树，但看到这些小树都成活了，真是喜出望外。我把它们修剪了一番，尽可能让它们长得一样高。三年后，这些树长得体态优雅，简直令人难以置信。虽然篱笆的直径长达二十五码，然而这些树很快把篱笆遮住了。这儿真可谓是绿树成荫，整个旱季住在里面十分舒适。

由此得到启发，我决定在我原来住地的半圆形围墙外，也种一排树。我在离篱笆大约八码的地方，种了两排树，或者也可以说打了两排树桩。树很快长起来。开始，树木遮住了我的篱笆，使我的住所完全隐蔽起来；后来，又成了很好的防御工事。关于这些，我将在后面再叙述。

现在我知道，在这儿不像欧洲那样，一年分为夏季和冬季，而是分为雨季和旱季。一年之中的时间大致划分如下：

二月后半月
三月
四月前半月 } 多雨，太阳在赤道上，或靠近赤道。

四月后半月
五月
六月
七月
八月前半月 } 干旱，太阳在赤道北面。

<table>
<tr><td>八月后半月</td><td rowspan="3">多雨，太阳回到赤道上。</td></tr>
<tr><td>九月</td></tr>
<tr><td>十月前半月</td></tr>
<tr><td>十月后半月</td><td rowspan="5">干旱，太阳在赤道南面。</td></tr>
<tr><td>十一月</td></tr>
<tr><td>十二月</td></tr>
<tr><td>一月</td></tr>
<tr><td>二月前半月</td></tr>
</table>

雨季有时长，有时短，主要决定于风向。当然，这不过是我大致的观察罢了。生活经验告诉我，淋雨会生病，我就在雨季到来之前贮备好足够的粮食，这样我就不必冒雨外出觅食。在雨季，我尽可能待在家里。

每到雨季，我做些适于在家做的工作。我知道，我生活中还缺少不少东西，只有用劳动耐心去做才能制造出来。待在家里正好做这些事。特别是，我曾想过许多办法，想编一个箩筐，但我弄来的枝条都太脆，没有用。小时候，我喜欢站在城里藤器店的门口看工匠们编箩筐或篮子什么的，像大部分孩子一样，我也爱管闲事。我不仅仔细观察，有时还帮上一手，因此学会了打箩筐。现在，这技术可以派上用场了。只要有合适的材料，我就可以编出箩筐来。我忽然想到，砍做木桩的那种树的枝条，也许与英国的柳树一样坚韧。于是，我决定拿这种枝条试试看。

第二天，我跑到了我的那座乡间住宅，在附近砍了些细枝条，结果发现十分合适。于是，第二次我带了一把斧头，准备多砍一些下来。这种树那边很多，不一会儿就砍下了许多枝条。我把它们放在篱笆上晒干，然后带回我海边住宅的洞室里。第二个雨季来临后，我就用它们来编筐子，并尽可能多编一些，或用来装土，或用来装东西。我的筐子编得不太好看，但还能凑合着用。以后，我经常编些筐子，用坏了就再编新的。我还编了不少较深的筐子，又坚实，又实用。后来，我种的谷物收获多了，就不用袋子而用自编的筐子来装。

花了大量的时间解决了箩筐问题之后，我又想动手解决其他两个问题。首先，我没有装液体的器皿。虽然我有两只桶，但都装满了甘蔗酒。此外，还有几只玻璃瓶，有几只普通大小的，还有几只方形的，用来装了水和烈酒。我没有煮东西的锅子，只有一把大壶，那也是我从大船上取下来的。可是这壶太大，不适于用来烧汤或煮肉。其次，我需要一个烟斗，但一下子无法做出来。不过后来我还是想出办法做了一个。

在整个夏季，或者说是旱季，我忙于栽第二道木桩和编箩筐。同时，我进行了另一件工作，占去的时间比预料的多得多。

前面曾经提到过，我一直想周游全岛。我先走到小溪尽头，最后到达我修筑乡间住宅的地方，在那儿有一片开阔地一直延伸到海岛另一头的海边。我决定先走到海岛那头的海岸边。我带上枪，斧头，狗，以及较多的火药子弹，另外还带了两大块干粮和一大包葡萄干。就这样我踏上了旅程。我穿过我那茅舍所在的山谷，向西眺望，看到了大海。这一天，天气晴朗，大海对面的陆地清晰可见。我不知道那是海岛还是大陆，只见地势很高，从西直向西南偏西延伸，连绵不断。但距我所在的小岛很远，估计约有四十五海里至六十海里。

我不知道那是什么地方，估计是美洲的一部分吧。据我观察，靠近西班牙领地，也许那儿都是野人的天下。要是当时我在那儿上岸，情况肯定比现在更糟。现在，我更愿听从天命，并感到现在对我的这种安排是尽善尽美的。这样一想，我就感到心平气和了。我不再自寻烦恼，妄想到海对面的陆地上去了。

另外，我经过了一番思考，得出了如下的结论：如果那片陆地确实是属于西班牙领地的海岸，那迟早会有船只经过；如果没有船只在那边的海岸来往，那儿肯定是位于西班牙领地和巴西之间的蛮荒海岸，上面住着最野蛮的土人。这些土人都是吃人的野人。任何人落入他们的手里，都会给他们吃掉的。

我边想边缓步前进。我感到，我现在所在的小岛这边的环境，比我原来住的那边好多了。这儿草原开阔，绿草如茵，遍地的野花散发出阵阵芳香，且到处是茂密的树林。我看到许多鹦鹉，很想捉一只驯养起来，教它说话。经过一番努力，我用棍子打下了一只小鹦鹉。等它苏醒后，我把它带回了家。但过了好多年，我才教会它说话，终于让它亲热地叫我的名字。后来，它曾差点儿把我吓死，不过说起来也十分有趣。

我对这次旅行感到十分满意。在地势较低的一片地方，我还发现了不少像野兔和狐狸似的动物。这两种动物我以前都未见到过。我打死了几只，但不想吃它们的肉。我没有必要冒险，因为不缺食物，更何况我的食物十分可口，尤其是山羊肉、鸽子和鳖这三种，再加上葡萄干。如果就每个人平均享用的食品数量而言，即使是伦敦利登赫尔菜场[①]也不能提供更丰盛的筵席。虽然我境况悲惨，但还是应感激上天，因为我不但不缺食物，而且十分丰盛，甚至还有珍馐佳肴。

在这次旅行中，我一天走不到两英里远。我总是绕来绕去，往复来回，希望能有新的发现。因此，当我走到一个地方准备待下来

① 利登赫尔菜场，17、18世纪时伦敦最大的菜场。

过夜时，人已感到十分困倦了。有时我爬到树上去睡。要是睡在地上，四周就插上一道木桩，或把木桩插在两棵树之间。这样，要是有野兽走近的话，就会先把我惊醒。

我一走到海边，便发现我住的那边是岛上环境最糟的地方，这真有点出乎我的意料。在这儿，海滩上龟鳖成群；而在我住的那边海边，一年半中我才找到了三只。此外，还有无数的飞禽，种类繁多。有些是我以前见过的，有些却从未见过。不少飞禽的肉都很好吃。在这么多飞禽中，我只认出一种叫企鹅的东西，其余的我都叫不上名字。

这儿鸟那么多，我本可以爱打多少就打多少，但我不想浪费弹药。要是能打到一只山羊就能吃得更好。可是，这儿山羊虽比我住的那边多，但因这一带地势平坦，稍一靠近它们就被发现，不像那边我埋伏在山上难以被山羊察觉。

我承认这边比我住的地方好得多，但我无意搬家，因为我在那边已住惯了。这边再好，总觉得是在外地旅行，不是在家里。我沿着海边向东走，估计大约走了十二英里后，我在岸上竖了一根大柱子作为记号，便决定暂时回家。我准备下次旅行从家里出发，向相反方向走，沿海岸往东兜上一个圈子，回到这儿立柱子的地方。这些我后面再交代。

回家时我走了另一条路。我以为，只要我注意全岛地势就不会迷路而找不到我在海边的居所。但我想错了。走了两三英里后，我发现自己进入了一个大山谷，四周群山环绕，山上丛林密布，除非看太阳才能辨出东西南北，可是此刻太阳也无助于辨别方向，因为我不知道是在上午、中午还是在下午。

更糟的是，在山谷里的三四天中，浓雾弥漫，不见阳光，我只得东撞西碰，最后不得不回到海边，找到了我竖起的那根柱子，再从原路往回走。我走走歇歇，慢慢回家里去。这时天气炎热，身上带着枪支弹药以及斧头等东西，感到特别沉重。

回家路上，我的狗袭击了一只小山羊，并把小羊抓住了。我连忙跑过去夺过小羊，把它从狗嘴里救了下来。我以前经常想到，要是能驯养几头山羊，让其繁殖，那么，到我弹尽粮绝时，可以杀羊充饥。因此，我决定把这只小山羊牵回家去饲养。

我给小羊做了个项圈，又用我一直带在身边的麻纱做了根细绳子，颇费了一番周折才把羊牵回我的乡间住宅。我把小羊圈了起来就离开了。当时，我急于回老家，因为离家已一个多月了。

回到老家，我躺在吊床上，心里有说不出的高兴和满足。这次外出，做了一次小小的漫游，一直居无定所，总感到不称心。现在回到家里，跟出门在外的生活一比，更觉得这个家确实完满无缺，舒适安定。因此我决定，如果我命中注定要在这个岛上度过余生，以后就决不离家走太远了。

我在家里待了一星期，以便好好休息，恢复长途旅行的疲劳。在这期间，我做了一件大事，就是给抓到的那只小鹦鹉做了个笼子。这时，这只小鹦鹉已完全驯顺了，并且与我亲热起来。这件大事完成后，我想起了那只可怜的小山羊，它一直被关在我做的羊圈里。我决定去把它带回老家来。到了乡间住宅那边，见那小羊还在原来的圈里——事实上，它也不可能逃出来。因为没有东西吃，它差不多快饿死了。我出去到外面弄了点嫩枝嫩叶喂它。等它吃饱之后，我仍像原来那样用绳子牵着它走。然而，小羊因饥饿而变得十分驯服，我根本不必用绳牵它走，它就会像狗一样乖乖地跟在我后面。后来，我一直饲养它，它变得又温和又可爱，成了我家庭成员中的一员，从此再也没有离开我。

时值秋分，雨季又来临了。九月三十日这一天，是我上岛的纪念日。像去年一样，我严肃虔诚地度过了这一天。我来到这岛上已两年了，但与两年前刚上岛时一样，毫无获救的希望。整整一天，我怀着谦卑和感激的心情，追念上帝给我的种种恩惠。如果没有这些恩惠，我孤寂的生活就会更凄苦了。我卑顺地、衷心地感谢上帝①，因为上帝使我明白，尽管我目前过着孤单寂寞的生活，但也许比生活在自由快乐的人世间更幸福。上帝无时无刻不在我的身边，时时与我的灵魂交流，支持我，安慰我，鼓励我，让我信赖天命，并祈求他今后永远与我同在。所有这一切，都足以弥补我寂寞生活中的种种不足。

直到现在，我才充分意识到，我现在的生活比过去幸福得多。尽管我目前处境不幸，但我过去过的却是一种罪恶的、可憎的、令人诅咒的生活。我现在完全改变了对忧愁和欢乐的看法，我的愿望也与过去大不相同，我的爱好和兴趣也变了。与初来岛上相比，甚至与过去两年相比，我获得了一种前所未有的欢乐。

过去，当我到各处打猎，或勘察岛上环境时，一想到自己的处境，我的灵魂就会痛苦不堪；想到自己被困在这些树林、山谷和沙滩中间，被困在没有人烟的荒野里，我觉得自己就像是个囚犯，那茫茫的大海就是我牢狱的铁栅栏，并且永无出狱之日。一想到这些，我总是忧心如焚。即使在我心境最宁静的时候，这种念头也会像暴风雨一样突然向我袭来，使我扭扯双手，像小孩一样号啕痛哭。有时在劳动中，这种念头也会突然袭来。我就会立刻坐下来，长吁短叹，两眼死盯着地面，一两个小时一动也不动，这就更令人痛苦了。因为，假如我能哭出来，或用语言发泄出来，苦恼就会过去。悲哀发泄出来后，心情也会好一些。

---

① 在这儿和其他多处地方，作者重复了英国国教祈祷书和《圣经》中的话。

可现在，我开始用新的思想修炼自己。我每天读《圣经》，并把读到的话与自己当前的处境相联系，从中得到安慰。一天早晨，我的心情十分悲凉。打开《圣经》，我读到了这段话："我决不撇下你，也不丢弃你。"[①]我立刻想到，这些话正是对我说的。否则，怎么会在我为自己的处境感到悲伤，在我感到自己被上帝和世人丢弃时，让我读到这段话呢？"好啊，"我说，"只要上帝不丢弃我，那么，即使世人丢弃我，那又有什么害处，又有什么关系呢？从另一方面来说，即使世人不丢弃我，但我若失去上帝的宠幸和保佑，还有什么能比这种损失更大呢？"

从这时起，我心里有了一种新的认识。我在这里虽然孤苦伶仃，但也许比我生活在世界上任何其他地方更幸福。有了这种认识，我禁不住衷心感激上帝，感谢他把我引导到这儿来。

可是，一想到这里，不知怎么的，我心头突然一惊，再也不敢把感谢的话说出来。我大声对自己说："你怎么能做伪君子呢？你是在假装对自己的处境表示感激，因为你一面对目前的处境表示满足，一面却恨不得恳求上帝，把你从这里拯救出去。"于是，我不再说话了。事实上，我虽然不能说我感谢上帝把我带到这儿来，但我还是要衷心感谢上帝，因为他用种种灾难折磨我，使我睁开眼睛，看清了我过去的生活，并为自己的罪恶而感到悲痛和后悔。我每次读《圣经》，总是衷心感谢上帝，是他引导我在英国的朋友把《圣经》放在我的货物里，虽然我没有嘱托他。我也感谢上帝，是他后来又帮助我把《圣经》从破船中取了出来。

就在这种心情下，我开始了荒岛上的第三年生活。我虽然没有把这一年的工作像第一年那样一件一件地给读者叙述，但一般说来，

---

①《圣经·旧约·约书亚记》1 ： 5。

可以这么说，我很少有空闲的时候。对每天必不可少的日常工作，我都定时进行，生活很有规律。譬如，第一，定出时间，一天三次祈祷上帝和阅读《圣经》；第二，带枪外出觅食，如果不下雨，一般在上午外出，时间约三小时；第三，把打死或捕获的猎物加以处理，或晒，或烤，或腌，或煮，以便收藏作为我的粮食。这些事差不多用去了每天大部分的时间。此外还必须考虑到，每天中午，太阳在头顶时，酷热难当，根本无法出门。因此，每天真正能够用来工作的时间，只有晚上四小时。不过，有时我也把打猎和工作的时间调换一下，上午工作，下午带枪外出。

一天中能工作的时间太短。此外，我还得提一下我工作的艰苦性。因为缺乏工具，缺乏助手，缺乏经验，做每件工作都要浪费许多时间。例如，为了在我的洞室里做一个长架子，我花了整整四十二天的功夫才做成一块木板；而实际上，如果有两个锯木工用锯子锯，只要半天就能从同一棵树上锯出六块木板来。

我做木板的方法是这样的：因为我需要一块较宽的木板，就选定一棵大树把它砍倒。砍树花了三天的时间，再花了两天把树枝削掉，这样树干就成了一根大木头，或者说是成了木材。然后用大量的时间慢慢劈削，把树干两边一点点地削平。削到后来，木头就轻了，这样就可以搬动了。然后把削轻的木头放在地上，先把朝上的一面从头至尾削光削平，像块木板的板面一样；再把削平的这一面翻下去，削另一面，最后削成三英寸多厚、两面光滑的木板。任何人都可以想象，做这样的工作，我得用双手付出多少劳力啊！但劳力和耐心终于使我完成了这件工作以及许多其他工作。我把做木板作为一个例子，说明为什么我花了那么多的时间只能完成很少的工作；同时也可以说明，做任何工作，如果有助手和工具，本来是一件轻而易举的事情，但若单凭一个人空手去做，便要花费大量的劳力和时间。

尽管如此，靠着耐心和劳动，我完成了大量的工作。下面，我将叙述我如何为生活环境所迫，完成了许多必不可少的工作。

现在正是十一、十二月之间，即将收获大麦和稻子。我耕种和施肥的面积不大，因为，上面说过，我所有的种子每样只不过半配克，而又因第一次在旱季播种，把播下去的种子完全毁了。但这一次却丰收在望。然而，我突然发现，庄稼受到好几种敌人的威胁，而且这些敌人简直难以对付。全部收获又将丧失殆尽。首先，就是山羊和像野兔似的野物。它们尝到了禾苗的甜味后，等禾苗一长出来，就昼夜伏在田里，把长出地面的禾苗吃光，禾苗根本就无法长出茎秆来。

除了做个篱笆把庄稼地围起来，我想不出其他办法。我花了大量艰苦的劳动，才把篱笆筑好。尤其感到吃力的是，我必须很快把篱笆建成。好在我的种子不多，因而耕种面积也不大，所以不到三星期我就把庄稼地围起来了。白天，我打死三只野物；晚上，我把狗拴在大门外的一根柱子上，让狗整夜吠叫，看守庄稼地。不久，那些敌人就舍弃了这块地方。庄稼长得又茁壮又好，并很快成熟起来。

在庄稼长出禾苗时，遭到了兽害；而现在庄稼结穗时，又遇到了鸟害。一天，我到田里去看看庄稼的生长情况，却发现无数的飞禽围住了我那块小小的庄稼地，种类之多，简直数不胜数。它们围着庄稼地，仿佛等我走开后就可以飞进去饱餐一顿。我立刻向鸟群开了枪（我外出时是枪不离身的）。枪声一响，我又看到在庄稼地中无数的飞禽纷纷腾空而起，而刚才我还没有发现在庄稼地中竟也潜伏着这么一大群飞禽。

这使我非常痛心。可以预见，要不了几天，它们就会把我的全部希望吃个精光。我将无法耕种任何庄稼，到头来只好挨饿，而我又不知如何对付这些飞禽。但我决心不能让我的庄稼白白损失，即使整天整夜守着也在所不惜。我先走进庄稼地看看损失的情况，发现那些飞禽已糟蹋了不少庄稼，但大麦和稻子还都在发青期，所以损失还不大。假如我能把其余部分保住，还可能有一个不错的收成。

我站在庄稼地旁，把枪装上弹药。当我走开时，我清楚地看到那些偷谷贼都停在周围的树上，好像专等我走开似的。事实也确实如此。我慢慢走远，假装已经离开。一旦它们看不见我了，就立即一个个又扑进庄稼地。见此情景，我气极了。等不及让更多的鸟飞下来，我就走到篱笆边开了一枪，一下子打死了三只。因为我知道，它们现在所吃掉的每一颗谷粒，几年后对我来说就是整整一配克。鸟给打死了，这正是我所期望的。我把打死的鸟从地里拾起来，用英国惩治臭名昭著的窃贼的办法，把它们用锁链吊起来，以儆效尤。真想不到，这个办法居然十分灵光。从此以后，那些飞禽不仅不敢再到庄稼地来，甚至连岛上的这一边也不敢飞来了。在那些示众的死鸟挂在那儿期间，附近连一只鸟都看不见。

不用说，这件事使我很高兴。十二月底，是一年中的第二个收获季节，我收割了我的庄稼。

要收割庄稼，就得有镰刀，可是我没有，这就为难我了。无奈之中，只得用一把腰刀来改做。这种腰刀是我从船上的武器舱中取出来的。好在第一次收成不多，所以割起来也没多大困难。而且，我收割的方法也非常独特：只割下麦穗或稻穗，把茎秆留下来。我把穗子装进自制的大筐子里搬回家，再用双手把谷粒搓下来。收获完毕后，我发现原来的半配克种子差不多打了两蒲式耳[1]稻谷和两蒲式耳半多的大麦。这当然只是我估计估计罢了，因为当时手头根本

① 1蒲式耳相当于36.368升。

就没有量器。

这对我是一个极大的鼓励。我预见到，早晚有一天，上帝会赐给我面包吃。可是，现在我又感到为难了。因为我既不知道怎样把谷粒磨成粉，甚至根本不知道怎样脱谷，怎样筛去秕糠；即使能把谷粒磨成粉，我也不知道怎样把粉做成面包，更不知道该怎样烤面包。另外，我想多积一点粮食，以保证不断供应。为此，我决定不吃这次收获的谷物，而是全部留起来做种子，待下一季再播种。同时，我决定用全部时间全力研究磨制面粉和烤制面包这一艰巨的工作。

人们常说“为面包而工作”，其意思是“为生存而工作”。而现在，我可以说是真的为“面包”而工作了。为了制成面包这样小小的不起眼的东西，你首先得做好播种准备，生产出粮食，再要经过晒、筛、制、烤等种种奇怪而繁杂的必不可少的过程，真不能不令人惊叹。我也想，很少人会想到，我们天天吃的面包要真的自己动手从头做起是多么不容易啊！

目前，我犹如初生的婴孩，除了自己一身之外，别无他物。做面包的事成了天天苦恼我的心病。而且，自从我第一次无意中发现在石壁下长出稻子和大麦，并获得了一把粮种之后，随着时光的流逝，我简直无时无刻不想到做面包的事。

开始，我没有犁，无法耕地；也没有锄头或铲子来掘地。这个困难我克服了，前面提到，我做了一把木头铲子。工具拙劣，干起活来很不得力。虽然我花了不少日子才做成一把木铲，但因为没有铁，很快就磨损了。结果工作更加困难，效率也更低。

尽管如此，我还是将就着使用这把木铲。我耐着性子用木铲掘地，即使效果不佳也不在意。种子播下后，我又没有耙，不得不自己在地里走来走去，或用一棵大树在地里拖来拖去。这样做与其说是在耙地，还不如说是在扒地。

在庄稼成长和成熟的时候，我前面也已谈到，还有许多事要做。我要给庄稼地围上篱笆，又要保护庄稼不受鸟害。然后是收割、晒干、运回家、打谷、簸去秕糠，而后把谷物收藏起来。然而，我没有磨，无法磨谷；我没有筛子，无法筛粉；我没有发酵粉和盐，无法做面包；我也没有炉子烤面包。所有这一切，我都一无所有，但我还是做成了面包。这些事我将在下面再告诉读者。但在当时，我总算有了自己的粮食，这对我是极大的安慰，为我的生活带来了更多有利的条件。前面提到，没有适当的工具，一切事情做起来特别吃力，特别费时间，可是也没有办法。同时，我也没有浪费时间。我把时间分配得很好，每天安排出一定的时间来做这些事。我已决定等我收获了更多的粮食后再做面包，所以我还有六个月的时间。在这半年中，我可以运用我全部的精力和心血，设法制造出加工粮食各项工序所需要的各种器具。到那时，有了足够的粮食，就可以用来做面包了。

目前，第一步，我必须多准备一点土地，因为我现在有了足够的种子，可以播种一英亩还多。在耕地之前，我至少花了一个星期，做了一把铲子。铲子做得又拙劣，又笨重，拿它去掘地，要付出双倍的劳力。但不管怎么说，我总算有了掘地的工具，并在我住所附近找了两大片平地把种子播下去。然后就是修筑了一道坚实的篱笆把地围起来。篱笆的木桩都是从我以前栽过的那种树上砍下来的。我知道这种树生长很快，一年内就能长成茂密的篱笆，用不着多少工夫去修理。这个工作花了我三个多月的时间，因为这期间大部分时间是雨季，我无法出门，故修筑篱笆的事时辍时续。

在家里，也就是说，在下雨不能出门的时候，我也找些事情做。我一面工作，一面同我的鹦鹉闲扯，以教它说话作为消遣。不久，我就教会它知道它自己叫什么，后来它居然会响亮地叫自己为“波儿”[①]。这是我上岛以来第一次从别的嘴里听到的话。教鹦鹉说话，当然不是我的工作，只是工作中的消遣而已。前面谈到，我目前正在着手一件重要的工作。我早就想用什么办法制造一些陶器，我急需这类东西，可就是不知怎么做。这里气候炎热，因此，我敢肯定，只要能找到陶土，就能做一些钵头或罐子，然后放到太阳底下晒干。炎热的太阳一定能把陶土晒得既坚硬又结实，并能经久耐用，可以用来装一些需要保存的干东西。要做加工粮食，制造面粉等工作，就必须要有盛器贮藏。所以，我决定尽量把容器做大一些，可以着地放，里面就可以装东西。

要是读者知道我怎样制造这些陶器，一定会为我感到又可怜又可笑。我不知用了多少笨拙的方法去调和陶土，也不知做出了多少奇形怪状的丑陋的家伙；不知有多少次因为陶土太软，吃不住本身的重量，不是凹进去，就是凸出来，根本不合用；又不知有多少因为晒得太早，太阳热力过猛而晒裂了；更不知有多少在晒干后一搬动就碎裂了。一句话，我费了很大的力气去找陶土，找到后把土挖出来，调和好，运回家，再做成泥瓮。结果，我工作了差不多两个月的时间，才做成两只大瓦器，样子非常难看，简直无法把它们称为缸。

最后，太阳终于把这两只大瓦器晒得非常干燥非常坚硬了。我就把它们轻轻搬起来，放进两只预先特制的大柳条筐里，防备它们破裂。在缸和筐子之间的空隙处，又塞上了稻草和麦秆。现在，这两个大缸就不会受潮，我想以后就可以用来装粮食和用粮食磨出来的面粉了。

---

① 波儿：英语中鹦鹉的别名。

我大缸做得不成功，但那些小器皿却做得还像样，像那些小圆罐啦，盘子啦，水罐啦，小瓦锅啦，等等。总之，一切我随手做出来的东西，都还不错，而且，由于阳光强烈，这些瓦器都晒得特别坚硬。

但我还没有达到我的最终目的。这些容器只能用来装东西，不能用来装流质放在火上烧，而这才是我真正的目的。过了些时候，一次我偶然生起一大堆火煮东西，煮完后我就去灭火，忽然发现火堆里有一块陶器的碎片，被火烧得像石头一样硬，像砖一样红。这一发现使我惊喜万分。我对自己说，破陶器能烧，整只陶器当然也能烧了。

于是我开始研究如何控制火力，给自己烧出几只锅子来。我当然不知道怎样搭一个窑，就像那些陶器工人烧陶器用的那种窑；我也不知道怎样用铅去涂上一层釉，虽然铅我还是有一些的。我把三只大泥锅和两三只泥罐一个个堆起来，四面架上木柴，泥锅和泥罐下生了一大堆炭火，然后在四周和顶上点起了火，一直烧到里面的罐子红透为止，而且十分小心不让火把它们烧裂。我看到陶器烧得红透后，又继续保留了五六小时的热度。后来，我看见其中一只虽然没有破裂，但已开始熔化了，这是因为掺在陶土里的沙土被火烧熔了，假如再烧下去，就要成为玻璃了。于是我慢慢减去火力，那些罐子的红色逐渐退去。我整夜守着火堆，不让火力退得太快。到了第二天早晨，我便烧成了三只很好的瓦锅和两只瓦罐，虽然谈不上美观，但很坚硬，其中一只由于沙土被烧熔了，还有一层很好的釉。

这次试验成功后，不用说，我不缺什么陶器用了。但我必须说，这些东西的形状，是很不像样的。大家也可以想象，因为我没有办法制造这些东西，只能像小孩子做泥饼，或像不会和面粉的女人做

馅饼那样去做。

当我发现我已制成了一只能耐火的锅子时，我的快乐真是无可比拟的，尽管这是一件多么微不足道的事情。我等不及让锅子完全冷透，就急不可耐地把其中一只放到火上，倒进水煮起肉来。结果效果极佳。我用一块小山羊肉煮了一碗可口的肉汤。当然，我没有燕麦粉和别的配料，否则我会做出非常理想的汤来。

下一个问题是我需要一个石臼舂粮食。因为我明白，仅凭自己的一双手，是无法做出石磨的。至于如何做石臼，我也一无所知。三百六十行中，我最不懂的就是石匠手艺了，更何况没有合适的工具。我费了好几天的工夫，想找一块大石头，把中间挖空后做个石臼。可是岛上尽是大块岩石，根本无法挖凿，而且石质不硬，是一些一碰就碎的沙石，经不住重杵去舂，而且即使能捣碎谷物，也必然会从石臼中舂出许多沙子和在面粉里。因此，当我花了很长时间找不到适当的石料时，就放弃了这个念头，决定找一大块硬木头。这要容易得多。我弄了一块很大的木头，大得我勉强能搬得动。然后用大斧小斧把木头砍圆。当其初具圆形时，就用火在上面烧一个槽。火力和无限的劳力，就像巴西的印第安人做独木舟那样终于把臼做成了。又用铁树做了一个又大又重的杵。舂谷的工具做好后，我就放起来准备下次收获后舂麦做面粉，再用面粉做面包。

第二个需要克服的困难是，我得做一个筛子筛面粉，把面粉和秕糠分开。没有筛子，就无法做面包。做筛子，想想也把我难倒了。我没有任何材料可以用来做筛子，也就是没有那种有很细很细网眼的薄薄的布可以把面粉筛出来。这使我停工好几个月，不知怎么办才好。除了一些破布碎片外，我连一块亚麻布也没有。虽然我有山羊毛，但我根本不知道怎样纺织，即使知道，这里也没有纺织工具。后来，我忽然想起一个补救办法，也是当时唯一的办法，那就是在从船上搬下来的那些水手衣服里，有几块棉布和薄纱围巾。我拿了几块出来做成三个小筛子，总算能凑合着用。这样应付了好几年。至于后来怎么办，我下面再叙述。[①]

下一步要考虑的是烘面包的问题，也就是我有了粮食之后怎样制成面包。首先，我没有发酵粉。这是绝对没有办法做出来的，所以我也就不去多费脑筋了。至于炉子的问题，颇费了我一番周折。但最后，我还是想出了一个试验的办法。具体做法如下：我先做了些很大的陶器，但不太深；这些容器直径有两英尺，但深仅九英寸。像上次烧制陶器那样，我把它们也放在火里烧过，完工后就成了大瓦盆，放置一边备用。烘面包时，我先用方砖砌成一个炉子。这些方砖也是我自己烧制出来的，只不过不怎么方正罢了。然后，在炉子里生起火。

当木柴烧成热炭或炽炭时，我就把它们取出来放在炉子上面，并把炉子盖满，让炉子烧得非常热。然后把所有的火种通通扫尽，把面包放进去，再用做好的大瓦盆把炉子扣住，瓦盆上再盖满火种。这样做不但能保持炉子的热度，还能增加热度。用这种方法，我烘出了非常好的大麦面包，绝不亚于世界上最好的炉子烘出来的面包。不久之后，我就成了一个技术高明的面包师傅，因为我还用大米制成了一些糕点和布丁。不过，我没有做过馅饼，因为除了飞禽和山羊肉外，我没有别的佐料可以放进去。

毫不奇怪，这些事情占去了我在岛上第三年的大部分时间。一方面，我要为制面包做许多事情；另一方面，我还要料理农务，收割庄稼。我按时收获，把谷物都运回家。我把穗子放在大筐子里，有空时就用双手搓出来。因为我既无打谷场，也无打谷的工具。

---

① 有好几处，作者谈到后面要交代的事，后来都忘记交代了。此仅一例而已。

现在，我的粮食贮藏量大大增加了，就必须扩建谷仓。我需要有地方来存放粮食。现在，我已有了二十蒲式耳大麦和二十多蒲式耳大米，可以放心吃用了，因为我从船上取下来的粮食早就吃完了。同时，我也想估算一下，一年要消耗多少粮食，然后准备一年只种一季，数量足够我吃就行了。

我发现，四十蒲式耳的大麦和大米足够我吃一年还有余。因此我决定每年播种同样数量的种子，并希望收获的粮食足够供应我做面包和其他的用途。

毫无疑问，在做上述那些事情的同时，我常想到我在岛上另一边所看到的陆地。我心里暗暗怀着一种愿望，希望能在那里上岸，并幻想自己在找到大陆和有人烟的地方后，就能继续设法去其他地方，最终能够找到逃生的办法。

那时，我完全没有考虑这种情况的危险性。没有考虑到我会落入野人的手里，而这些野人比非洲的狮子和老虎还要凶残，我一旦落入他们的手里，就要冒九死一生的危险，不是给他们杀死，就是给他们吃掉。我听说，加勒比海沿岸的民族都是吃人的部族。而从纬度来看，我知道我目前所在的这个荒岛离加勒比海岸不会太远。再说，就算他们不是吃人的部族，他们也一定会把我杀掉。他们正是这样对待落到他们手里的欧洲人的。即使一二十个欧洲人成群结伙也难免厄运。而我只是孤身一人，毫无自卫的能力。这些情况我本来应该好好考虑的，可是在当时却丝毫也没有使我害怕，尽管后来我还是考虑到了这种危险性。那时我头脑里考虑的只是怎样登上对面的陆地。

这时，我怀念起我那小仆人佐立和那只长舢板了。我和佐立驾着那挂着三角帆的舢板沿非洲海岸航行了一千多英里啊！然而，光怀念也于事无补。所以，我想到去看看我们大船上的那只小艇。前面已谈到过，这小艇是在我们最初遇难时被风暴刮到岸上来的。小艇差不多还躺在原来的地方，但位置略有变更，并且经风浪翻了个身，船底朝天，搁浅在一个高高的沙石堆上，四面无水。

如果我有助手，就可以把船修理一下放到水里，那就一定能坐着它回巴西。在当时，我应该考虑到，凭我一个人的力量，是绝对不可能把这小艇翻个身，让它船底朝下。就像我无法搬动这座岛一样。我只是一心想把船翻个身，然后把受损的地方修好，成为一条不错的船，可以乘着它去航海。所以我还是走进树林，砍了一些树干想做杠杆或转木之用。然后把这些树干运到小艇旁，决定尽我所能试试看。

我不遗余力地去干这件工作，最后只是白费心思和力气，却浪费了我整整三四个星期的时间。后来，我终于意识到，我的力气是微不足道的，根本不可能把小艇抬起。于是，我不得不另想办法，着手挖小艇下面的沙子，想把下面挖空后让小艇自己落下去；同时，用一些木头从下面支撑着，让小艇落下来时翻个身。

船是落下来了，我却无法搬动它，也无法从船底下插入杠杆转木之类的东西，更不要说把它移到水里去了。最后，我只得放弃这个工作。可是，我虽然放弃了使用小艇的希望，我要去海岛对面大陆上的愿望不但没有减退，反而因为无法实现而更加强烈。

最后，我想到，能否像热带地区的土人那样做一只独木舟呢，尽管我没有工具，没有人手。所谓独木舟，就是用一棵大树的树干做成的。我觉得这不但可能，而且很容易做到。做独木舟的想法，使我非常高兴。而且，我还认为，与黑人或印第安人相比，我还有不少有利条件。但我却完全没有想到，比起印第安人来，我还有许多特别不利的条件，那就是，独木舟一旦做成后，没有人手可以帮我让独木舟下水。是的，印第安人有印第安人的困难，他们没有工具，但是，我缺少人手的困难更难克服。如果我能在树林里找到一棵大树，费了很大的劲把树砍倒，再用我的工具把树的外部砍成小舟形状，然后把里面烧空或凿空，做成一只小船；假如这些工作全部完成后，小船仍不得不留在原地而无法下水，那对我又有什么用处呢？

人们也许会想到，我在做这小船时，不可能一点也不想到我所处的环境，我应该立即想到小舟下海的问题。可是，我当时一心一意只想乘小舟去航行，从不考虑怎样使小舟离开陆地的问题。而实际上，对我来说，驾舟在海上航行四十五英里，比在陆地上使它移动四十五英寻①后让它下水要容易得多。

任何有头脑的人都不会像我这样傻着手去造船。我对自己的计划十分得意，根本不去仔细想想计划的可行性。虽然我也想到船建成后下水可能是一大难题，但对于自己的疑惑，我总是愚蠢地认为："把船造好了再说。到时总会想出办法的。"

这是最荒谬的办法。我真是思船心切，立即着手工作。我砍倒了一棵大柏树。我相信，连所罗门②造耶路撒冷③的圣殿时也没有用过这样大的木料。靠近树根的直径达五英尺十英寸，在二十二英尺处直径也达四英尺十一英寸，然后才渐渐细下去，并开始长出枝杈。我费尽辛苦才把树砍倒：用二十二天时间砍断根部，又花了十四天时间使用大斧小斧砍掉树枝和向四周张开的巨大的树顶。这种劳动之艰辛真是一言难尽。然后，又花了一个多月的时间又砍又削，最后刮出了船底的形状，使其下水后能浮在水上。这时，树干已砍削

① 1英寻约6英尺。

②《圣经·旧约·列王纪（上）》：纪元前10世纪，所罗门继承大卫做王。他以多智、豪华著称，在位期间，大兴土木，兴建圣殿。

③ 耶路撒冷，犹太故都。

得初具船的形状了。接着又花了将近三个月的时间把中间挖空，做得完全像只小船。在挖空树干时，我不用火烧，而是用槌子和凿子一点一点地凿空，最后确实成了一只像模像样的独木舟，大得可乘二十六个人。这样，不仅我自己可以乘上船，而且可以把我所有的东西都装进去。

这项工程完成后，我心里高兴极了。这艘小船比我以前看到过的任何独木舟都大。当然，做成这只大型独木舟我是费尽心血的。现在，剩下的就是下水问题了。要是我的独木舟真的下水了，我肯定会进行一次有史以来最为疯狂、最不可思议的航行了。

尽管我想尽办法，费尽力气，可就是无法使船移动一步。小船所在的位置离水仅一百码，绝不会再多。第一个难处是，从小船所在的位置到河边，正好是一个向上的斜坡。为此，我决定把地面掘平，掘出一个向下的斜坡。于是，我立即动手进行这项工程，并且也历尽艰辛。当想到有可能逃生的机会，谁还会顾得上艰难困苦呢？不料完成了这项工程，克服了这一障碍后，我还是一筹莫展。我根本无力移动这只独木舟一步，就像我无法移动搁浅在沙滩上的那只小艇一样。

既然我无法使独木舟下水，就只得另想办法。我把现场的距离丈量了一下，决定开个船坞或开条运河，把水引到船底下来。于是我又着手这项大工程。一开始，我就进行了一些估算：看看运河要挖多深多宽，怎样把挖出来的土运走。结果发现，若我一个人进行这项工程，至少要花十年至十二年。因为河岸很高，达二十英尺。最后，我不得不放弃这个计划，尽管心里很不愿意。

这件事使我非常伤心。到这时我才明白——虽然为时已晚——做任何事，若不预先计算一下所需的代价，不正确估计一下自己的力量，那是十分愚蠢的！

这项工作进行到一半，我也结束了荒岛上第四年的生活。和以往一样，我以虔诚和欣慰的心情，度过了我上岛的周年纪念日。我常常阅读《圣经》，并认真付诸实践，再加上上帝对我的恩宠，我获得了前所未有的全新的认识。对我来说，世界是遥远的。我和它已没有任何关系，也没有任何期望。可以说，我与世无求。总之，我与世界已无什么牵连，而且以后也不会再发生什么关系。因此，我对世界的看法，就像我们离开人世后对世界的看法一样：这是我曾经居住过的地方，但现在已经离开了。我完全可以用亚伯拉罕对财主说的那句话："你我中间隔着一条深渊。"[①]

首先，我在这里摆脱了一切人世间的罪恶。我既无"肉体的欲望、视觉的贪欲，也无人生的虚荣"。[②]我一无所求，因为，我所有的一切，已尽够我享受了。我是这块领地的主人，假如我愿意，我可以在我占有的这片国土上封王称帝。我没有敌人，也没有竞争者与我来争权争势。我可以生产出整船的粮食，可是这对我没有用处，我只要生产足够我吃用的粮食就行了。我有很多的龟鳖，但我只要偶尔吃一两只就够了。我有充足的木材，可以用来建造一支船队。我有足够的葡萄，可以用来酿酒或制葡萄干，等把船队建成后，可以把每只船都装满。

我只能使用对我有用的那些东西。我已经够用够吃，还贪图别的什么呢？若猎获物太多，吃不了就得让狗或虫豸去吃；若粮食收获太多，吃不了就会发霉；树木砍倒不用，躺在地上就会腐烂，除了当柴烧烹煮食物外，根本没有什么别的用处。

总之，事理和经验使我懂得，世间万物，只是有用处，才是最

①《圣经·新约·路加福音》16 ： 26。

②《圣经·新约·约翰一书》2 ： 16。

可宝贵的。任何东西，积攒多了，就应送给别人；我们能够享用的，至多不过是我们能够使用的部分，多了也没有用。即使是世界上最贪婪、最一毛不拔的守财奴，处在我现在的地位，也会把贪得无厌的毛病治好，因为我现在太富有了，简直不知道如何支配自己的财富。我心里已没有任何贪求的欲念。我缺的东西不多，所缺的也都是一些无足轻重的小东西。前面我曾提到过，我有一包钱币，其中有金币，也有银币，总共大约值三十六金镑。可是，这些肮脏、可悲而又无用的东西，至今还放在那里，对我毫无用处。我自己常常想，我宁愿用一大把金币去换十二打烟斗，或换一个磨谷的手磨。我甚至愿意用我全部的钱币去换价值仅六个便士的英国萝卜和胡萝卜种子，或者去换一把豆子或一瓶墨水。可是现在，那些金币银币对我一点用处也没有，也毫无价值。它们放在一个抽屉里，而一到雨季，由于洞里潮湿，就会发霉。在这种情况下，即使我抽屉里堆满了钻石，对我来说也毫无价值，因为它们毫无用处。

与当初上岛时相比，我已大大改善了自己的生活状况。我不仅生活舒适，而且心情也安逸。每当我坐下来吃饭，总会有一种感激之情，惊异上帝万能，竟然能在旷野为我摆设筵席。[①]我已学会多看看自己生活中的光明面，少看看生活中的黑暗面；多想想自己所得到的享受，少想想所缺乏的东西。这种态度使我内心感到的由衷安慰，实难言表。在这儿，我写下这些话，就是希望那些不知满足的人能有所觉醒：他们之所以不能舒舒服服地享受上帝的恩赐，正是因为他们老是在企望和贪求他们还没有得到的东西。我感到，我们老是感到缺少什么东西而不满足，是因为我们对已经得到的东西缺少感激之情。

还有一种想法对我也大有好处，而且，这种反省毫无疑问对遇

①《圣经·旧约·诗篇》78 ： 19。

到我这种灾难的其他任何人也一定大有用处。那就是拿我目前的情况跟我当初所预料的情况加以比较，或者不如说，跟我必然会遭遇的境况加以比较。上帝神奇地做出了目前这样的安排，把大船冲近海岸，让我不仅能靠近它，还能从上面取下所需要的东西搬到岸上，使我获得救济和安慰。假如不是这样，我就没有工具工作，没有武器自卫，没有弹药猎取食物了。

我有时一连几小时，甚至好几天沉思冥想。我自己设想：假如我没能从船上取下任何东西，那将怎么办呢？假如那样，除了鳖外，我就找不到任何其他食物了；而鳖是很久之后才发现的，那么，我一定早就饿死了。即使不饿死，我也一定过着野人一样的生活，即使想方设法打死一只山羊或一只鸟，我也无法把它们开膛破肚，剥皮切块，而只好像野兽一样，用牙齿去咬，用爪子去撕了。

这种想法使我深深地感到造物主对我的仁慈，尽管我当前的处境相当困苦不幸，但我还是充满了感激之情。在困苦中的人常常会哀叹："有谁像我这样苦啊！"我劝他们好好读读我这段话，并好好想一想，有些人的情况比他们还要坏得多。还应想一想，假如造物主故意捉弄他们，他们的景况将会糟得多。

此外，还有一种想法，使我心里充满了希望，从而内心获得极大的安慰。那就是，把我目前的境况与造物主应对我的报应加以比较。过去，我过着可怕的生活，对上帝完全缺乏认识和敬畏。我父母曾给我很好的教育，他们也尽力教导我应敬畏上帝，教育我应明白自己的责任，明白做人的目的和道理。可是，天哪，我很早就当了水手，过上了航海生活。要知道，水手是最不尊敬不畏惧上帝的人，尽管上帝使他们的生活充满了恐怖。由于我年轻时就过水手生活，与水手们为伍，我早年获得的那不多的宗教意识，早就从我的头脑里消失得一干二净了。这是由于伙伴们的嘲笑，由于经常遭遇

危险而视死如归，由于没有与善良的人交往而从未听到有益的教导，因此本来就十分淡薄的宗教信仰，就消失殆尽了。

那时，我完全没有善心，也不知道自己的为人，不知道该怎样做人。因此，即使上帝赐给我最大的恩惠，在我心里或嘴里却从未说过一句“感谢上帝”的话。譬如，我从萨累出逃，被葡萄牙船长从海上救起来，在巴西安身立命并获得发展，从英国运回我采购的货物，凡此种种，难道不都是上帝的恩赐吗？另一方面，当我身处极端危难之中时，我从不向上帝祈祷，也从不说一声“上帝可怜可怜我吧”。在我的嘴里，要是提到上帝的名字，那不是赌咒发誓，就是恶言骂人。

正如前面提到的，一连好几个月，我对过去的罪恶生活一直进行着反省，心里感到非常害怕。但是，当我再看看自己目前的处境，想到自从到了这荒岛上之后，上帝给了我多少恩惠，对我多么仁慈宽厚，想到上帝不仅没有因我过去的罪恶生活惩罚我，反而处处照顾我，我心里不禁又充满了希望。我想，上帝已接受了我的忏悔，并且还会怜悯我。

反省使我更坚定了对上帝的信念。我不但心平气和地接受了上帝对我当前处境的安排，甚至对现状怀着衷心的感激之情。我竟然没有受到惩罚而至今还活着，我不应该再有任何抱怨。我得到了许许多多的慈悲，而这些慈悲我是完全不应该期望能获得的。我绝不应该对自己的境遇感到不满，而是应该感到心满意足。我应该感谢每天有面包吃，因为我能有面包吃，完全是一系列的奇迹造成的。我感到，我是被奇迹养活着，这种奇迹是罕见的，就像以利亚被乌鸦养活一样。[①]应该说，正是由于发生了一系列的奇迹，我至今还能

①《圣经·旧约·列王纪（上）》17 ： 4—6。以利亚是耶稣降生前第九世纪的希伯来先知。一次大旱，上帝命他去约旦河东基立溪躲起来，喝基立溪的水，并吩咐乌鸦供应他食物。

活着。在世界上所有荒无人烟的地区，我感到没有一个地方会比我现在流落的荒岛更好了。虽说我在这儿远离人世，形单影只，非常苦恼，但这儿没有吃人的野兽，没有凶猛的虎狼害我性命，没有毒人的动物和植物吃下去会把我毒死，更没有野人会把我杀了吃掉。

总而言之，我的生活，在一方面看来，的确是一种可悲的生活；在另一方面看来，却也是一种蒙恩的生活。我不再企求任何东西，以使自己过上舒适的生活，我只希望自己能体会到上帝对我的恩惠，对我的关怀，使我时时能得到安慰。我这样提高了自己的认识，就会感到心满意足，不再悲伤了。

我来到岛上已很久了。我从船里带上岸的许多东西不是用完了，就是差不多快用完了或用坏了。

前面已经提到过，我的墨水早就用完了。到最后，只剩下一点点，我就不断加点水进去，直到后来淡得写在纸上看不出字迹了。但我决心只要还有点墨水，就要把每月中发生特殊事件的日子记下来。翻阅了一下日记，发现我所遭遇的各种事故，在日期上有某种巧合；如果我有迷信思想，认为时辰有凶吉，那我一定会感到无限的惊诧。

首先，我前面已提到过，九月三十日，是我离家出走来到赫尔去航海的日子；我被萨累的海盗船俘虏而沦为奴隶的日期，也正好是同一天。

其次，我从雅茅斯锚地的沉船中逃出来的那天，也正是后来我从萨累逃跑的那天，同月同日。

我诞生于九月三十日；正是二十六年之后[①]的这一天，我奇迹般地获救，流落到这荒岛上。所以，我的罪恶生活和我的孤单生活，

---

① 作者笛福计算日子有误的又一个例子。鲁滨逊诞生于1632年，于1659年流落于荒岛，因此，应该是27年之后。

可以说开始于同一个日子。

除了墨水用完之外，“面包”也吃完了。这是指我从船上拿回来的饼干。我饼干吃得很省，一天只吃一块，维持了整整一年多时间。在收获到自己种的粮食之前，我还是断了一年的面包。后来，我可以吃到自己的面包了，使我对上帝真是感激不尽，因为，正如我前面所说的，我能吃到面包，真是奇迹中的奇迹！

我的衣服也开始破烂不堪了。内衣是早就没有了，剩下的就是从水手们的箱子里找到的几件花格子衬衫，那也是我舍不得穿而小心保存下来的。在这儿，大部分时间只能穿衬衫，穿不住别的衣服。还好，在水手服装里有大约三打衬衫，这帮了我的大忙。另外，还有几件水手值夜穿的服装，那穿起来就太热了。虽然这里天气酷热，用不着穿衣服，但我总不能赤身裸体吧。即使我可以不穿衣服，我也不想这样做。这种念头我连想都不愿想一下，尽管岛上只有我孤孤单单一个人。

我不能赤身裸体当然是有理由的。这儿阳光炽热，裸体晒太阳根本就受不了，不一会儿太阳就会把皮肤晒出泡来。穿上衣服就不同了，空气可以在下面流通，这比不穿衣服要凉快两倍。同时，在太阳底下不戴帽子也不行。这儿的太阳，热力难当，直接晒在头上，不一会儿就晒得头痛难熬。但如果戴上帽子，那就好多了。

根据这些情况，我便开始考虑把那些破衣服整理一下。我所有的背心都已穿破了，所以我得做两件背心，布料就可以用水手值夜的衣服拆下来，再加上一些别的布料。于是我做起裁缝来。其实，我根本不懂缝纫工作，只是胡乱缝合起来罢了。我的手艺可以说是再糟糕不过。尽管如此，我还是勉强做成了两三件新背心，希望能穿一段时间。至于短裤，我直到后来才马马虎虎做出几条很不像样的东西。

我前面提到过，凡是我打死的野兽，我都把毛皮保存起来。所谓野兽，我指的是四足动物。我把毛皮用棍子支在太阳下晒干，有的被晒得又干又硬，简直没有什么用处了，但有的倒还合用。我首先用这些毛皮做了顶帽子，把毛翻在外面，可以挡雨。帽子做得还可以，我就又用一些毛皮做了一套衣服，包括一件背心和一条长仅及膝的短裤。背心和短裤都做得非常宽大，因为它们主要是用来挡热的，而不是御寒的。当然，我不得不承认，不论是背心还是短裤，做得都很不像样，因为，如果说我的木匠手艺不行，那我的裁缝手艺就更糟了。话虽如此，我还是做好了，总算能够将就着穿。我外出时，若遇到下雨，把背心和帽子的毛翻在外面，就可挡雨，身上就不致淋湿。

后来，我又花了不少时间和精力做了一把伞。我非常需要一把伞，也一直想做一把。在巴西时，我曾见别人做过伞。在巴西，天气炎热，伞是十分有用的。这儿的天气和巴西一样热，而且由于更靠近赤道，比巴西还热。此外，我还不得不经常外出，伞对我实在太有用了，遮阴挡雨都需要伞。我历尽艰辛，花了不少时间，好不容易做成了一把。做伞确实不易，就是在我自以为找到诀窍之后，还是做坏了两三把，直到最后，总算做成一把勉强可用。我感到做伞的最大困难是要使伞能收起来。做一把撑开的伞不难，但如果不能收起来，就只能永远撑在头顶上，这种伞根本无法携带，当然不适用。最后，正如我上面说的，总算做成了一把，尚能差强人意。我用毛皮做伞顶，毛翻在外面，可以像一座小茅屋似的把雨挡住，并能挡住强烈的阳光。这样，即使在最热的天气，我也能外出，甚至比以往最凉快的天气外出还要舒服。伞不用的时候，就可以折起来挟在胳膊下，携带十分方便。

我现在生活得非常舒服，心情也非常舒畅。我悉听天命，听从上帝的旨意和安排。这样，我觉得我现在的生活比有交际的生活还要好。因为，每当我抱怨没有人可以交谈时，我便责问自己，同自己的思想交谈，并且，我想我可以说，通过祷告同上帝交谈，不是比世上人类社会中的交际更好吗？

此后五年，我的生活环境和生活方式基本上没有什么变化，也没有什么特别的事情发生。我的主要工作是，每年按时种大麦和稻子，晒葡萄干，并把这些东西贮藏起来，供我一年吃用。此外，就是天天带枪外出行猎。在此期间，除了这些日常工作外，我做的唯一一件大事就是给自己又造了一只独木舟，最后确实也做成了。为了把独木舟引入半英里外的小河里，我挖了一条运河，有六英尺宽，四英尺深。先前做的那只实在太大，我始终无法把它放到水里去，也无法把水引到它下面来。这是由于我事先没有考虑到船造好后的下水问题，而这问题是我应该预先考虑到的。现在，那艘独木舟只能躺在原地留作纪念，教训我下一次应学得聪明些。这一次，我没能找到一棵较合适的树，而且，还需把水从半英里以外引过来。然而，当我看到有成功的希望时，就不愿放弃这一机会。虽然造成这条小舟花了将近两年的时间，我却从未偷懒或厌烦。我一直希望，迟早有一天我能够坐上小船到海上去。

我造的第一只独木舟是相当大的，因为我想用它渡到小岛对面的那块大陆上去，其间的距离约有四十海里。可是，现在新造的这艘船就太小了，不可能乘它渡过那么宽的海域，因而不符合我原先造船的意图。这样，我只好打消我原定的计划，不再去想它了。现在既然有了这只小舟，我的下一步计划就是坐上小船绕岛航行一圈。前面我曾提到，我曾经在陆上徒步横越小岛，抵达了岛的另一头。在那些小小的旅行中，我有不少新的发现，所以我一直想看看小岛沿岸的其他地区。现在，我既然有了小船，就可沿岛航行一周，实现我的夙愿了。

为了实现环岛航行的目的，我要把每件事情做得既周到又慎重。为此，我在小船上安装了一根小小的桅杆，并用贮藏已久的帆布做了个帆。你们知道，我从大船上取下的帆布多得很，且一直放在那里没用过多少。

安装好了桅杆和帆之后，我决定坐船试航一番。结果发现小船走得相当不错。于是，我在船的两头都做了小抽屉或者可以说是小盒子，里面放粮食、日用品和弹药之类的东西，免得给雨水或浪花打湿。另外，我又在船舷内挖了一条长长的槽，用来放枪，还做了块垂板可盖住长槽，以防枪支受潮。

我又把我的那把伞安放在船尾的平台上。伞竖在那里，也像一根桅杆，伞顶张开，正好罩在我头上，挡住了太阳的热量，像个凉篷。此后，我常常坐上独木舟到海面上游荡，但从来不敢走远，也不敢离小河太远。后来，我急于想看看自己这个小小王国的边界，就决定绕岛航行一周。为此，我先往船上装粮食，装了两打大麦面包（其实不如叫大麦饼），又装了一满罐炒米（这是我吃得最多的粮食），一小瓶甘蔗酒，半只山羊肉，还有一些火药和子弹，准备用来打山羊。另外，我还拿出了两件水手值夜穿的衣服，这我前面也提到过，是我在水手箱子中找到的。这两件衣服放到船上，一件可以用来做垫被，一件用来做盖被。

我成为这个岛国的国王已第六年了，或者说，我流落在这个荒岛已第六年了。反正怎么说都可以。在这第六年的十一月六日，我开始了这次环绕小岛的航行。这次航行所花的时间比我预料的要长得多，因为岛虽然不大，但当我航行到东头时，却被一大堆岩石挡住了航道。岩石向海里延伸，差不多有六海里远。这些礁石有的露出水面，有的藏在水下。礁石外面还有一片沙滩，约有一海里半宽。

因此，我不得不把船开到远处的海面上，绕过这个岬角航行。

一开始发现这些礁石时，我几乎想放弃这次航行，掉转船头往回走，因为我不知道要向外海走多远，而且，我更怀疑自己能不能回到岛上。于是，我就下了锚——我用从船上取下来的一只破铁钩做了锚。

我把船停稳当后，就带枪走上岸。我爬上一座可以俯视岬角的小山。在山顶上，我看清了岬角的全部长度，决定冒险继续前进。

从我所站的小山上向海上放眼望去，看见有一股很强很猛的急流向东流去，差不多一直流到那岬角附近。我进一步仔细地观察了一下，因为我发现，这股急流中隐藏着危险。如果我把船开进这股急流，船就会被它冲到外海去，可能再也回不到岛上了。说真的，假如我没有先爬上这座山观察到这股急流，我相信一定会碰到这种危险的。因为，岛的那边也有一股同样的急流，不过离海岸较远。而且在海岸底下还有一股猛烈的回流，即使我能躲过第一股急流，也会被卷入回流中去。

我在这儿把船停了两天。因为那两天一直刮东南风，风向偏东，而且风也不小。风向正好与我上面提到的那股急流的方向相反，因而在岬角附近的海面波涛汹涌。在这种情况下，如果我靠近海岸航行，就会碰到大浪；如果我远离海岸航行，又会碰到急流，所以怎么走都不安全。

第三天早晨，海上风平浪静，因为在夜里风已大大减弱了。于是我又冒险前进。可是一开船，我又犯了个大错误，足以给那些鲁莽而无知的水手作为前车之鉴。船刚驶近那个岬角，离海岸还没有船本身的长度那么远，就开进了一片深水面，并且碰上一股急流，就像磨坊下的水流那么急。这股急流来势凶猛，把我的船一直向前冲去。我费了九牛二虎之力，想让船沿着这股急流的边缘前进，可是毫无用处。结果，我的船远远冲离了我左边的那股回流。这时又正好没有一点风。我只得拼命划桨，但还是无济于事。我感到自己这下子又要完蛋了。因为我知道，这岛的两头都各有一股急流，它们必然会在几海里以外汇合，到那时，我是必死无疑了。而且我也看不出有什么办法可以逃过这场灭顶之灾。现在，除了死亡，我已没有任何希望——倒不是会葬身鱼腹，因为这时海面上风平浪静，而是会活活饿死，因为没有东西吃。不错，我曾在岸上抓到一只大鳖，重得几乎拿都拿不动。我把鳖扔进了船里。此外，我还有一大罐子淡水。但是，如果我被冲进汪洋大海，周围没有海岸，没有大陆，也没有小岛，我这么一点点食物和淡水又有什么用呢?

现在我才明白，只要上帝有意安排，他可以把人类最不幸的境遇变得更加不幸。现在我感到，我那荒凉的孤岛是世上最可爱的地方，而我现在最大的幸福，就是重新回到我那荒岛上。我怀着热切的心愿向它伸出双手。“幸福荒芜的小岛啊，”我说，“我将永远看不到你了!”然后，我又对自己说:“你这倒霉的家伙，你将去何方?”我开始责备自己身在福中不知福的脾气，责备自己不应该抱怨孤独的生活。现在，我愿意付出任何代价，只要能让我重新回到岸上!可是，我们一般凡夫俗子，不亲自经历更恶劣的环境，就永远看不到自己原来所处环境的优越性；不落到山穷水尽的地步，就不懂得珍惜自己原来享受的一切。我眼看自己被冲进茫茫的大海，离开我那可爱的小岛有六海里多远——现在我从心底里感到我的小岛确实可爱无比。看到我已没有回岛的希望，内心的惶恐简直难以形容。但是，我还是竭力划桨，直到筋疲力尽为止。我尽量把船朝北面划去，也就是向那股急流和回流交汇的海面划去。到了正午，太阳过了子午线，我忽然感到脸上似乎有了一点微风，风向东南偏南。我心中悄悄燃起了希望。尤其令人振奋的是，过了半小时，风稍稍大起来。这时我离岛已经很远了，要是这时有一点阴云或薄雾，那我也必定完蛋无疑。因为我未带罗盘，只要我看不到海岛，我就会迷失方向无法回去。幸好天气始终晴朗，我立即竖起桅杆，张帆向北驶去，尽量躲开那股急流。

我刚竖起桅杆张好帆，船就开始向前行驶了。我发现四周水色较清，知道那股急流在附近改变了方向。因为，水急则浊，水缓则清，我知道那股急流在这儿已成了强弩之末了。不久我果然发现，在半海里以外，海水打在一些礁石上，浪花四溅。那些礁石把这股急流分成两股，主要的一股继续流向南方，另一股则被礁石挡回，形成一股强烈的回流，向西北流回来，水流湍急。

假如有人在临上绞架时忽然得到赦免，或者正要被强盗谋害时忽然获救，或者有过类似的死里逃生的经历，就不难体会到我当时那种喜出望外的心情，也不难设想我把船驶进那股回流是多么欣喜若狂。其时，正当风顺水急，我张帆乘风破浪向前，那欢快的心情是不难想象的。

这股回流一直把我往岛上的方向冲了约三海里，但与先前把我冲向海外的那股急流相距六海里多，方向偏北。因此，当我靠近海岛时，发现自己正驶向岛的北岸，而我这次航行出发的地方是岛的南岸。

这股回流把我冲向海岛方向三海里之后，它的力量已成了强弩之末，再也不能把船向前推进了。我发现自己正处于两股急流之间——一股在南面，也就是把我冲走的那股急流，一股在北面，两股急流之间相距约三海里。我刚才说，我正好处于两股急流之间，且已靠近小岛。这儿海面平静，海水没有流动的样子，而且还有一股顺风。我就乘风向岛上驶去，但船行速度慢得多了。

大约下午四点钟，在离海岛不到三海里的地方，我看到了伸向南方的岬角，这一点我前面已提到过。正是这堆礁石引发了这次祸端。岬角把急流进一步向南方逼去，同时又分出一股回流向北方流去。这股回流流得很急，一直向正北。这不是我要航行的方向，我的航线是要往西走。由于风还大，我就从斜里穿过这股回流，向西北插过去。一小时之后，离岛只有一海里了，且这一带海面平静，所以不久我便上了岸。

上岸之后，我立即跪在地上，感谢上帝搭救我脱离大难，并决心放弃坐小船离开孤岛的一切胡思乱想。我吃了一些所带的东西，就把小船划进岸边的一个小湾里藏在树底下。接着，我就躺在地上睡着了。这次航行把我弄得精疲力竭，既辛苦又困乏。

我完全不知道该怎样驾船回家。我遇到了这么多危险，知道照原路回去是十分危险的，而海岛的另一边，也就是西边的情况，我又一无所知，更无心再去冒险。所以，我决定第二天早晨沿海岸西行，看看能不能找到一条小河停泊我的小战舰，以便需要的时候再来取它。我驾船沿岸行驶约三海里，找到了一个小湾，约一英里宽，愈往里愈窄，最后成了一条小溪。这对于我的小船倒是一个进出方便的港口，就仿佛是专门为它建立的小船坞似的。我把小船停放妥当后，便上了岸。我环顾四周，看看到底到了什么地方。

我很快就发现，这儿离我上次徒步旅行所到过的地方不远。所以，我只从船上拿出了枪和伞（因为天气很热）就出发了。经过这次辛劳而又危险的航行之后，我感到在陆上旅行十分轻松愉快。傍晚，我就到了自己的茅舍。屋里一切如旧，因为这是我的乡间别墅，我总是把一切都收拾得整整齐齐的。

我爬过围墙，躺在树荫下歇歇腿。我实在太疲倦了，不久就昏昏沉沉睡着了。不料，忽然有一个声音叫着我的名字，把我从睡梦中惊醒："鲁滨！鲁滨！鲁滨·克罗索！可怜的鲁滨·克罗索！你在哪儿，鲁滨·克罗索？你在哪儿？你去哪儿啦？”亲爱的读者，你们不妨想想，这是多么出乎我的意料啊！

开始我睡得很熟，因为上半天一直在划船，下半天又走了不少路，所以困乏极了。突然，我被惊醒，但一下子又还未完全清醒过来，只是处于半睡半醒之中，因此我以为在睡梦中有人在同我说话。但那声音不断地叫着“鲁滨·克罗索！鲁滨·克罗索！”终于使我完全清醒过来。这一醒，把我吓得心惊肉跳，一骨碌从地上爬起。我睁眼一看，原来是我的那只鹦鹉停在篱笆上面。啊，原来是它在和我说话呢！这些令人伤心的话，正是我教它说的，也正是我常和它说的话。它已把这些话学得惟妙惟肖了，经常停在我的手指头上，把它的嘴靠近我的脸，叫着“可怜的鲁滨·克罗索，你在哪儿？你去哪儿啦？你怎么会流落到这儿来的？”以及我教给它的其他一些话。

可是，我明明知道刚才跟我说话的是我的鹦鹉，不是别人，可还是过了好一会儿心神才定下来。首先我感到奇怪，这小鸟怎么会飞到这儿来？其次，为什么它老守在这儿，不到别处去？但在我确实弄清楚与我说话的不是别人，而是我那忠实的鹦鹉后，心就定下来了。我伸出手来，向它叫了一声“波儿”，这只会说话的小鸟便像往常一样，飞到我的大拇指上，接连不断地对我叫着“可怜的鲁滨·克罗索”，并问我“怎么到这儿来啦？”“到哪儿去啦？”仿佛很高兴又见到我似的。于是我就带着它回城堡的老家去了。

我在海上漂流了那么长时间，实在够受的了，现在正好安安静静地休息几天，回味一下所经历过的危险。我很想把小船弄回海岛的这一边来，也就是我的住所这一边，但想不出切实可行的办法。至于岛的东边，我已经去过那儿，知道不能再去冒险了。一想到这次经历，我就胆战心惊，不寒而栗。而岛的西边，我对那儿的情况一无所知。如果那边也有像东边那样的急流猛烈地冲击着海岸，就会碰到同样的危险，我也会被卷进急流，像上次那样给冲到海里去。想到这些，我便决心不要那小船了，尽管我花了好几个月的辛勤劳动才把它做成，又花了好几个月的功夫引它下水进入海里。

差不多有一年的工夫，我压制着自己的性子，过着一种恬静悠闲的生活，这一点你们完全可以想象。我安于自己的境遇，安于上天对我的安排，因此，我感到生活十分幸福。唯一的缺陷是，没有人可以交往。

在此期间，为了应付生活的需要，我的各种技艺都有长足的进步。我相信，总有一天，我会成为一个手艺出色的木匠，尤其是工具缺乏的条件下，我也能有所作为。

此外，出乎意料的是，我的陶器也做得相当完美。我想出了一个好方法，用一只轮盘来制造陶器，做起来又容易又好看。现在我做出来的器皿又圆又有样子，而过去做出来的东西看了真叫人恶心。但使我感到最自豪最高兴的是，居然还做成功了一支烟斗。虽然我做出来的这支烟斗又粗劣又难看，并且烧得和别的陶器一样红，可是却坚实耐用，烟管也抽得通。这对于我是个莫大的安慰，因为我有的是烟叶。当时，船上虽然也有几支烟斗，但我起初忘了带下来，不知道岛上也长有烟叶。后来再到船上去找，却一支也找不到了。

在编制藤器方面，我也有不小进步，并且运用我的全部匠心，编了不少自己需要的筐子，虽然不太美观，倒也方便实用。这些筐子或是用来放东西，或是用来运东西回家。例如，我外出打死了山羊，就把死羊吊在树上剥皮挖肚，再把肉切成一块块装在筐子里带回家。同样，有时我抓到一只鳖，也随即杀了，把蛋取出来，再切下一两块肉，装在筐子里带回来，余下的肉就丢弃不要了。因为带回去多了也吃不掉。此外，我又做了一些又大又深的筐子来盛谷物。谷物收获后，一等谷物干透，就搓出来晒干，然后装在筐子里贮藏起来。

这时，我才发现，我的火药已大大减少了，这是无法补充的必需品。我开始认真考虑不用弹药猎取山羊的问题。也就是，用什么办法捕获山羊。前面我曾提到过，上岛第三年，我捉到了一只雌的小山羊，经过驯养，它长大了。后来，我一直想再活捉一只雄山羊与它配对，可是想尽办法也没能抓到一只。到最后，小山羊成了老山羊，我怎么也不忍心杀它，直至它老死。

现在我已在岛上生活了十一年。前面已说过，我的弹药越来越少了。于是我开始研究如何用陷阱或夹子捕捉山羊，看看能否活捉它一两只。我特别希望能抓到一只怀孕的母羊。

为此，我做了几只夹子来捕捉山羊。我确信有好几次山羊曾被夹子夹住了，但是，由于没有铅丝之类的金属线，夹子做得不理想，结果发现它们总是吃掉诱饵弄坏夹子后逃之夭夭。

最后，我决定挖陷阱试试看。于是，我在山羊经常吃草的地方掘了几个大陷坑，在坑上盖上几块自制木条格子，再在上面压了一些很重的东西。开始几次，我在盖好的陷坑上面放了一些大麦穗子和干米，但是故意未装上机关。我一看就知道，山羊曾走进去吃过谷物，因为上面留下了它们的脚印。末了，有一天晚上，我一下子在三个陷阱里都安了机关。第二天早晨跑去一看，只见食饵都给吃掉了，可三个机关都没有动。这真使人丧气。于是，我改装了机关。具体我不再细说了。总而言之，有一大早上我去查看陷阱，结果发现在一个陷阱里扣着一只老公羊，另一个陷阱里扣着三只小羊，其中一只是公羊，两只是母羊。

对那只老公羊我毫无办法。它凶猛异常，我不敢下坑去捉它。我是想抓活的，这也是我的目的。当然我也可以把它杀死，但我不想那么做，因为那不是我的意愿。所以我只好把它放走了。老山羊一跑出陷坑，便像吓掉魂一样一溜烟逃跑了。当时我没有想到，就是一头狮子，也可以用饥饿的办法把它驯服，但这只是到后来我才懂得了这个办法。如果我让那头老山羊在陷坑里饿上三四天，不给它吃东西，然后，再稍稍给它点水喝，给它点谷物吃，它也一定会像那些小山羊一样驯服。只要饲养得法，山羊是十分伶俐、十分容易驯养的。

可是，当时我并不知道有什么好办法，所以只好把老山羊放走了。然后，我就到小山羊的陷坑里，把它们一只只捉起来，再用绳子把它们拴在一起，又费了不少力气才把它们牵回家。

小山羊好久都不肯吃东西。后来，我给它们吃一些谷粒，因为味道甜美，它们很喜欢吃，就慢慢驯顺起来。现在我知道，如果弹药用尽之后还想吃山羊肉，唯一的办法就是驯养一些山羊。将来在我屋子周围也许会有一大群山羊呢！

目前，我首先想到的是，必须把驯养的山羊与野山羊隔离起来。否则，驯养的小山羊一长大，就会跑掉又变成野山羊了。而要把驯养的山羊与野山羊隔离，唯一的办法是找一块空地，用坚固的篱笆或木栅栏圈起来。这样，里面的驯羊出不来，外面的野羊进不去。

我孤身一人，要圈地修筑篱笆无疑是一项巨大的工程，可这样做又是绝对必要的。所以，我首先得找到一块合适的地方，那儿既要有青草供山羊吃，又要有水供它们喝，并且还要有阴凉的地方供它们歇息。

我找到了一个十分合适的地方，以上三个条件样样具备。这是一大片平坦的草原，也就是西部殖民者所说的热带或亚热带那种树木稀疏的草原。草原上有两三条小溪，水流清澈。小溪尽头有不少树木。但凡是有圈地经验的人，一定会认为我这种做法缺少计算。如果我把自己原来的想法告诉他们，他们也一定会笑话我。这不仅因为我的圈地规模过大，如果要把篱笆或木栅栏修筑起来，至少有两英里长！其实，篱笆长短还在其次，即使十英里长我也有时间将它完成，主要还是圈地范围过大所带来的后果。当时我没有考虑到，山羊在这么宽广的范围内，一定会到处乱跑，就像没有围起来一样。如果要捕捉它们，就根本无法抓到。

我开始动手修筑篱笆，但直到完成了大约五十码时，才想到了上面提到的问题。于是我立即停工，并决定先圈一块长约一百五十码，宽约一百码的地方。这个面积，在相当一段时期内，足以容纳我能驯养的山羊。等以后羊群增加了，我可以进一步扩大圈地。

这个办法较为审慎可行，我就鼓起勇气重新动手干起来。这第一块圈地用了差不多三个月的时间才完成。在此期间，我一直把三只小羊拴在最好的地方，并让它们一直在我近旁吃草，使它们与我混熟。我还经常用大麦穗子和一把把大米喂它们，让它们在我手里吃。这样，当我把篱笆修筑完成之后，即使把它们放开，也会回来跟着我转，并咩咩叫着向我讨吃哩！

我的目标总算实现了。不到一年半，我已连大带小有了十二只山羊了。又过了两年，除了被我宰杀吃掉的几只不算，我已有了四十三只了。这以后，我又圈了五六块地方养羊。在这些圈地上，都做了窄小的围栏，我要捉羊时，就把羊赶进去。同时，在各圈地之间，又做了一些门使之彼此相通。这还不算，现在我不仅随时有羊肉吃，还有羊奶喝。这在当初我根本想也没有想到。所以我忽然想到可以喝羊奶时，真是喜出望外。现在，我有了自己的挤奶房，有时每天可产一两加仑的羊奶。我这人一生没有挤过牛奶，更没有挤过羊奶，也没有见过人家做奶油或乳酪。可是，经过多次的试验和失败，我终于做出了奶油和干酪，而且做得方便利索。可见大自然不但使每个生灵都得到食物，而且还自然而然地教会他们如何充分地利用各种食物。

造物主对待自己所创造的一切生灵是多么仁慈啊，哪怕他们身处绝境，他也还是那么慈悲为怀。他能把苦难的命运变得甜蜜，即使我们囚于牢狱也都要赞美他！当我刚来到这片荒野时，一定以为自己会饿死；而现在，摆在我面前是多么丰盛的筵席啊！[①]

即使你是一个信奉斯多葛哲学[②]的人，看到我和我的小家庭成员共进晚餐的情景，也一定会忍俊不禁。我坐在中间，俨然是全岛的君王。我对自己的臣民拥有绝对的生杀之权。我可以任意处置我的臣民，要杀就杀，要抓就抓，要放就放，而且不会有反叛者。

再看看我是怎样用餐的吧！我一个人坐在那儿进餐，其他都是我的臣仆在一旁侍候。我的鹦鹉仿佛是我的宠臣，只有它才被允许与我讲话。我的狗现在已又老又昏聩了，它总是坐在我右手；而那两只猫则各坐一边，不时地希望从我手里得到一点赏赐，并把此视为一种特殊的恩宠。

这两只猫已不是我最初从破船上带下来的了，那两只早就死了，我亲自把它们葬在我的住所附近。不过其中一只不知同什么动物交配，生下了许多小猫。这两只就是我从那些小猫中留下来驯养起来的，其余的都跑到树林里成了野猫。那些野猫后来给我添了不少麻烦，因为它们经常跑到我家里来劫掠我的东西。最后我不得不开枪杀了一大批，终于把它们赶走了。所以，我现在有那么多仆人侍候我，生活也过得很富裕，唯一缺乏的就是没有人可以交往而已，其他什么都不缺。但不久之后，我就有人交往了，后来甚至感到交往的人太多了。

---

①《圣经·旧约·诗篇》78 ： 19。

② 斯多葛哲学，公元前4世纪古希腊哲学家芝诺创立于雅典的哲学派系，主张恬淡寡欲，苦乐无动于衷。

我曾经说过，我非常希望能使用那只小船，但又不想再次冒险。因此，有时我会坐着苦思冥想，竭力设法把船弄到小岛的这边来；有时我又会安下心来，觉得不要它也行。可是我这人生性不安于现状，总是想到上次出游时我到过的海岛的那一边走一趟，看看有没有办法把小船弄过来。因为，正是在那儿，我可以登上小山，远眺海岸和潮水的流向。这念头在心里变得越来越强烈，最后终于决定沿着海岸从陆上走到那边去。于是我就出发了。如果在英国有人碰到我这样的人，一定会吓一大跳，再不然也会大笑一阵。我也常常停下来打量自己，想到自己如果穿这套行装，像这样打扮在约克郡旅行，也禁不住笑起来。下面我把自己的模样描绘一下吧。

我头上戴着一顶山羊皮做的便帽，这帽子做得又高又大，很不像样，后面还垂着一条长长的帽檐，一来是为了遮太阳，二来是为了挡雨，免得雨水流进脖子。在热带，被雨淋湿是最伤身体的。

我上身穿了一件山羊皮做的短外套，衣襟遮住了半条大腿。下身穿了一条齐膝短裤，也是用一只老公羊的皮做成的，两旁的羊毛一直垂到小腿上，看上去像条长裤。我没有鞋子，也没有袜子，但做了一双短靴似的东西，自己也不知道该叫什么。靴长刚及小腿，两边再用绳子系起来，好像绑腿一样。这双靴子与我身上的其他装束一样，极端拙劣难看。

我腰间束了一条宽宽的皮带，那是用晒干了的小羊皮做的。皮带没有搭扣，只用两根山羊皮条系着。带子两边有两个搭环，原来是水手用来挂短刀或短剑的，可我挂了一把小锯和一把斧头，一边一把。另一条较窄的皮带，斜挂在我的肩膀上，也用皮条系着。这条皮带的末端，在我左胳膊下，挂着两个山羊皮袋，一个装火药，一个装子弹。我背上背着筐子，肩上扛着枪，头上撑着一顶羊皮做的太阳伞，样子又难看又笨拙。尽管如此，除了枪之外，这把伞也是我随身不可缺少的东西。至于我的脸，倒不像穆拉托人[1]那么黑，看上去像一个住在赤道9°或10°内的热带地区那种不修边幅的人。我的胡子曾长到四分之一码长，但我有的是剪刀和剃刀，所以就把它剪短了。但上嘴唇的胡子仍留着，并修剪成像回教徒式的八字大胡子，像我在萨累见到的土耳其人留的胡子那样。因为摩尔人是不留这种胡子的，只有土耳其人才留。我不敢说我的这把胡子长得可以挂我的帽子，但确实又长又大，要是在英国给人看见，准会吓一大跳。

不过，关于我的这副模样，只是顺便提提罢了。因为根本没有人会看到，我模样如何就无关紧要了，所以我也不必多费笔墨。我就带着这副尊容出发，一直走了五六天。我先沿海岸走到我上次泊船登上小山的地方。这次我用不着照管小船，就抄近路走上前次登过的那座小山岗。当我远眺伸入海中的岬角时，前面我曾提到，前次到达这儿时我不得不驾船绕道而行，但现在只见海面风平浪静，那儿既没有波澜，也没有急流，海面平静如镜，和别的海域一模一样。这情景大大出乎我的意料。

对这个现象我感到莫名其妙，决心花些时间留心观察一下，看看是否与潮水方向有关。不久我就明白了其中的奥妙。原来，从西边退下来的潮水与岸上一条大河的水流汇合，形成了那股急流；而西风或北风的强度又决定了那股急流离岸的远近。等到傍晚，我重新登上小山顶。当时正值退潮，我又清楚地看到了那股急流。只不过这一次离岸较远，约在一海里半处；而我上次来时，急流离岸很近，结果把我的独木舟冲走了。在别的时候，也许不会发生这种情况。

---

① 穆拉托人，指黑人与白人的第一代混血儿，或有黑白两种血统的人。

这次观察使我确信，只要注意潮水的涨落，我可以很容易把小船弄到我住地所在的那一边。但当我想把自己的主意付诸实施的时候，又想到了上次所经历的危险，不由得心惊肉跳，连想也不敢想了。于是，我做了一个新的决定，那就是再造一只独木舟。这样，我在岛的这边有一只，岛的那边也有一只。这样做虽然比较费力，但却比较安全。

你们要知道，现在我在岛上已有了两个庄园——我也许可以这么称呼我的两处住所。一处是我的那个小小的城堡或帐篷。这儿，在小山脚下，四周建起了围墙，后面是一个岩洞。现在，岩洞已扩大成好几个房间，或者说好几个洞室，一个套着一个。其中有一间最干燥最宽大，并有一个门通到围墙外面，或者说是城堡外面。也就是说，通到了围墙和山石的连接处。在这一间里，我放满了前面提到过的那些陶土烧制成的大瓦缸，还放了十四五只大筐子，每只大筐子能装五六蒲式耳粮食，主要装的是谷物。有的筐子装着直接从茎秆上摘下来的穗子，有的装着我用手搓出来的谷粒。

那堵围墙我当时是用高大的树桩筑成的，现在这些树桩已长成了树，又大又密，谁都看不出后面会住人。

靠近住所，往岛内走几步，在一片地势较低的地方，有两块庄稼地。我按时耕种，按时收获。如果我需要更多的粮食，毗邻还有不少同样相宜的土地可以扩大。

此外，在我的乡间别墅那边，现在也有一座像样的庄园。首先，我有一间茅舍，并对这间茅舍不断加以修理。也就是说，我经常修剪周围的树篱，使其保持一定的高度。我的梯子也一直放在树篱里面。那些树起初只不过是一些树桩，现在却长得又粗又高了。我不断修剪树桩，希望能长得枝繁叶茂，生机勃勃。后来，这些树真的长得蔚然成荫，令我十分称心如意。树篱中央，则搭着一顶帐篷。

帐篷是用一块帆布做成的，由几根柱子支撑着，永远不必修理或重搭。帐篷下放了一张睡榻，那是我用兽皮和其他一些柔软的材料做成的。那些兽皮当然是我从打死了的野兽身上剥下来的。睡榻上还铺了一条毛毯，是我从船上的卧具中拿下来的。另外还有一件很大的值夜衣服用作盖被。我每次有事离开我的老住所时，就住在这座乡间别墅里。

与别墅毗邻的是我的圈地，里面放养着山羊。当初，为了圈这块地，我曾历尽艰辛。我竭尽全力，把篱笆做得十分严密，免得圈在里面的山羊逃出去。我不遗余力，辛勤劳作，在篱笆外插满了小木桩，而且插得又密又多，样子不像篱墙，倒像是一个栅栏，在木桩与木桩之间，连手都插不进去。后来，在第三个雨季中，这些小木桩都长大了，成了一堵坚固的围墙，甚至比围墙还坚固。

这一切都可以证明我并没有偷懒。为了使生活舒适，凡是必须做的事，我都会不辞辛劳地去完成。我认为，身边驯养一批牲畜，就等于替自己建立一座羊肉、羊奶、奶油和奶酪的活仓库。无论我在岛上生活多少年——哪怕是四十年——也将取之不尽，用之不竭。同时，我也认为，要想一伸手就能抓到这些山羊，就得把羊圈修筑得十分严密，绝不能让它们到处乱跑。我把这个主意彻底实施，结果把木桩插得太密了，等它们长大后，我还不得不拔掉一些呢！

在这里，我还种了一些葡萄，我每年冬天贮藏的葡萄干，主要是从自己葡萄园里收获的葡萄晒制而成的。这些葡萄干我都小心保藏，因为这是我现有食物中最富营养最可口的食品。葡萄干不仅好吃，而且营养丰富，祛病提神，延年益寿。

我的乡间别墅正处于我泊船的地方和我海边住所的中途，因此每次去泊船处我总要在这里停留一下。我常去看看那只独木舟，并把船里的东西整理得井井有条。有时我也驾起独木舟出去消遣消遣，但我再也不敢离岸太远冒险远航了，唯恐无意中被急流、大风或其他意外事故冲走或刮走。然而，正在这时我的生活却发生了新的变化。

一天中午，我正走去看我的船，忽然在海边上发现一个人的脚印！那是一个赤脚的脚印，清清楚楚地印在沙滩上。这简直把我吓坏了。我呆呆地站在那里，犹如挨了一个晴天霹雳，又像大白天见到了鬼。我侧耳倾听，又环顾四周，可什么也没有听到，什么也没有见到。我跑上高地，向远处眺望，又在海边来回跑了几趟，可还是毫无结果。脚印就这一个，再也找不到其他脚印。我跑到脚印前，看看还有没有别的脚印，看看它是不是我自己的幻觉。可是，脚印就是脚印，而且就这么一个，不容置疑。脚指头、脚后跟，是一个完整的脚印。可这脚印是怎么在这儿留下来的呢？我无法知道，也无从猜测。这使我心烦意乱，像一个精神失常的人那样，头脑里尽是胡思乱想。后来就拔腿往自己的防御工事跑去，一路飞奔，脚不沾地。可是，我心里又惶恐至极，一步三回头，看看后面有没有人追上来，连远处的一丛小树，一枝枯树干，都会使我疑神疑鬼，以为是人。一路上，我是惊恐万状，头脑里出现各种各样的幻景，幻觉里又出现各种各样荒诞不经的想法以及无数离奇古怪的妄想，简直一言难尽。

我一跑到自己的城堡——以后我就这样称呼了——一下子就钻了进去，好像后面真的有人在追赶似的。至于我是按原来的想法，用梯子爬进去的呢，还是从我打通了的岩洞的门里钻进去的，连自己都记不得了，甚至到了第二天早上也想不起来。因为，我跑进这藏身之所时，心里恐惧已极，就是一只受惊的野兔逃进自己的草窝里，一只狐狸逃进自己的地穴里，也没有像我这样胆战心惊。

我一夜都没合眼。时间越长，我的疑惧反而越大。这似乎有点

反常，也不合乎受惊动物正常的心理状态。原来主要是因为我自己大惊小怪，因而引起一连串的胡思乱想，结果自己吓自己；而且，想的时间越长，越是都往坏处想。有时候，我幻想着，那一定是魔鬼在作祟，于是，我的理智便随声附和，支持我的想法。我想，其他人怎么会跑到那儿去呢？把他们送到岛上来的船在哪里呢？别的脚印又在什么地方呢？一个人又怎么可能到那边去呢？但是，再一想，要是说魔鬼在那儿显出人形，仅仅是为了留下一个人的脚印，那又未免毫无意义，因为我未必一定会看到它。我想，魔鬼若为了吓吓我，可以找到许多其他办法，何必留下这个孤零零的脚印呢？何况我住在岛的另一头，魔鬼绝不会头脑如此简单，把一个记号留在我十有八九看不到的地方，而且还留在沙滩上，因为只要一起大风，就会被海潮冲得一干二净。这一切看来都不能自圆其说，也不符合我们对魔鬼的一般看法。在我们眼里，魔鬼总是十分乖巧狡猾的。

所有这一切都使我不得不承认，我害怕那是魔鬼的作为是毫无根据的。因此，我马上得出一个结论：那一定是某种更危险的生物，也就是说，一定是海岛对岸大陆上的那些野人来跟我作对。他们划着独木舟在海上闲游，可能卷入了急流，或碰上逆风，偶尔冲到或刮到海岛上。上岸后又不愿留在这孤岛上，又回到了海上，要不我该发现他们了。

当上述种种想法在我头脑里萦回时，我起初还庆幸自己当时没有在那边，也没有给他们发现我的小船。要是他们真的看到了小船，就会断定这小岛上有人，说不定会来搜寻我。可是，我又胡思乱想起来，出现了一些恐怖的念头。我想，他们可能已发现了我的小船，并且也已发现这岛上有人。又想，如果这样，他们一定会来更多的人把我吃掉；即使他们找不到我，也一定会发现我的围墙。那样，他们就会把我的谷物通通毁掉，把我驯养的山羊都劫走。最后，我只好活活饿死。

恐惧心驱走了我全部的宗教信仰。在此之前，我亲身感受到上帝的恩惠，使我产生了对上帝的信仰；现在，这种信仰完全消失了。过去，上帝用神迹赐给我食物；而现在，我似乎认为他竟无力来保护他所赐给我的食物了。于是，我责备自己贪图安逸的生活，不肯多种一些粮食，只图能接得上下一季吃的就算了，好像不会发生什么意外似的，认为我一定能享用地里收获的谷物。这种自我谴责是有道理的，所以我决定以后一定要囤积好两三年的粮食。这样，无论发生什么事，也不致于因缺乏粮食而饿死。

天命难测，使人生显得多么光怪陆离，变化无穷啊！在不同的环境下，人的感情又怎样变幻无常啊！我们今天所爱的，往往是我们明天所恨的；我们今天所追求的，往往是我们明天所逃避的；我们今天所希冀的，往往是我们明天所害怕的，甚至会吓得胆战心惊。现在，我自己就是一个生动的例子。以前，我觉得，我最大的痛苦是被人类社会所抛弃，孤身一人，被汪洋大海所包围，与人世隔绝，被贬黜而过着寂寞的生活，仿佛上天认定我不足与人类为伍，不足与其他人交往似的。我当时觉得，假如我能见到一个人，对我来说不亚于死而复生，那将是上帝所能赐给我的最大的幸福，这种幸福仅次于上帝饶恕我在人间所犯的罪孽，让我登上天堂。而现在呢，只要疑心可能会看到人，我就会不寒而栗；只要见到人影，看到人在岛上留下的脚印无声无息地躺在那里，我就恨不得地上有个洞让我钻下去。

人生就是这么变幻无常。我惊魂略定之后，产生了关于人生的离奇古怪的想法。我认识到，我当前的境遇，正是大智大仁的上帝为我安排的。我既然无法预知天命，就该服从上帝的绝对权威。因为，我既然是上帝创造的，他就拥有绝对的权力按照他的旨意支配我和处置我；而我自己又曾冒犯过他，他当然有权力给我任何惩罚，这是合情合理的。我自己也理所当然地应接受他的惩罚，因为我对上帝犯了罪。

于是，我又想到，既然公正而万能的上帝认为应该这样惩罚我，他当然也有力量拯救我。如果上帝认为不应该拯救我，我就应该认命，绝对地、毫无保留地服从上帝的旨意；同时，我也应该对上帝寄予希望，向他祈祷，静静地听候他圣意的吩咐和指示。

我就这样苦思冥想，花去了许多小时，许多天，甚至许多星期，许多个月。思考的结果，在当时对我产生了一种特殊的影响，不能不在这里提一下。那就是：一天清晨，我正躺在床上想着野人出现的危险，心里觉得忐忑不安，这时，我忽然想到《圣经》上的话："你在患难的时候呼求我，我就必拯救你，而你要颂赞我。"①

于是，我愉快地从床上爬起来，不仅心里感到宽慰多了，而且获得了指引和鼓舞，虔诚地向上帝祈祷，恳求他能拯救我。做完祈祷之后，我就拿起《圣经》翻开来，首先就看到下面这句话："等候上帝，要刚强勇敢，坚定你的意志，等候上帝！"②这几句话给我的安慰，非语言所能形容。于是，我放下《圣经》，心里充满了感激之情，也不再忧愁哀伤，至少当时不再难过了。

我就这样一会儿胡猜乱想，一会儿疑神疑鬼，一会儿又反省冥思。忽然有一天，我觉得这一切也许全是我自己的幻觉。那只脚印可能是我下船上岸时自己留在沙滩上的。这个想法使我稍稍高兴了一些，并竭力使自己相信，那确实是自己的幻觉，那只不过是自

①《圣经·旧约·诗篇》50 ： 15。

②《圣经·旧约·诗篇》27 ： 14。

己留下的脚印而已。因为，我既然可以从那儿上船，当然也可以从那儿下船上岸。更何况，我自己也无法确定哪儿我走过，哪儿我没走过。如果最终证明那只不过是自己的脚印，我岂不成了个大傻瓜，就像那些编造鬼怪恐怖故事的傻瓜，没有吓倒别人反而吓坏了自己！

于是，我又鼓起勇气，想到外面去看看。我已经三天三夜没有走出城堡了，家里快断粮了，只剩一些大麦饼和水。另外，我还想到，那些山羊也该挤奶了，这项工作一直是我傍晚的消遣。那些可怜的家伙好久没挤奶，一定痛苦不安。事实上，由于长时间没有挤奶，有好几只几乎已挤不出奶而糟蹋掉了。

相信那不过是自己的脚印，这一切只是自己在吓自己，我就壮起胆子重新外出了，并跑到我的乡间别墅去挤羊奶。我一路上担惊受怕，一步三回头往身后张望，时刻准备丢下筐子逃命。如果有人看到我那走路的样子，一定以为我做了什么亏心事，或新近受了什么极大的惊吓哩——受惊吓这倒也是事实！

可是，我一连跑去挤了两三天奶，什么也没有看到，我的胆子稍稍大了一点。我想，其实没有什么事情，都是我的想象罢了。但我还不能使自己确信那一定是自己的脚印，除非我再到海边去一趟，亲自看看那个脚印，用自己的脚去比一比，看看是不是一样大。只有这样，我才能确信那是我自己的脚印。不料，我一到那边，首先发现的是，当初我停放小船时，绝不可能在那儿上岸；其次，当我用自己的脚去比那脚印时，发现我的脚小得多。这两个情况又使我马上胡思乱想起来，并使我忧心忡忡，忐忑不安。结果我吓得浑身颤抖，好像发疟疾一样。我马上跑回家里，深信至少一个人或一些人上过岸。总之，岛上已经有人了，说不定什么时候会对我进行突然袭击，使我措手不及。至于我应采取什么措施进行防卫，却仍毫无头绪。

唉！人在恐惧中所做出的决定是多么荒唐可笑啊！凡是理智提供他们保护自己的种种办法，一旦恐惧心占了上风，他们就不知道如何使用这些办法了。我的第一个想法，就是把那些围墙拆掉，把所有围在圈中的羊放回树林，任凭它们变成野羊，免得敌人发现之后，为了掠夺更多的羊而经常上岛骚扰；其次，我又打算索性把那两块谷物田也挖掉，免得他们在那里发现这种谷物后，再常常到岛上来劫掠。最后，我甚至想把乡间茅舍和海边住所的帐篷都通通毁掉，免得他们会发现住人的痕迹，从而会进行搜索，找出住在这里的人。

这些都是我第二次从发现脚印的海边回家之后的当天晚上想到的种种问题。那时候，我又像第一次发现脚印后那样，惊魂不定，心里充满疑虑，心情忧郁低落。由此可见，对危险的恐惧比看到危险本身更可怕千百倍；而焦虑不安给人的思想负担又大大超过我们所真正担忧的坏事。更糟糕的是，我以前总能听天由命，从中获得安慰；而现在祸到临头，却不能使自己听从天命了，因而也无法获得任何安慰。我觉得我像《圣经》里的扫罗，不仅埋怨非利士人攻击他，并且埋怨上帝离弃了他。[①]因为我现在没有用应有的办法来安定自己的心情，没有在危难中大声向上帝呼吁，也没有像以前那样把自己的安全和解救完全交托给上帝，听凭上帝的旨意。假如我那样做了，对这新的意料之外的事，我至少会乐观一些，也会有更大的决心挨过这一难关。

我胡思乱想，彻夜不眠。到早晨，由于思虑过度，精神疲惫，才昏昏睡去。我睡得很香，醒来之后，觉得心里比以往任何时候都

①《圣经·旧约·撒母耳记（上）》28 ： 15。

安定多了。我开始冷静地思考当前的问题。我内心进行了激烈的争辩，最后得出了这样的结论：这个小岛既然风景宜人，物产丰富，又离大陆不远，就不可能像我以前想象的那样绝无人迹。岛上虽然没有居民，但对面大陆上的船只有时完全有可能来岛上靠岸。那些上岛的人，有些可能有一定的目的，有些则可能被逆风刮过来的。

我在这岛上已住了十五年了，但从未见过一个人影。因为，即使他们偶尔被逆风刮到岛上来，也总是尽快离开，看来，到目前为止，他们仍认为这座孤岛是不宜久居的地方。

现在，对我来说最大的危险不过是那边大陆上偶尔在此登岸的三三两两的居民而已。他们是被逆风刮过来的，上岛完全是出于不得已，所以他们也不愿留下来，上岛后只要可能就尽快离开，很少在岛上过夜。否则的话，潮水一退，天色黑了，他们要离岛就困难了。所以，现在我只要找到一条安全的退路，一看到野人上岸就躲起来，别的事情就用不着操心了。

这时，我深深后悔把山洞挖得太大了，并且还在围墙和岩石衔接处开了一个门。经过一番深思熟虑后，我决定在围墙外边，也就是我十二年前种两行树的地方，再筑起一道半圆形的防御工事。那些树原来就种得非常密，所以现在只需在树干之间再打一些木桩，就可以使树干之间的距离变得十分紧密。我很快就把这道围墙打好了。

现在，我有两道墙了。我又在外墙上用了不少木料、旧缆索及其他我能想到的东西进一步加固，并在墙上开了七个小洞，大小刚好能伸出我的手臂。在围墙里面，我又从山洞里搬了不少泥土倒在墙脚上用脚踩实。这样，把墙加宽到十多英尺。这七个小洞是准备放我的短枪的。我从破船上拿下了七支短枪。现在把这些枪安置在七个洞里，并用架子支撑好，样子像七尊大炮。这样，在两分钟之内我可以连开七枪。我辛勤工作了好几个月，才完成了这道墙；而在没有完成以前，我一直感到自己不够安全。

这项工程完成后，我又在墙外空地周围密密地插了一些杨柳树树桩或树枝，差不多插了两万多根，因为杨柳树特别容易生长。在杨柳树林与围墙之间，我特地留出一条很宽的空地。这样，如有敌人袭击，一下子就能发现。因为他们无法在外墙和小树间掩蔽自己，这样就难以接近外墙了。

不到两年时间，我就有了一片浓密的丛林。不到五六年工夫，我住所面前便长起了一片森林，又浓密又粗壮，简直无法通行。谁也不会想到树林后会有什么东西，更不会想到有人会住在那儿了。在树林里我没有留出小路，因此我的进出办法是用两架梯子。一架梯子靠在树林侧面岩石较低的地上；岩石上有一个凹进去的地方，正好放第二架梯子。只要把两架梯子拿走，谁想走近城堡，谁就难以保护自己不受到我的反击。就算他能越过树林，也只是在我的外墙外边而进不了外墙。

现在，我可以说已竭尽人类的智慧，千方百计地保护自己了。以后可以看到，我这样做不是没有道理的，虽然我目前还没有预见到什么危险，所感到的恐惧也没有什么具体的对象。

进行上述工作时，我也没有忽略别的事情。我仍十分关心我的羊群，它们随时可以充分满足我的需要，使我不必浪费火药和子弹，也省得费力气去追捕野山羊。我当然不愿放弃自己驯养山羊所提供的便利，免得以后再从头开始驯养。

为此，我考虑良久，觉得只有两个办法可以保全羊群。一是另外找个适当的地方，挖一个地洞，每天晚上把羊赶进去；另一个办法是再圈两三块小地方，彼此相隔较远，愈隐蔽愈好，每个地方养六七只羊。万一大羊群遭到不测，我还可以花点时间和精力再恢复起来。这个办法虽然要付出很多时间和劳力，但我却认为是一个最合理的计划。

因此，我就花了一些时间，寻找岛上最深幽之处。我选定了一块非常隐蔽的地方，完全合乎我的理想。那是一片小小的湿洼地，周围是一片密林。这座密林正是我上次从岛的东部回家时几乎迷路的地方。这儿我找到一片空地，大约有三英亩大，四周的密林几乎像是天然的篱墙，至少用不着像我在别的地方圈地那样费时费力。

于是，我立刻在这块地上干起来。不到一个月时间，篱墙就打好，羊群就可以养在里面了。现在这些山羊经过驯养，已不像以前那样野了，放在那儿十分安全。因此我一点也不敢耽搁，马上就移了十只小母羊和两只公羊到那儿去。羊移过去之后，我继续加固篱墙，做得与第一个圈地的篱墙一样坚固牢靠。所不同的是，我做第一个篱墙时比较从容不迫，花的时间也要多得多。

我辛辛苦苦从事各项工作，仅仅是因为我看到那只脚印，因而产生了种种疑惧。其实，直到现在，我还没有看到任何人到岛上来过。就这样在这种忐忑不安的心情下我又过了两年。这种不安的心情使我的生活远远不如从前那样舒畅了。这种情况任何人都可以想象的。试想一个人成天提心吊胆地生活，生怕有人会害他，这种生活会有什么乐趣呢？更令我痛心的是，这种不安的心情大大影响了我的宗教观念。因为我时刻担心落到野人或食人生番的手里，简直无心祈祷上帝；即使在祈祷的时候，也已不再有以往那种宁静和满足的心情了。我祈祷时，心情苦恼，精神负担很重，仿佛危机四伏，每夜都担心可能被野人吃掉似的。经验表明，平静、感激和崇敬的心情比恐惧和不安的心情更适于祈祷。一个人在大祸临头的恐惧下做祈祷，无异于在病榻上做忏悔祈祷，心情同样不安。这种时候是不宜做祈祷的，因为，这种不安的心情影响到一个人的心理，正如疾病影响肉体一样。不安是心灵上的缺陷，其危害性不亚于肉体上的缺陷，甚至超过肉体上的缺陷。而祈祷是心灵的行为，不是肉体的行为。

现在，再接着说说我接下去做的事。我把一部分家畜安置妥当后，便走遍全岛，想再找一片这样深幽的地方，同样圈一小块地养羊。我一直往岛的西部走，到了一个我从前从未涉足的地方。我往海里一看，仿佛看到极远处有一只船。我曾从破船上一个水手的箱子里找到了一两只望远镜，可惜没有带在身边。那船影太远，我也说不准到底是否是船。我一直凝望着，看得我眼睛都痛得看不下去了。当我从山上下来时，那船影似的东西已完全消失了，我也只好随它去了。不过，我由此下了决心，以后出门衣袋里一定要带一个望远镜。

我走下山岗，来到小岛的尽头。这一带我以前从未来过。一到这里，我马上明白，在岛上发现人的脚印，并不像我原来想象的那样稀奇。只是老天爷有意安排，让我漂流到岛上野人从来不到的那一头。否则，我早就知道，那些大陆上来的独木舟，有时在海上走得太远了，偶尔会渡过海峡到岛的这一边来找港口停泊。这是经常有的事。而且，他们的独木舟在海上相遇时，经常要打仗，打胜了的部落就把抓到的俘虏带到岛上这边来，按照他们吃人部落的习惯，把俘虏杀死吃掉。关于吃人肉的事，我下面再谈。

再说我从山岗上下来，走到岛的西南角，我马上就吓得惊慌失措，目瞪口呆了。只见海岸上满地都是人的头骨、手骨、脚骨，以及人体其他部分的骨头。我心里的恐惧，简直无法形容。我还看到有一个地方曾经生过火，地上挖了一个斗鸡坑似的圆圈，那些野蛮人大概就围坐在那里，举行残忍的宴会，大吃自己同类的肉体。

见到这一情景，我简直惊愕万分。好久好久，我忘记了自身的危险。想到这种极端残忍可怕的行为，想到人性竟然堕落到如此地步，我忘记了自己的恐惧。吃人的事我以前虽然也经常听人说起过，可今天才第一次亲眼看到吃人留下的现场。我转过脸去，不忍再看这可怕的景象。我感到胃里东西直往上冒，人也几乎快晕倒了，最后终于恶心得把胃里的东西都吐了出来。我吐得很厉害，东西吐光后才略感轻松些。但我一分钟也不忍心再待下去了，所以马上拔脚飞跑上小山，向自己的家里走去。

当我略微跑离吃人现场之后，还是惊魂不定，呆呆地在路上站了一会儿。直到后来，心情才稍稍安定下来。我仰望苍天，热泪盈眶，心里充满了感激之情，感谢上帝把我降生在世界上别的地方，使我没有与这些可怕的家伙同流合污。尽管我感到自己目前的境况十分悲惨，但上帝还是在生活上给我种种照顾。我不仅不应该抱怨上帝，而且应衷心地感激他。尤其是，在这种不幸的境遇中，上帝指引我认识他，祈求他的祝福，这给了我莫大的安慰。这种幸福足以补偿我曾经遭受的和可能遭受的全部不幸还有余。

我就怀着这种感激的心情回到了我的城堡。我比以往任何时候都感到自己的住所安全可靠，因而心里也宽慰多了。因为我看到，那些残忍的食人部落来到岛上并不是为了寻找什么他们所需要的东西；他们到这儿来根本不是为了寻求什么，需求什么或指望得到什么。因为，有一点是毫无疑问的：那就是他们一般在树深林密的地方登岸后，从未发现过任何他们所需要的东西。我知道，我在岛上已快十八年了，在这儿，我从未见过人类的足迹。只要我自己不暴露自己，只要像以前一样很好地隐蔽起来，我完全可以再住上十八年。何况，我当然不会暴露自己，因为我唯一的目的就是很好地隐蔽自己，除非我发现比吃人生番更文明的人，才敢与他们交往。

我对这伙野蛮的畜生，对他们互相吞食这种灭绝人性的罪恶风俗真是深恶痛绝。所以，差不多有两年时间，我整天愁眉不展，郁郁寡欢，并不敢超越自己的活动范围。我所谓的活动范围，就是指我的三处庄园——我的城堡，我的别墅和我那森林中的圈地。这中间，那森林中的圈地，我只是用来养羊，从不派别的用处。因为我天生憎恶那些魔鬼似的食人畜生，所以害怕看到他们，就像害怕看到魔鬼一样。这两年中，我也没有去看过那只小船，只想另外再造一只。我根本不敢再想把那只小船从海上弄回来，唯恐在海上碰到那些野人。那时候，若落到他们手里，我的命运就可想而知了。

可是，尽管如此，时间一久，我对食人生番的担心逐渐消失了，更何况我确信自己没有被他们发现的危险。所以，我又像以前那样泰然自若地过起生活了。所不同的是，我比以前更小心了，比以前更留心观察，唯恐被上岛的野人看见。特别是，我使用枪时更小心谨慎，以免给上岛的野人听到枪声。所幸我早就驯养了一群山羊，现在就再也不必到树林里去打猎了。这就是说，我用不着开枪了。后来，我也捉过一两只野山羊，但用的都是老办法，即用捕机和陷阱捉到的。因此，此后两年中，我记得我没有开过一次枪，虽然每次出门时还总是带着的。此外，我曾从破船上弄到三把手枪，每次出门，我总至少带上两把，挂在腰间的羊皮皮带上。我又把从船上拿下来的一把大腰刀磨快，系了一条带子挂在腰间。这样，我出门时，样子实在令人害怕。除了前面我描述过的那些装束外，又添了两支手枪和一把没有刀鞘的腰刀，挂在腰间的一条皮带上。

这样过了一段时间，除了增加上述这些预防措施外，我似乎又恢复了以前那种安定宁静的生活。这些经历使我越来越体会到，我的境况与其他人相比，实在说不上怎样不幸；尤其是与我可能遭到的不幸相比，更应算是万幸的了。更何况上帝完全可以使我的命运更悲惨。这又使我进行了一番反省。我想，如果大家能把自己的处境与处境更糟的人相比，而不是与处境较好的人相比，就会对上帝感恩戴德，而不会嘟嘟哝哝，怨天尤人了。如果能做到这样，不论处于何种境况，人们的怨言就会少多了。

就我目前的境况而言，我其实不缺多少东西。可是，我总感到，由于受到那些野蛮的食人生番的惊吓，因而时时为自己的安全而担惊受怕。以往，为使自己的生活过得舒服，我充分发挥了创造发明的才能，但现在就无法充分发挥了。我本来有一个煞费苦心的计划，想试验一下能否把大麦制成麦芽，再用麦芽来酿啤酒。现在，这一计划也放弃了。当然，这实在也是一个荒唐的念头，连我自己也经常责备自己把事情想得太简单了。因为我不久就看出，许多酿造啤酒必不可少的材料我都没有，也无法自己制造。首先，没有啤酒桶。前面说过，我曾尝试做木桶，但怎么也做不好。我曾花了许多天，甚至许多星期、许多个月，结果还是没有成功。其次，没有啤酒花[①]使酒经久不坏，没有酵母发酵，没有铜锅铜罐煮沸。可是，尽管如此，我还是坚信，要是没有对食人生番的惊惧和害怕，我可能早就着手去做了，甚至也许已做成功了。因为我的脾气是，不管什么事情，一旦决心去做，不成功是决不罢休的！

可现在，我的发明创造能力向另一方面发展了。我日日夜夜都在琢磨，怎样趁那伙食人恶魔在进行残忍的人肉宴会时杀掉他们一批；并且，如果可能的话，把他们带到岛上准备杀害的受难者救出来。我脑子里想到各种各样的计划，想消灭这些野蛮的家伙，或者至少吓他们一下，让他们再也不敢上岛来。如果真的想把我酝酿过的计划通通记载下来的话，那就会比这本书还要厚了。然而，这一切都是不切实际的空想；只想不做，起不了任何作用。更何况如果

① 啤酒花，一种叫啤酒花藤的植物的花干，用以使啤酒带苦味。

他们二三十人成群结伙而来，我孤身一人怎么能对付他们呢？他们带着标枪或弓箭之类的武器，射起来能像我的枪打得一样准。

有时我又想在他们生火的地方下面挖个小坑，里面放上五六磅火药。等他们生火时，必然会引爆火药，把附近的一切都炸毁。但是，我首先不愿意在他们身上浪费这么多的火药，因为我剩下的火药已不到一桶了。再说，我也不能保证火药在特定的时间爆炸，给他们一个突然袭击。可能最多也不过把火星溅到他们的脸上，使他们吓一跳罢了，绝不会使他们放弃这块地方，永远不敢再来。因此，我把这个计划搁置一边另想办法。后来，我又想到可以找一个适当的地方埋伏起来，把三支枪装上双倍的弹药，等他们正热闹地举行那残忍的仪式时，就向他们开火，一枪准能打死或打伤两三个。然后带上我的三支手枪和一把腰刀向他们冲去，如果他们只有一二十人，准可以把他们杀得一个不留。这个妄想使我心里高兴了好几个星期。我整天整夜想着这个计划，连做梦也想，以至于梦见我向那些野人开枪的情景。

我对这个计划简直着了迷，竟费了好几天的工夫去寻找适当的埋伏地点。我还常到他们吃人的地点去察看，所以对那儿地势已了如指掌。尤其是我报复心切，恨不得一刀杀死他们二三十个，而我一次次亲临现场，看到那恐怖的景象，看到那些野蛮的畜生互相吞食的痕迹，更使我怒气冲天。

最后，我在小山坡上找到了一个地方，可以安全地把自己隐蔽起来，监视他们小船上岛的一举一动。在他们上岸之前，我可藏身在丛林里，因为那儿有一个小坑，大小正好能使我藏身。我可以稳稳当当地坐在那里，把他们食人的残忍行为看得一清二楚。等他们凑在一块儿的时候，就对准他们头上开枪，准能打中目标。第一枪就能打伤他们三四个。

于是，我就决定在这儿把计划付诸实施。我先把两支短枪和一支鸟枪装好弹药。每支短枪装上双弹丸和四五颗小子弹，大约有手枪子弹那么大，在鸟枪里装了特大号鸟弹。另外，每支手枪再装四颗子弹。出发之前，再把弹药带足，以做第二第三次射击之用。就这样，我完成了战斗准备。

计划安排已定，我在自己的想象中又一次次地付诸实施。同时，每天上午我都要跑到那小山坡去巡视一番，看看海上有没有小船驶近小岛，或从远处向小岛驶来。我选定的地点离我的城堡有三英里多。一连守望了两三个月，每天都毫无收获地回到家里。我开始对这件苦差事感到厌倦了。这段时间，不仅海岸上或海岸附近没有小船的影子，就连用眼睛和望远镜向四面八方瞭望也看不到整个洋面上有任何船只的影踪。

在每天到小山上巡逻和瞭望期间，我始终精神抖擞，情绪高涨，决心实现自己的计划。我似乎随时都可以干得出惊人的壮举，一口气杀掉二三十个赤身裸体的野人。至于他们究竟犯了什么滔天大罪，我却从未认真考虑，只是当初看到这些土人伤天害理的习俗，从心底里本能地感到厌恶和愤怒罢了。造物主治理世界，当然是英明无比的，但他似乎已经弃绝了这些土人。任凭他们按照自己令人憎恶的、腐败堕落的冲动去行事，任凭他们多少世纪以来干着这种骇人听闻的勾当，形成这种可怕的风俗习惯。要是他们不是被上天所遗弃，要是他们没有堕落到如此毫无人性的地步，他们是绝不会落到现在这种境地的。但是，前面提到，一连两三个月，我每天上午都外出巡视，却始终毫无结果。我开始感到厌倦了。于是，我对自己的计划也改变了看法，并开始冷静地考虑我自己的行动。我想：这么多世纪以来，上天都容许这些人不断互相残杀而不惩罚他们，那我有什么权力和责任擅自将他们判罪处死，代替上天执行对他们的判决呢？这些人对我又究竟犯了什么滔天大罪呢？我又有什么权力参与他们的自相残杀呢？我经常同自己进行辩论："我怎么知道上帝对于这件公案是怎样判断的呢？毫无疑问，这些人并不知道他们互相吞食是犯罪行为；他们那样做并不违反他们的良心，因而他们也不会受到良心的谴责。他们并不是知道食人是违背天理的罪行而故意去犯罪，就像我们大多数人犯罪时一样。他们并不认为杀死战俘是犯罪行为，正如我们并不认为杀牛是犯罪行为；他们也不认为吃人肉是犯罪行为，正如我们并不认为吃羊肉是犯罪行为。"

我稍稍从这方面考虑了一下，就觉得自己不对了。我感到他们并不是我过去心目中所谴责的杀人犯。有些基督徒在战斗中常常把战俘处死，甚至在敌人已经丢下武器投降后，还把成队成队的敌人毫无人道地杀个精光。从这方面来看，那些土人与战斗中残杀俘虏的基督徒岂不一样！

其次，我又想到，尽管他们用如此残暴不仁的手段互相残杀，于我却毫无干系。他们并没有伤害我。如果他们想害我，我为了保卫自己而向他们进攻，那也还说得过去。可现在我并没有落到他们手里，他们也根本不知道我的存在，因而也不可能谋害我。在这种情况下，我若主动攻击他们，那就没有道理了。我若这样做，无异于承认那些西班牙人在美洲的暴行是正当的了。大家都知道，西班牙人在美洲屠杀了成千上万的当地土人。这些土著民族崇拜偶像，确确实实是野蛮民族；在他们的风俗中，有些仪式残忍野蛮，如把活人祭祀他们的偶像等等。可是，对西班牙人而言，他们都是无辜的。西班牙人这种杀人灭种的行为，无论在西班牙人自己中间，还是在欧洲各基督教国家中谈论起来，都引起极端的憎恶和痛恨，认为这是一种兽性的屠杀，一种人神共愤的残酷不仁的暴行。"西班牙人"这个名词，在一切具有人道主义思想和基督徒同情心的人们中，成了一个可怕的字眼，就仿佛只有西班牙这个国家才出这样的人：他们残酷不仁，对不幸的人竟毫无怜悯之心。而同情和怜悯正是仁慈品德的标志。

基于上述考虑，我中止了攻击野人的计划，或至少在某些方面几乎完全停止了行动。这样，我逐渐放弃了这一计划，因为，我认为自己做出袭击那些野人的决定是错误的。我不应干预他们的内部事务，除非他们先攻击我。我应做的是，只要可能，尽量防止他们攻击我本人。不过，现在我至少知道，如果自己一旦被发现并受到攻击，该如何对付他们了。

另外，我也认识到，这种主动攻击野人的计划不仅不能拯救自己，反而会完全彻底地毁灭自己。因为，除非我有绝对把握杀死当时上岸的每一个人，还能杀死以后上岸的每一个人；否则，如果有一个人逃回去，把这儿发生的一切告诉他们的同胞，他们就会有成千上万的人过来报仇，我这岂不是自取灭亡吗？这是我当前绝对不应该做的事。

最后，我得出结论：无论在原则上还是策略上，我都不应该管他们的事。我的任务是，采取一切可能的办法，不让他们发现我，并且不能留下任何一点细微的痕迹，会让他们怀疑有人住在这小岛上。

这种聪明的处世办法还唤起了我的宗教信念。种种考虑使我认识到，当时我制订的那些残酷的计划，要灭绝这些无辜的野人，完全背离了我自己的职责，因为，至少对我来说，他们是无辜的。至于他们彼此之间所犯的种种罪行，于我毫无关系。他们所犯的罪行，是一种全民性的行为，我应该把他们交给上帝，听凭上帝的裁判。因为上帝是万民的统治者，上帝知道用什么样的全民性的处罚来惩治全民性的犯罪行为，怎样公开判决这些在光天化日之下吃人肉、饮人血的罪人。

现在，事情在我看来已经非常清楚了。我觉得，上帝没有让我干出这件事来，实是一件最令我庆幸的事情。我认识到，我没有任何理由去干这件事。如果我真的干了，我所犯的罪行无异于故意谋杀。于是我跪下来，以最谦卑的态度向上帝表示感谢，感谢他把我从杀人流血的罪恶中拯救出来，并祈祷他保佑我，不让我落入野人手里，以防止我动手伤害他们——除非上天高声召唤我，让我为了自卫才这样做。

此后，我在这种心情下又过了将近一年。在这段时期，我再也没有去那座小山视察他们的踪影，看看他们有没有上过岸。因为，一方面我不想碰到这些残忍的家伙，不想对他们进行攻击；另一方面，我生怕自己一旦碰上他们会受不住诱惑，把我原来的计划付诸实施，生怕自己看到有机可乘时对他们进行突然袭击。在此期间，我只做了一件事，那就是把停放在岛那边的小船转移到岛的东边来。我在一个高高的岩石下发现了一个小湾，我就把船隐藏在这个小湾里。那儿有一股急流，我知道那些野人无论如何也不敢或不愿坐小船进来的。

同时，我把放在船上的一切东西都搬了下来，因为一般沿岸边短途来往不需要这些东西，其中包括我自己做的桅杆和帆，一个锚样的东西——其实，根本不像锚或搭钩，可我已尽我所能，做成那个样子。我把船上所有的东西通通搬下来，免得让人发现有任何船只或有人居住的踪迹。

此外，我前面已提到过，我比以往更深居简出。除了干一些日常工作，如挤羊奶，照料树林中的羊群等，我很少外出了。羊群在岛的另一边，因此没有什么危险。因为那些偶尔上岛的野人，从来没有想在岛上找到什么东西，所以他们从不离开海岸向岛里走。我也毫不怀疑，自从我处处小心提防他们之后，他们还照常到岛上来过好几次。真的，我一想到我过去出游的情况，不禁不寒而栗。我以前外出只带一支枪，枪里装的也是一些小子弹。就这样我在岛上到处东走走，西瞧瞧，看看能不能弄到什么吃的东西。在这种情况下，倘若碰上他们，或被他们发现，我该怎么办呢？因为，我没有多少自卫能力。或者，假定我当时看到的不是一个人的脚印，而是一二十个野人，一见到我就向我追来。他们善于奔跑，我是无论如何跑不过他们的，那我必定会落在他们手里！

有时想到这些，我就会吓得魂不附体，心里异常难过，半天都恢复不过来。我简直不能设想当时会怎么办，因为我不但无法抵抗他们，甚至会因惊慌失措而失去从容应付的能力，更不用说采取我现在经过深思熟虑和充分准备的这些措施了。的确，我认真地把这些事情思考过后，感到闷闷不乐，有时好半天都排解不开。最后，我总是想到上帝，感谢他把我从这么多看不到的危险中拯救出来，使我躲开了不少灾祸，而我自己是无论如何无法躲避这些灾祸的。因为我完全不可能预见到这些灾祸，也完全没有想到会有这种灾祸。

以前，当在生活中遭遇到各种危难时，我开始认识到上帝对我们总是慈悲为怀，使我们绝处逢生。现在，这种感想又重新回到我的心头。我觉得，我们经常神奇地逃脱大难，连自己也不知道是怎么回事。有时，我们会陷入无所适从的境地，踌躇不定不知道该走哪条路才好。这时候，内心常常会出现一种暗示，指示我们走这条路，虽然我们原来想走的是那条路。不仅如此，有时我们的感觉、愿望或我们的任务明明要我们走那条路，可是心里忽然灵机一动，要我们走这条路；这种灵机也不知道是从哪里来的，也不知道出自什么影响，可就是压倒了原来的一切感觉和愿望，使我们走这条路。结果，后来的事实证明，如果我们当初走了我们自己想走的路，或者走了我们心目中认为应该走的路，我们则早已陷于万劫不复的境地。反复思索之后，我自己定下了一条规矩：每当自己心里出现这种神秘的暗示或冲动，指示我应做什么或不应做什么，我就坚决服从这种神秘的指示，尽管我不知道为什么该这么做或该这么走，我知道的只是心里的这种暗示或冲动。在我一生中，可以找出许许多多这样的例子，由于我遵循了这种暗示或冲动而获得了成功。尤其是我流落到这个倒霉的荒岛上以后的生活，更证明了这一点。此外还有许多例子。当时我若能用现在的眼光去看待，是一定会意识到的。但是，世上有许多道理，只要有一天能大彻大悟，就不算太晚。我奉劝那些三思而后行的人，如果在他们的生活里，也像我一样充满了种种出乎寻常的变故，或者即使没有什么出乎寻常的变故，都千万不要忽视这种上天的启示，不管这种启示是什么看不见的神明发出的。关于这一点，我不准备在这里讨论，也无法加以阐明。但这种启示至少可以证明，精神与精神之间是可以交往的，有形的事物和无形的事物之间是有神秘的沟通的。而且，这种证明是永远无法推翻的。关于这一点，我将用我后半生的孤寂生活中一些很重要的例子加以证明。

由于我一直生活在危险之中，因而日夜忧虑，寝食不安。这就扼杀了我为使自己生活舒适方便的发明创造能力。如果我坦诚承认这一点，读者一定不会感到奇怪。我当前最迫切需要解决的是自己的安全问题，而不是食物问题。我连一个钉子都不敢钉，一块木头都不敢劈，生怕声音被别人听见。同样，我更不敢开枪了。尤其叫我担心的是生火这件事，唯恐烟火在白天老远就被人看见而把自己暴露。因此，我把一切需要生火的事，如用锅子烧东西或抽烟斗等都转移到我那林间别墅去做。在那儿，我待了一段时期之后，发现了一个天然地穴，这使我感到无限的欣慰。地穴很深。我敢保证，即使野人来到洞口，也不敢进去。说实在的，一般人谁都不敢进去，只有像我这样一心一意想寻找安全的藏身之所才会冒险深入。

地穴的洞口在一块大岩石底下。有一天，我正在那儿砍柴，准备用来烧炭，偶然间发现了一个洞口，这一发现我除了归诸天意外，只能说是偶然了。现在，在我继续讲我的发现之前，必须先谈谈我为什么要烧炭。

前面我已经说过，我不敢在我的住所附近生火。可是，那儿是我生活的地方，我不能不烤面包，不能不煮肉。因此，我计划按照我在英国看到的办法，拿一些木头放在草皮泥层下烧，把木头烧成木炭，熄火后再把木炭带回家。这样，如果家里需用火，就可用木炭来烧，省得有冒烟的危险。

烧木炭的事顺便就谈到这里。再说有一天，我正在那里砍柴，忽然发现，在一片浓密的矮丛林后面，好像有一个深坑。我怀着好奇心想进去看看。我费力地走进洞口，发现里面相当大。我在里面站直了还绰绰有余，甚至还能再站一个人。可是说实在的，我一进去就赶快逃出来，因为我朝地穴深处一看，只见里面一片漆黑，在黑暗中，忽然看见有两只发亮的大眼睛，不知道是魔鬼的眼睛呢，还是人的眼睛，在洞口射进去的微弱光线的反射下，那双眼睛像两颗星星闪闪发光。

尽管这样，过了一会儿，我又恢复了镇静，连声骂自己是个大傻瓜。我对自己说，谁要是怕魔鬼，谁就不配孤身一人在岛上住二十年了。而且，我敢相信，在这洞里，没有其他东西会比我自己更令人可怕的了。于是，我又鼓起勇气，点燃了一个火把，重新钻进洞去。可是，我刚走出三步，又像第一次那样被吓得半死。因为我忽然听到一声很响的叹息声，就像一个人在痛苦中发出的叹息。接着是一阵断断续续的声音，好像是半吞半吐的说话声，然后紧跟着又是一声深深的叹息声。我马上后退，吓出了一身冷汗。要是我当时戴帽子的话，一定会吓得毛发倒竖，把帽子也掀掉。可是，我还是尽量鼓起勇气。而且，我想上帝和上帝的神力是无所不在的，他一定会保护我。这样一想，稍稍受到了鼓舞，于是我高举火把，向前走了两步。我借着火光一看，原来地上躺着一只大得吓人的公山羊，正在那里竭力喘气，快要死了。这山羊大概是在这个洞穴里找到了一个老死的地方。

我推了推它，看看能不能把它赶出去。它动了动，想站起来，可是已经爬不起来了。于是我想，就让它躺在那里吧。既然它把我吓了一大跳，只要它一息尚存，也一定会把胆敢闯进来的野人吓跑。

这时，我从惊恐中恢复过来，开始察看周围的情况。我发现洞不太大，周围不过十二英尺，但这完全是一个天然的洞穴，既不方，也不圆，不成什么形状，没有任何人工斧凿的痕迹。我又发现，在洞的尽头，还有一个更深的地方，但很低，只能俯下身子爬进去。至于这洞通向何处，我当然不得而知。当时我手头没有蜡烛，只好暂时不进去，但我决定第二天带上蜡烛和火绒盒进去。那火绒盒我是用一支短枪上的枪机做成的。另外，我还得带上一盘火种。

第二天，我带了六支自己做的大蜡烛去了。我现在已经能用羊脂做出很好的蜡烛。我钻进那低矮的小洞时，不得不俯下身子，这我前面已提过了。我在地上爬了约十来码。说起来，这实在是一个大胆的冒险举动，因为我既不知道要爬多远，也不知道里面究竟有什么东西。钻过这段通道后，洞顶豁然开朗，洞高差不多有数十英尺。我环顾周围上下，只见这地下室或地窟的四壁和顶上，在两支蜡烛烛光的照耀下，反射出万道霞光，灿烂耀目；这情景是我上岛以来第一次看到的。至于那岩石中是钻石，是宝石，还是金子，我当然不清楚，但我想很可能是这类珍宝。

虽然洞里没有光线，但这却是一个令人赏心悦目的最美丽的洞穴。地上干燥平坦，表面是一层细碎的沙石，所以不会有令人厌恶的毒蛇爬虫。洞顶和四壁也十分干燥。这个洞穴唯一的缺点是入口太小，然而正是因为进出困难，才使它成为一个安全隐蔽的地方，而这也正是我千方百计寻求的庇护所。所以，这个缺点于我来说反而成了一个优点。我对自己的发现真是欣喜万分，决定立刻把我所最放心不下的一部分东西搬到洞里来，特别是我的火药库和多余的枪支，包括两支鸟枪和三支短枪。因为我一共有三支鸟枪和八支短枪。在城堡里留下五支短枪架在外墙洞里像大炮一样，作战中需要时也可随时拿下来使用。

在这次转移军火时，我也顺便打开了我从海上捞起来的那桶受潮的火药。结果发现，火药四周进了三四寸水，结成了一层坚固的硬壳，可里面部分却完好无损，仿佛壳里的果仁，保存得很好。我从桶里弄到了差不多六十磅好火药，这真是一个可喜的收获。不用说，我把全部火药都搬了过去。从此以后，我在城堡里最多只放三磅火药，唯恐发生任何意外。另外，我又把做子弹的铅也全部搬了过去。

在我自己的想象中，我成了一个古代的巨人。据说这些巨人住在山岩的洞穴里，没有人能攻击他们。我自己想，只要我待在洞里，即使有五百个野人来追踪我，也不会找到我；就是给他们发现了，也不敢向我进攻。

我发现洞穴的第二天，那只垂死的老山羊就在洞口边死去了。我觉得与其把它拖出去，倒不如就地挖个大坑，用土把它埋起来更省事些。于是我就地把老山羊埋了，免得鼻子闻到死羊的臭气。

我现在在岛上已经住了二十三年了，对这个地方以及自己在岛上的生活方式，已非常适应了。如果我不担心野人袭击的话，我宁愿在此度过我的余生，直到生命的最后一刻，就像洞中的那只老山羊一样无疾而终。同时，我又想出了一些小小的消遣和娱乐，使我的日子过得比以前快活多了。首先，我前面提到过，教会了鹦鹉说话。现在，它说得又熟练又清楚，实在令人高兴。这只鹦鹉同我一起生活了二十六年。至于它后来又活了多久，我就不知道了。但巴西人都认为，鹦鹉可以活上一百年。也许我那可怜的鹦鹉至今还活在岛上呢，还在叫着“可怜的鲁滨逊”哩！但愿没有一个英国人会这样倒霉，跑到那里听到它说话。要真的给他听到了，他肯定认为碰上了魔鬼呢！我的狗也讨我欢喜，是个可爱的伴侣，跟我不下十六年，后来终于老死了。至于我的那些猫，前面已说过，由于繁殖太多，我不得不开枪打死了几只，免得它们把我的东西通通吃光。后来，我从船上带下来的两只老猫都死了，我又不断地驱逐那些小猫，不给它们吃东西，结果它们都跑到树林里去，变成了野猫。只有两三只我喜欢的小猫被我留在家里驯养起来。可是每当它们生出小猫时，我就把小猫投在水里淹死。这些都是我家庭的一部分成员。另外我身边还养了两三只小山羊，教会它们在我手里吃东西。此外，我又养了两只鹦鹉，也会说话，也会叫“鲁滨逊”，可都比不上第一只说得那么好。当然，我在它们身上花的功夫也没有第一只那么多。我还养了几只海鸟，究竟是什么鸟，我也不知道。我在海边把它们抓住后，剪去了翅膀养起来。现在，我城堡围墙外打下去的那些小树桩，已长成浓密的丛林。那些鸟就栖息在矮丛中，并生出了小鸟，非常有趣。所以，正如我前面所说的，只要不担心受野人的袭击，我对自己所过的生活，确实感到心满意足了。

可是，事情的发展却与我的愿望相反。这部小说的读者一定会得出这样一个正确的结论：在我们的生活中，我们竭力想躲避的坏事，却往往是我们获得拯救的途径；我们一旦遭到这种噩运，往往会吓得半死，可是，正由于我们陷入了痛苦，才得以解脱痛苦。在我一生离奇的生活中，可以举出许多这一类的例子，尤其是我孤居荒岛最后几年的生活情况更能证明这一点。

前面我已说过，这是我在荒岛上的第二十三个年头了。当时正是十二月冬至前后。当然，这儿的十二月，根本不能算是冬天，但对我来说，这是收获庄稼的特殊季节。我必须经常出门到田里去。一天清晨，天还未大亮，我就出门了。忽然，只见小岛尽头的海岸上一片火光，那儿离我大约有两英里远。这使我十分害怕。在那儿我也发现过野人到过的痕迹。但使我更苦恼的是，火光不是在岛的另一边，而是在我这一边。

看到这个情景，我着实吃惊不小。我立即停住脚步，留在小树林里，不敢再往外走，唯恐受到野人的突然袭击。可是，我心里怎么也无法平静了。我怕那些野人万一在岛上走来走去，发现我的庄稼，看到有些已收割了，有些还没有收割，或者发现我其他的一些设施，他们马上会断定岛上有人。那时，他们不把我搜出来是决不会罢休的。在这危险关头，我立即跑回城堡，收起梯子，并把围墙外的一切东西尽量弄成荒芜自然的样子。

然后，我在城堡内做好防御野人袭击的准备。我把手枪和所有的炮全都装好弹药。所谓炮，就是那些架在外墙上的短枪，样子像炮，我就这么叫叫罢了。做好了这些准备，我决心抵抗到最后一口气。同时，我也没有忘记把自己托付给神的保护，挚诚地祈求上帝把我从野蛮人的手里拯救出来。在这种心情和状态下，我大约等了两小时，就又急不可耐地想知道外面的情况，因为我没有探子可派出去为我打听消息。

我又在家里坐了一会儿，琢磨着该怎样应付当前的情况。最后，我实在坐不住了，因为我迫切需要知道外面的情况。于是，我便把梯子搭在山岩旁边。前面我曾提到过，山岩边有一片平坎，我登上那片平坎，再把梯子抽上来放在平坎上，然后登上山顶。我平卧在山顶上，取出我特意带在身边的望远镜，向那一带地方望去。我立即发现，那儿大约有十来个赤身裸体的野人，围着一小堆火坐着。他们生火显然不是为了取暖，因为天气很热，根本用不着取暖。我想，他们一定是带来了战俘在烧烤人肉，至于那些战俘带上岛时是活是死，我就不得而知了。

他们有两只独木舟，已经拉到岸上。那时正好退潮，他们大概要等潮水上涨后再走。看到这一情景，我内心慌乱极了。尤其是发现他们到了小岛的这一边，离我住所那么近，很难想象我是多么惊慌失措啊！但我后来注意到，他们一定得趁着潮水上岛。这一发现使我稍稍安心了一点。只要他们不在岸上，我在涨潮期间外出是绝对安全的。知道这一点，我以后就可以外出安安心心地收获我的庄稼了。

事情果然不出我所料。当潮水开始西流时，他们就上船划桨离去了。在离开前，他们还跳了一个多小时的舞。从我的望远镜里，可以清楚地看到他们手舞足蹈的样子。我还可以看到他们都赤身裸体，一丝不挂，可是是男是女，怎么仔细看也分辨不出来。

一见他们上船离开了，我就拿了两支枪背在肩上，两支手枪挂在腰带上，又取了一把没鞘的大刀悬在腰间，尽快向靠海的那座小山上跑去。正是在那儿我第一次发现野人的踪迹。我费了两个多钟头才到达那里。因为我全副武装，负担太重，怎么也走不快。我一上小山就看到，除了我刚才看到的两只独木舟外，还有另外三只在那儿。再往远处看去，只见他们在海面上会合后往大陆方向驶去了。

对我来说，这真是一个可怕的景象。尤其是我走到岸边，看到他们所干的惨绝人寰的屠杀遗留下来的痕迹，更令人可怕！那血迹，那人骨，那一块块人肉！可以想象，那些残忍的家伙一边吞食，一边寻欢作乐。见此情景，我义愤填膺。这不禁使我重新考虑：下次再碰到他们过来干此罪恶勾当，非把他们赶尽杀绝不可，不管他们是什么部落，也不管他们来多少人。

但我发现，他们显然并不经常到岛上来。我第二次碰到他们在那里登岸，是一年零三个月之后的事。这就是说，一年多时间中，我没有再见到过他们，也没有见过他们的脚印或其他任何上岛的痕迹。看来，在雨季，他们肯定是不会出门的，至少不会跑到这么远的地方来。然而，在这一年多中，我却时刻担心遭到他们的袭击，所以日子过得很不舒畅。由此，我悟出一个道理：等待大难临头比遭难本身更令人痛苦。尤其是无法逃避这种灾难而不得不坐等其降临，更是无法摆脱这种担惊受怕的恐惧。

这段时间里，我只是一心想杀这些野人。大部分时间我不干别的，只是苦思冥想杀人的计划。我设想种种计谋，下次再看到他们时该怎样向他们进攻，尤其是要提防他们像上次那样，分成两股前来。但我完全没有考虑到，即使我把他们一股通通杀光，比如说，杀掉十个或十二个，到第二天，或第二个星期，或第二个月，我还得再杀掉他们另一股。这样一股一股杀下去，永无止境，我自己最后岂不也成了杀人凶手？而且，比那些食人生番也许更残暴！

我现在每天都在疑虑和焦急中过日子，感到自己总有一天会落入那些残忍无情的家伙手中。即使偶然大着胆子外出，也总是东张西望，极端小心谨慎。我现在发现，我早就驯养了一群山羊，这真给了我极大的宽慰，因为我无论如何也不敢再开枪，尤其是在他们常来的一带地方，唯恐惊动了那些野人。我知道，即使我暂时把他们吓跑，不出明天他们就会卷土重来，那时，说不定会来两三百只独木舟，我的结果也就可想而知了。

然而，在一年零三个月中，我从未见到过一个野人。直到后来，才又重新碰到了他们。详细经过，我下面再谈。不错，在这段时期中，他们很可能来过一两次。不过，他们大概没有在岛上逗留多久，要不就是我自己没有听到他们的动静。可是现在，我在岛上已生活了二十四个年头了。估计是这一年的五月份，我又见到了那些食人生番。这可以说是一次奇遇。下面我就讲讲这次不期而遇的经过。

在这十五六个月里，我极度心烦意乱。晚上我睡不着觉，经常做噩梦，并常从梦中惊醒。白天，我心神不定，坐立不安；夜里，我在睡梦中大杀野人，并为自己列举杀害野人的种种理由。所有这一切，现在先不提。且说到了五月中旬，大约是五月十六日。这是根据我刻在柱上的日历计算的，我至今还每天在柱上划刻痕，但已不太准了。五月十六日这一天刮起了暴风雨，整天雷声隆隆，电光闪闪，直至晚上，依然风雨交加，整夜不停。我也说不清事情究竟是什么时候发生的，只记得当时我正在读《圣经》，并认真地考虑着自己当前的处境。忽然，我听到一声枪响，好像是从海上发出的。这真大大出乎我的意料。

这个意外事件与我以前碰到的任何事件完全不一样，因而在我头脑里所产生的反应也完全不一样。听到枪声后，我一跃而起，转眼之间就把梯子竖在半山上，登上半山的平坎后，又把梯子提起来架在平坎上，最后爬上了山顶。就在这一刹那，我又看见火光一闪，知道第二枪又要响了。果然不出所料，半分钟之后，又听到了枪声。从那声音判断，知道枪声正是从我上回坐船被急流冲走的那一带海上传来的。

我立即想到，这一定是有船只遇难了，而且，他们一定有其他船只结伴航行，因此放枪发出求救信号。我这时非常镇定，我想，即使我无法救助他们，他们倒可能帮助我。于是，我把附近的干柴通通收集起来，在山上堆成一大堆点起了火。木柴很干，火一下子就烧得很旺。虽然风很大，火势依然不减。我确信，只要海上有船，他们一定看得见。事实是，他们确实也看到了。因为我把火一烧起来，马上又听见一声枪声，接着又是好几声枪响，都是从同一个方向传来的。我把火烧了一整夜，一直烧到天亮。天大亮后，海上开始晴朗起来。这时，我看到，在远处海面上，在小岛正东方向，仿佛有什么东西，不知是帆，还是船。我怎么看也看不清楚。用望远镜也没有用，因为距离实在太远了，而且，天气还是雾蒙蒙的。至少海面上雾气还很浓。

整整一天，我一直眺望着海面上那东西，不久便发现它一直停在原处，一动也不动。于是我断定，那一定是一条下了锚的大船。可以想象，我多么急于把事情搞个水落石出，所以，就拿起枪向岛的南边跑去，跑到我前次被急流冲走的那些岩石前面。到了那里，天气已完全晴朗了。我一眼就看到，有一只大船昨天夜里撞在暗礁上失事了。这真叫我痛心。事实上，我上次驾舟出游时，就发现了那些暗礁。正是这些暗礁，挡住了急流的冲力，形成了一股逆流，使我那次得以死里逃生。这是我生平从最绝望的险境里逃生的经历。

由此可见，同样的险境，对这个人来说是安全的，对另一个人来说则可能意味着毁灭。我想，这些人由于不熟悉地形，那些暗礁又都隐藏在水底下，再加上昨天晚上的东北风很大，所以船触上了暗礁。如果他们发现这个小岛，我想他们一定会用船上的救生艇竭尽全力划到岸上来的。但看来他们一定没有看到小岛，只是鸣枪求救，尤其是他们看到我燃起的火光后，更是多次放枪。由此我头脑里出现了种种设想。首先，我想到，他们看到我点燃的火光后，必然会下到救生艇里拼命向岸上划来，但由于风急浪高，把他们刮走了。一会儿我又猜想，也许他们的救生艇早就没了，这种情况是经常发生的。当大船遇到惊涛骇浪时，水手们往往不得不把船上的救生艇拆散，甚至干脆扔到海里去。过会儿我又想，也许与他们结伴同行的船只，在见到他们出事的信号后，已把他们救起来带走了。我又想到，说不定他们已经坐上救生艇，可是遇到了我上次自己碰上的那股急流，给冲到大洋里去了。到了大洋里，他们可就糟了，那是必死无疑的。说不定这会儿他们都快饿死了，甚至可能正在人吃人呢！

所有这些想法，都仅仅是我自己的猜测罢了。在目前的处境下，我只能眼睁睁地看着这伙可怜的人遭难，并从心里为他们感到难过。除此之外，我毫无办法。可是，这件事在我思想上产生了很好的影响。从这次事件中，我进一步认识到上帝对自己的恩惠。我是多么感激他对我的关怀啊！尽管我处境悲惨，但我的生活还是过得非常舒适，非常幸福。同时，我也要感谢上帝在船难中仅让我一人死里逃生；到目前为止，我至少已亲自见到两艘船只在海上遇难，这两艘船的全体水手无一幸免，唯我独生。此外，从这件事中，我再一次认识到，不管上帝把我们置于何等不幸的境地或何等恶劣的生活环境，我们总会亲眼看到一些使我们感恩的事，看到有些人的处境比自己更不幸。

就拿这伙人来说吧，我简直很难想象他们中间有什么人能死里逃生，也没有任何理由指望他们全体生还。对他们来说，唯一的希望是被结伴同行的船只搭救。可是这种可能性实在太小了，我看不出任何一点被搭救出来的迹象。

看到这一情景，我心里产生了一种说不出的求伴求友的强烈欲望，有时竟会脱口而出地大声疾呼："啊！哪怕有一两个人——就是只有一个人能从船上逃出来也好啊！那样他能到我这儿来，与我做伴，我能有人说说话也好啊！"我多年来过着孤寂的生活，可从来没有像今天这样强烈地渴望与人交往，也从来没有像今天这样深切地感到没有伴侣的痛苦。

在人类的感情里，往往有一种隐秘的原动力，这种原动力一旦被某种目标所吸引，就会以一种狂热和冲动驱使我们的灵魂向那目标扑去，不管是看得见的目标，还是自己头脑想象中的看不见的目标。不达目标，我们就会痛苦不堪。

我多么渴望能有一个人逃出性命啊！“啊，哪怕只有一个人也好啊！”这句话我至少重复了上千次。“啊！哪怕只有一个人也好啊！”我的这种愿望是多么急切，因此，每当我咕哝这句话时，不禁会咬紧牙关，半天也张不开来；同时会紧握双拳，如果手里有什么脆软的东西，一定会被捏得粉碎。

关于这种现象及其产生的原因和表现形式，不妨让那些科学家去解释吧。我只能原原本本地把事实讲出来。当我初次发现这一现象时，我着实吃了一惊，尽管我不知道发生这种现象的原因，但是，毫无疑问的是，这是我内心热切的愿望和强烈的思绪所产生的结果。因为我深切地体会到，如果能有一位基督徒与我交谈，这对我实在是一种莫大的安慰。

但他们一个人也没有幸存下来。这也许是他们的命运，也许是我自己的命运，也许是我们双方都命运不济，不让我们能互相交往。直到我在岛上的最后一年，我也不清楚那条船上究竟有没有人生还。更令人痛心的是，过了几天，我在靠近失事船只的岛的那一头，亲眼看到了一个淹死了的青年人的尸体躺在海滩上。他身上只穿了件水手背心，一条开膝麻纱短裤和一件蓝麻纱衬衫。从他的穿着看，我无法判别他是哪个国家的人。他的衣袋里除了两块西班牙金币和一个烟斗外，其他什么也没有。这两样东西，对我来说，烟斗的价值超过西班牙金币十倍。

这时，海面上已风平浪静，我很想冒险坐小船上那失事的船上看看。我相信一定能找到一些对我有用的东西。此外，我还抱着一个更为强烈的愿望，促使我非上那艘破船不可。那就是希望船上还会有活人。这样，我不仅可以救他的命，更重要的是，如果我能救他活命，对我将是一种莫大的安慰。这个念头时刻盘踞在我心头，使我日夜不得安宁，只想乘小船上去看看。我想，这种愿望如此强烈，自己已到了无法抵御的地步，那一定是有什么隐秘的神力在驱使我要去。这种时候，我如果不去，那就太愚蠢了。所以，我决意上船探察一番，至于会有什么结果，那就只好听天由命了。

在这种愿望的驱使下，我匆匆跑回城堡做出航的准备。我拿了不少面包，一大罐淡水，一个驾驶用的罗盘，一瓶甘蔗酒——这种酒我还剩下不少，一满筐葡萄干。我把一切必需品都背在身上，就走到我藏小船的地方。我先把船里的水淘干，让船浮起来，然后把所有的东西都放进船里。接着，我又跑回家去取些其他东西。这一次我拿了一大口袋米，还有那把挡太阳的伞，又取了一大罐淡水，二十多只小面包——实际上是一些大麦饼，这次拿得比上次还多。另外又拿了一瓶羊奶，一块干酪。我费了不少力气，流了不少汗，才把这些东西通通运到小船上。然后，我祈祷上帝保佑我一路平安，就驾船出发了。我先沿海岸把小舟划到小岛的东北角。现在，我得把独木舟驶入大洋中去了；要么冒险前进，要么知难而退。我遥望着远处海岛两边日夜奔腾的两股急流，回想起上次遭到的危险，不由得有点害怕了。因为我可以想见，只要被卷入这两股急流中的任何一股，小舟一定会被冲进外海，到那时，我就再也看不到小岛，再也回不了小岛了。我的船仅仅是一只小小的独木舟，只要大海上稍稍起一阵风，就难免覆没了。

我思想压力很大，不得不考虑放弃原定的计划。我把小船拉进沿岸的一条小河里，自己迈步上岸，在一块小小的高地上坐下来沉思。我心情忧郁，心绪不宁。我害怕死，又想前去探个究竟。正当我沉思默想之际，只见潮流起了变化，潮水开始上涨。这样，我一时肯定走不成了。这时，我忽然想到，应该找一个最高的地方，上去观察一下潮水上涨时那两股急流的流向，从中我可以做出判断：万一我被一股急流冲入大海，是否有可能被另一股急流冲回来。我刚想到这一层，就看见附近有一座小山，从山上可以看到左右两边的海面，并对两股急流的流向一目了然，从而可以确定我回来时应走哪一个方向。到了山上，我发现那退潮的急流是沿着小岛的南部往外流的，而那涨潮的急流是沿着小岛的北部往里流的。这样，我回来时，小舟只要沿着北部行驶，自然就可以被涨潮的急流带回来。

经过观察，我大受鼓舞，决定第二天早晨乘第一次潮汐出发。我把水手值夜的大衣盖在身上，在独木舟里过了一夜。第二天一早，我就驾舟出发了。最初，我一出海就朝正北驶去，没走多远，就进入了那股向东流动的急流。小舟在急流中向前飞驶，可是流速没有上回岛南边那股急流那么大，所以我尚能掌握住小舟。我以桨代舵，使劲掌握航向，朝那失事的大船飞驶过去。不到两小时，我就到了破船跟前。

眼前的景象一片凄凉。从船的构造外形来看，这是一条西班牙船，船身被紧紧地夹在两块礁石之间。船尾和后舱都被海浪击得粉碎，那搁在礁石中间的前舱，由于猛烈撞击，上面的前桅和主桅都折断倒在了甲板上，但船首的斜桁仍完好无损，船头也还坚固。我靠近破船时，船上出现了一只狗。它一见到我驶近，就汪汪吠叫起来。我向它一呼唤，它就跳到海里，游到我的小船边来，我把它拖到船上，只见它又饥又渴，快要死了。我给了它一块面包，它就大吃大嚼起来，活像一只在雪地里饿了十天半月的狼。我又给它喝了点淡水，它就猛喝，要是我不制止它的话，真的可以喝得把肚子都撑破。

接着，我就上了大船。我第一眼看到的，是两个淹死的人，他们紧紧地抱在一起，躺在前舱的厨房里。看来，船触礁时，海面上狂风暴雨，海浪接连不断地打在船上，船上的人就像被埋在水里一样，实在受不了，最后窒息而死。除了那条狗，船上没有任何其他生还的生物。船上所有的货物，也都让海水给浸坏了，只有舱底下几桶酒因海水已退而露在外面。不知道是葡萄酒还是白兰地。那些酒桶很大，我没法搬动它们。另外，我还看见几只大箱子，可能是水手的私人财物。我搬了两只到我的小船上，没有来得及检查一下里面究竟装的是什么东西。

要是触礁的是船尾，撞碎的是船首，我此行收获就大了。从两只箱子里找出来的东西看，我完全可以断定，船上装的财富十分可观。从该船所走的航线来看，我也不难猜想它是从南美巴西南部的布宜诺斯艾利斯[①]或拉普拉塔河口[②]出发的，准备开往墨西哥湾的哈瓦那[③]，然后也许再从那儿驶向西班牙。所以，船上无疑满载金银财宝，可是这些财富目前对任何人都毫无用处。至于船上的人究竟发生了什么情况，我当然无从得知了。

除了那两只箱子，我还找到了一小桶酒，约有二十加仑。我费了九牛二虎之力，才把酒桶搬到小船上。船舱里还有几支短枪和一只盛火药的大角筒，里面大约有四磅火药。短枪对我来说已毫无用处。因此我就留下了，只取了盛火药的角筒。另外我又拿了一把火

① 布宜诺斯艾利斯，阿根廷首都。

② 拉普拉塔河，（南美东南部）巴拉那河与乌拉圭河的河口部分。

③ 哈瓦那，中美洲古巴首都。

炉铲和一把火钳，这两样正是我十分需要的东西。我还拿了两把小铜壶，一只煮巧克力的铜锅和一把烤东西用的铁钯。我把这些货物通通装进我的小船，再带上那只狗，就准备回家了。这时正值涨潮，潮水开始向岛上流。天黑后不到一小时，我就回到了岸上，但人已疲惫不堪了。

当晚在小船上安歇了一夜。第二天早晨，我决定把运回来的东西都放到新发现的地穴里去，而不是放到城堡里去。我先吃了点东西，把所有的东西都搬到岸上，并仔仔细细地查看了一番。我搬回来的那桶酒是一种甘蔗酒，但与我们巴西的甘蔗酒不一样。一句话，这种酒非常难喝。可是，我打开那两只大箱子后，找到了几样东西对我非常有用。例如，在一只箱子里，有一只精致的小酒箱，里面的酒瓶十分别致，装的是上等的提神烈性甜酒，每瓶约三品脱，瓶口上还包裹着银子。还有两罐上好的蜜饯，因为封口很好，咸水没有进去，另外还有两罐却已被海水泡坏了。我又找到一些很好的衬衫，这正是我求之不得的东西。还有一打半白麻纱手帕和有色的领巾。麻纱手帕我也十分需要，大热天拿来擦脸真是再爽快也没有了。此外，在箱子的钱箱里，有三大袋西班牙银币，约一千一百多枚，其中一袋里有六块西班牙金币和一些小块的金条，都包在纸里，估计约有一磅重。

在另一只大箱子里找到了一些衣服，但对我来说都没有多大用处。看样子，这只箱子是属于船上的副炮手的。箱子里没有很多火药，只有两磅压成细粒的火药，装在三只小瓶里。我想大概是装鸟枪用的。总的来说，我这趟出海弄到的东西有用的不太多。至于钱币，对我当然毫无用处，真是不如粪土！我宁愿用全部金币银币来换三四双英国袜子和鞋子，因为这些都是我迫切需要的东西，我已经好几年没有鞋袜穿了。不过，我还是弄到了两双鞋子，那是我从遇难船上两个淹死的水手的脚上脱下来的。另外，在这只大箱子里还找到两双鞋，这当然也是求之不得的。但这两双鞋子都没有英国鞋子舒适耐穿，因为不是一般走路穿的鞋子，只是一种便鞋而已。在船员的这只箱子里，我另外又找到了五十多枚西班牙银币，但没有金币。我想这只箱子的主人一定比较贫寒，而另一只箱子的主人一定是位高级船员。

不管怎么说，我还是把所有的钱搬回了山洞，像以前一样妥善收藏好。可惜的是，我无法进入破船的其他部分。否则的话，我准可以用我的独木舟一船一船地把钱币运到岸上。如果有一天我能逃回英国，就是把这些钱都放在这里也非常安全，等以后有机会再回来取也不迟。

我把所有的东西运到岸上安置妥当后，就回到小船上。我沿着海岸，划到原来停泊的港口，把船缆系好。然后，我拖着疲惫的身子回到了我的老住所。到了那里，只见一切平安无事。于是我开始休息，并又像过去一样照常度日，料理家务。有这么一段短短的时期，我日子过得非常悠闲自在，只是比以前更谨慎罢了。我时时注意外面的动静，很少外出。即使有时大着胆子到外面活动，也只是到小岛的东部走走，因为我确信野人从未到过那儿，因此用不着处处提防，也用不着带上许多武器弹药。要是到其他地方去，只带少许武器弹药就不行了。

我在这种情况下又过了将近两年。在这两年里，我头脑里充斥着各种各样的计划，一心设法逃离孤岛。尽管我自己也知道，我那倒霉的头脑似乎生来就是为了折磨我的肉体。有时候，我还想上那条破船去察看一番，尽管我也知道，船上已没有什么东西值得我再次冒险出海了。有时候，我又想乘小舟东逛逛西走走。我毫不怀疑，如果我现在有我从萨累逃出来时坐的那条小船，早就冒险出海了。

至于去什么地方，那我就顾不上了。

一般人往往有一种通病，那就是不知足，老是不满于上帝和大自然对他们的安排。现在我认识到，他们的种种苦难，至少有一半是由不知足这种毛病造成的。患有这种病的人大可以从我的一生经历中得到教训。就拿我自己来说吧，正是由于我不满自己原来的境况，又不听父亲的忠告——我认为，我有悖教导，实为我的“原罪”[①]，再加上我后来又犯了同样的错误，才使自己落到今天这样悲惨的地步。当时，造物主已安排我在巴西做了种植园主。如果我自己不痴心妄想发财，而是满足于逐渐致富，这时候我也许已成了巴西数一数二的种植园主了，而现在我却白白地在这荒岛上流落了这么多年，过着悲惨孤寂的生活。而且，我在巴西经营时间不长。就是在这段短短的时间里，我也获利不少。因此我确信，要是我继续经营下去的话，到现在一定拥有十几万葡萄牙金币的家财了。当时，我的种植园已走上了轨道，并且日益兴旺。可是，我偏偏把这一切丢弃，甘愿去当一名船上的管货员，只是为了到几内亚去贩卖黑奴。现在想来，我为什么要这样做呢？要是我守住家业，只要有耐心，经过一段时间之后，同样可以积聚大笔财富，我不是也可以在自己的家门口，从那些黑奴贩子手里买到黑奴吗？虽说价钱贵一点，但这点差价绝不值得自己去冒这样大的风险！

然而，这正是一般不懂世事的青年人共同的命运。他们不经过多年的磨炼，不用高昂的代价获得人生的阅历，是不会明白自己的愚蠢行为的。我现在的情况就是这样。我生性不知自足，一直到现在还不能安于现状。所以，我头脑里老是盘算着逃离荒岛的种种办法和可能性。为了使读者对我后面要叙述的故事更感兴趣，在这儿

① 原罪，基督教的重要教义之一，指亚当和夏娃违反上帝告诫，吃了伊甸园的禁果，被逐出伊甸园。

我不妨先谈一下我这种荒唐的逃跑计划最初是怎样形成的，后来又是怎样实施的，以及我实施这一计划的根据。

这次去破船上的航行回来之后，我又回到城堡里过起隐居生活来。我把独木舟按原来的办法沉入水底隐藏好，过着以前那样平静的日常生活。现在，我比以前更有钱了，但并不因此而更富有，因为金钱对我毫无用处，就像秘鲁的印第安人，在西班牙人来到之前，金钱对他们也是毫无用处的。

我来到这孤岛上已二十四年了。现在正值雨季三月。一天夜里，我躺在吊床上，辗转反侧，难以入睡。我很健康，没有病痛，没有什么不舒服，心情也很平静，可是怎么也合不上眼，就是睡不着。可以这么说，整个晚上都没打过盹。

那天晚上，我心潮起伏，思绪万千，思前想后，实在一言难尽。我粗略地回顾了自己一生的历程。我回想起自己怎样流落到这荒岛上，又怎样在这儿过了二十四年的孤寂生活。我想到，来到岛上的最初几年，我怎样过着无忧无虑的快乐生活；后来，在沙滩上发现了人的脚印后，又怎样焦虑恐惧，过着忧心忡忡的生活。我也知道，多少年来，那些食人生番经常到岛上来，有时甚至上百成千登上岸来。但在此之前，我不知道这件事，当然也不会担惊受怕。那时，我尽管有危险，但自己不知道，所以也活得快活自在。我想，如果不知道有危险，就等于没有危险，生活就照样无忧无虑，十分幸福。由此，我悟出不少有益的道理。造物主统治人类，把人类的认识和知识局限在狭隘的范围内，这正是造物主的英明之处。实际上，人类往往生活在种种危险之中，如果让人类发现这些危险，那一定会使人人心烦意乱，精神不振。但造物主不让人类看清事实真相，使他们全然不知道四周的危险，这样，人们就过着泰然宁静的生活。

我这样想了一段时间后，就开始认真地考虑到这么多年来我在这荒岛上一直所面临的危险。这种危险是实实在在的，可是，我过去却经常坦然自若地在岛上走来走去。实际上，可能只是一座小山，一棵大树，或是夜正好降临，才使我免遭杀害，而且，将会是以一种最残忍的方式的杀害：那就是落入吃人生番手里。如果落到他们手里，他们就会把我马上抓起来，就像我抓只山羊或海鳖一样。同时，在他们看来，把我杀死吃掉，也不是什么犯罪行为，就像在我看来把一只鸽子或鹬杀了吃掉也不是什么犯罪行为一样。我衷心感激我的伟大的救世主，如果我不承认我的感激之情，那我就不诚实了。我必须恭恭敬敬地承认，我之所以在不知不觉中免于大难，完全是由于救世主的保佑，要是没有他的保佑，我早就落入野人的毒手了。

这些念头想过之后，我又想到了那些畜生的天性——那些食人生番的天性。我想，主宰万物的上帝怎么会容忍自己所创造的生物堕落到这样毫无人性的地步，干出人吃人的禽兽不如的残酷行径。我考虑来，考虑去，最后还是不得其解。于是，我又想到另一些问题：这些畜生究竟住在什么地方？他们住在对面的大陆上，这一点不错。但他们住的地方离海岸究竟有多远？他们老远从家里跑出来，究竟有什么目的？他们所乘的船，又是什么样子？我又想，他们既然可以到我这边来，为什么我不可以设法到他们那边去呢？

可是，我从来没有考虑过一旦到了那里我该怎么办；也没有考虑过万一落入野人手里结果会如何；也没有考虑过万一他们追杀我，我又该怎样逃命。不但如此，我甚至一点也没有考虑到，我一上大陆，那些食人生番必然会追杀我，不管他们来自什么部落，所以，我是绝无逃生希望的。何况，即使不落到他们的手里，我也没有东西吃，也不知道往哪里走。总之，所有这些，我都没有想过。当时，我只是一心一意想乘上小舟渡过海峡到达对面的大陆上。我认为，自己目前的处境是世界上最悲惨不过的了，除了死亡，任何其他不幸都比我目前的境况强。我想，只要一上大陆，我就会得救；或者，我可以像上次在非洲那样，让小舟沿海岸行驶，一直驶到有居民的地方，从而可以获救。而且，说不定还会碰到文明世界的船只，他们就一定会把我救出来。最坏的结果，也不过是死，一死倒好，一了百了，种种苦难也算到了尽头。请读者注意。我当时心烦意乱，性情急躁，所以才产生了上述种种想法。而我之所以心烦意乱，性情急躁，是因为长期以来生活一直不顺利，加上最近我上那条遇难船后感到万分失望，因而心情更加烦躁不安。因为我原来指望在船上能找到一两个活人，这样我总算可以找到说说话的伴侣，并可从他们那儿了解一些情况，譬如我目前究竟在哪里，有没有脱险的可能，等等。这些都是我冒险上船所迫切追求的目的，可是结果一无所获。所有这些都使我头脑发昏，感情冲动。在此之前，我已心情平静，只想听天由命，一切凭上天做主；可现在，心情怎么也安定不下来了。我仿佛无法控制自己的思想，整天只想着怎样渡海到对面的大陆上去。而且，这种愿望越来越强烈，简直使我无法抗拒。

有两三小时工夫，强烈的欲望使我激动得心跳加剧、热血沸腾，好像得了热病一样。当然，这只是我头脑发热罢了。我就这么想啊，想啊，直想得精疲力竭，直至昏昏睡去。也许有人以为，我在睡梦中也会登上大陆。可是，我没有做这样的梦，却做了一个与此毫不相干的梦。我梦见自己像往常一样，一大早走出城堡，忽然看见海面上有两只独木船载着十一个野人来到岛上；他们另外还带来了一个野人，准备把他杀了吃掉。突然，他们要杀害的那个野人一下子跳起来，拼命奔逃。睡梦中，我恍惚见他很快就跑到我城堡外的浓密的小树林里躲起来。我发现只有他一个人，其他野人并没有过来追他，便走出城堡，向他招手微笑，并叫他不要怕。他急忙跪在地下，仿佛求我救救他。于是，我向他指指我的梯子，叫他爬上去，并把他带到我住所的洞穴里。由此，他就成了我的仆人。我一得到这个人，心里就想，现在，我真的可以冒险上大陆了。这个野人可以做我的向导，告诉我该如何行动，什么地方可弄到食物，什么地方不能去，以免被野人吃掉；告诉我什么地方可去，什么地方不可去。正这样想着，我就醒来了。起初，我觉得自己大有获救的希望，高兴得无法形容；及至清醒过来，发现原来不过是一场梦，不禁又极度失望，懊丧不已。

但是，这个梦境却给了我一个启示：我若想摆脱孤岛生活，唯一的办法就是尽可能弄到一个野人；而且，如果可能的话，最好是一个被其他野人带来准备杀了吃掉的俘虏。但要实现这个计划也有其困难的一面，那就是进攻一大队野人，并把他们杀得一个不留。这种做法可以说是孤注一掷之举，难保不出差错；不仅如此，而且从另一方面来说，这种做法是否合法，也还值得怀疑。一想到要杀这么多人，流这么多血，我的心不由得颤抖起来，尽管这样做是为了使自己获救。我前面也已经谈到过我为什么不应该主动去攻击野人的种种理由，所以我不必在此再啰唆了。另外，我现在还可以举出种种其他理由来证明为什么我应该攻击这些野人。譬如说，这些野人是我的死敌，只要可能，他们就会把我吃掉；再譬如说，我这样做是为了保护自己的生命，是为了拯救自己，这是一种自卫的行动。因为，他们若向我进攻，我也不得不还击。如此等等，理由还可以举出一大堆。可是，一想到为了自己获救，非得别人流血，我就感到可怕，好久好久都想不通。

我内心进行了激烈的思想斗争，心里十分矛盾，各种理由在我头脑里反复斗争了好久。最后，要使自己获救的迫切愿望终于战胜了一切，我决定不惜一切代价，弄到一个野人。现在，第二步就是怎样实施这一计划。这当然一时难以决定。由于想不出什么妥当的办法，我决定先进行守候观察，看他们什么时候上岸，其余的事先不去管它，到时候见机行事。

这样决定之后，我就经常出去侦察。我一有空就出去，时日一久，就又感到厌烦起来。因为这一等又是一年半以上，差不多每天都要跑到小岛的西头或西南角去，看看海面上有没有独木舟出现。可是，这么长时间中一次也没有看到，真是令人灰心丧气，懊恼至极。但这一次我没有像上次那样完全放弃希望，相反，等待时日愈久，我愈急不可待。总之，我从前处处小心，尽量避免碰到野人，可现在却急于要同他们碰面了。

此外，我认为自己有充分的能力驾驭一个野人，甚至两三个野人也毫无问题，只要我能把他们弄到手就行。我可以叫他们完全成为我的奴隶，要他们做什么就做什么，并且任何时候都可以防止他们伤害我。我为自己的这种想法大大得意了一番。可是，事情连影子也没有，一切都只是空想，计划当然也无从实现，因为很久很久野人都没有出现。

我自从有了这些想法之后，平时就经常会想到这件事，可是因为没有机会付诸实施，因此一直都毫无结果。这样大约又过了一年半光景。一天清晨，我忽然发现有五只独木舟在岛这头靠了岸，船上的人都已上了岛，但却不知道他们去哪儿了。他们来的人这么多，把我的计划彻底打破了。因为我知道，一只独木舟一般载五六个人，有时甚至更多。现在一下子来了这么多船，少说也有二三十人，我一个人单枪匹马，如何能对付他们呢！因此，我只好悄悄躲到城堡里去，坐立不安，一筹莫展。可是，我还是根据过去的计划，进行作战准备，以便一有机会，立即行动。我等了好久，留神听他们的动静，最后，实在耐不住了，就把枪放在梯子脚下，像平时那样，分作两步爬上小山顶。我站在那里，尽量不把头露出来，惟恐被他们看见。我拿起望远镜进行观察，发现他们不下三十人，并且已经生起了火，正在煮肉。至于他们怎样煮的，煮的又究竟是什么肉，我就不得而知了。这时，只见他们正手舞足蹈，围着火堆跳舞。他们做出种种野蛮难看的姿势，按自己的步法，正跳得不亦乐乎。

正当我观望的时候，从望远镜里又看到他们从小船上拖出两个倒霉的野人来。这两个野人大概是他们事先放在船上的，现在拖上岸来准备屠杀了。我看到其中一个被木棍或木刀乱打一气，立即倒了下去。接着便有两三个野人一拥而上，动手把他开膛破肚，准备煮了来吃。另一个俘虏被撂在一边，到时他们再动手拿他开刀。这时，这个可怜的家伙看见自己手脚松了绑，无人管他，不由得起了逃命的希望。他突然跳起身奔逃起来。他沿着海岸向我这边跑过来，其速度简直惊人。我是说，他正飞速向我的住所方向跑过来。

我得承认，当我见他朝我这边跑来时，着实吃惊不小。因为我认为，那些野人必然会全部出动来追赶他。这时，我看到，我梦境中的一部分开始实现了：那个野人必然会在我城堡外的树丛中躲起来。可是，梦境中的其余部分我可不敢相信——也就是那些野人不会来追他，也不会发现他躲在树丛里。我仍旧站在原地，一动也不动。后来，我发现追他的只有三个人，胆子就大一点了。尤其是我发现那个野人跑得比追他的三个人快得多，而且把他们愈甩愈远了。只要他能再跑上半小时，就可完全摆脱他们了。这不由得使我勇气倍增。

在他们和我的城堡之间，有一条小河。这条小河，我在本书的开头部分曾多次提到过。我把破船上的东西运下来的时候，就是进入小河后搬上岸的。我看得很清楚，那逃跑的野人必须游过小河，否则就一定会被他们在河边抓住。这时正值涨潮，那逃跑的野人一到河边，就毫不犹豫纵身跳下河去，只划了三十来下便游过了河。他一爬上岸，又迅速向前狂奔。后面追他的那三个野人到了河边。其中只有两个会游水，另一个却不会，只好站在河边，看其他两个游过河去。又过了一会儿，他一个人就悄悄回去了。这实在救了他一命。

我注意到，那两个会游水的野人游得比那逃跑的野人慢多了。他们至少花了双倍的时间才游过了河。这时候，我脑子里突然产生一个强烈的、不可抗拒的欲望：我要找个仆人，现在正是时候；说不定我还能找到一个侣伴，一个帮手哩。这明明是上天召唤我救救这个可怜虫的命呢！我立即跑下梯子，拿起我的两支枪——前面我已提到，这两支枪就放在梯子脚下。然后，又迅速爬上梯子，翻过山顶，向海边跑去。我抄了一条近路，跑下山去，插身在追踪者和逃跑者之间。我向那逃跑的野人大声呼唤。他回头望了望，起初仿佛对我也很害怕，其程度不亚于害怕追赶他的野人。但我用手势召唤他过来，同时慢慢向后面追上来的两个野人迎上去。等他俩走近时，我一下子冲到前面的一个野人跟前，用枪杆子把他打倒在地。我不想开枪，怕枪声让其余的野人听见。其实距离这么远，枪声是很难听到的，即使隐隐约约听到了，他们也看不见硝烟，所以肯定会弄不清是怎么回事。第一个野人被我打倒之后，同他一起追来的那个野人就停住了脚步，仿佛吓住了。于是我又急步向他迎上去。当我快走近他时，见他手里拿起弓箭，准备拉弓向我放箭。我不得不先向他开枪，一枪就把他打死了。那逃跑的野人这时也停住了脚步。这可怜的家伙虽然亲眼见到他的两个敌人都已经倒下，并且在他看来已必死无疑，但却给我的枪声和火光吓坏了。他站在那里，呆若木鸡，既不进也不退，看样子他很想逃跑而不敢走近我。我向他大声招呼，做手势叫他过来。他明白了我的意思，向前走几步停

停，又走几步又停停。这时，我看到他站在那里，浑身发抖。他以为自己成了我的俘虏，也将像他的两个敌人那样被杀死。我又向他招招手，叫他靠近我，并做出种种手势叫他不要害怕。他这才慢慢向前走，每走一二十步便跪一下，好像是感谢我救了他的命。我向他微笑，做出和蔼可亲的样子，并一再用手招呼他，叫他再靠近一点。最后，他走到我跟前，再次跪下，吻着地面，又把头贴在地上，把我的一只脚放到他的头上，好像在宣誓愿终身做我的奴隶。我把他扶起来，对他十分和气，并千方百计叫他不要害怕。但事情还没有完。我发现我用枪杆打倒的那个野人并没有死。他刚才是给我打昏了，现在正苏醒过来。我向他指了指那个野人，表示他还没有死。他看了之后，就叽里咕噜向我说了几句话。虽然我不明白他的意思，可对我来说听起来特别悦耳，因为这是我二十五年来第一次听到别人和我说话。以前我最多也只能听到自己自言自语的声音。当然，现在不是多愁善感的时候。那被打倒的野人已完全清醒，并从地上坐了起来。我发现被我救出的野人又有点害怕的样子，便举起另一支枪准备射击。这时，我那野人（我现在就这样叫他了）做了个手势，要我把挂在腰间的那把没鞘的刀借给他。于是我把刀给了他。他一拿到刀，就奔向他的敌人，手起刀落，一下子砍下了那个野人的头，其动作干脆利落，胜过德国刽子手。这使我大为惊讶，因为，我完全可以相信，这个人在此之前，除了他们自己的木刀外，一生中从未见过一把真正的刀。但现在看来，他们的木头刀也又快又锋利，砍头杀人照样一刀就能让人头落地。后来我了解到，事实也正是如此。他们的刀是用很硬的木头做成的，做得又沉重又锋利。再说我那野人砍下了敌人的头，带着胜利的笑声回到我跟前。他先把刀还给了我，然后做了许多莫名其妙的手势，把他砍下来的野人头放在我脚下。

但是，最使他感到惊讶的，是我怎么能从这么远的距离把另一个野人打死。他用手指了指那个野人的尸体，做着手势要我让他过去看看。我也打着手势，竭力让他懂得我同意他过去。他走到那死人身边，简直惊呆了。他两眼直瞪瞪地看着死人，然后又把尸体翻来翻去，想看个究竟。他看了看枪眼，子弹正好打中那野人的胸部，在那里穿了个洞，但血流得不多，因为中弹后人马上死了，血就流到体内去了。他取下那野人的弓箭回到我跟前，我就叫他跟我离开这地方。我用手势告诉他，后面可能有更多的敌人追上来。

他懂了我的意思后，就用手势表示要把两个尸体用沙土埋起来，这样追上来的野人就不会发现踪迹。我打手势叫他照办。他马上干起来，不一会儿，就用双手在沙土上刨出了一个坑，刚好可以埋一个野人。他把尸体拖了进去，用沙土盖好。接着又如法炮制，埋了第二个野人的尸体。我估计，他总共只花了一刻钟，就把两具尸体埋好了。然后，我叫他跟我一起离开这儿。我没有把他带到城堡去，而是带到岛那头的洞穴里去。我这样做是有意不让自己的梦境应验，因为在梦里，他是跑到城堡外面的树丛中躲起来的。

到了洞里，我给他吃了些面包和一串葡萄干，又给了他点水喝。因为我见他跑了半天，已经饥渴不堪了。他吃喝完毕后，我又指了指一个地方，做着手势叫他躺下来睡一觉。那儿铺了一堆干草，上面还有一条毯子，我自己有时也在上面睡觉。于是这个可怜的家伙一倒下去就呼呼睡着了。

这个野人生得眉清目秀，非常英俊。他身材不胖不瘦，四肢挺直又结实，但并不显得粗壮。他个子很高，身体健康，年纪看来约二十六岁。他五官端正，面目一点也不狰狞可憎，脸上有一种男子汉的英勇气概，又具有欧洲人那种和蔼可亲的样子。这种温柔亲切的样子在他微笑的时候表现得更为明显。他的头发又黑又长，但不像羊毛似的鬈着；他的前额又高又宽，目光锐利而又活泼。他的皮肤不怎么黑，略带棕色，然而不像巴西人或弗吉尼亚人或美洲其他土人的肤色那样黄褐色的令人生厌，而是一种深茶青色的，油光乌亮，令人爽心悦目，却难以用言语形容。他的脸圆圆胖胖的，鼻子却很小，但又不像一般黑人的鼻子那样扁；他的嘴形长得也很好看，嘴唇薄薄的，牙齿又齐又白，白得如同象牙。他并没有睡得死死的，实际上只打了半小时的盹就醒来了。他一醒来就跑到洞外来找我，因为当时我正在挤羊奶，我的羊圈就在附近。他一见到我，立刻向我奔来，趴在地上，做出各种各样的手势和古怪的姿势，表示他臣服感激之心。最后，他又把头放在地上，靠近我的脚边，然后又像上次那样，把我的另一只脚放到他的头上，这样做之后，又向我做出各种姿势，表示顺从降服，愿终身做我的奴隶，为我效劳。他的这些意思我都明白了。我告诉他，我对他非常满意。不久，我就开始和他谈话，并教他和我谈话。首先，我告诉他，他的名字叫“星期五”，这是我救他命的一天，这样取名是为了纪念这一天。我教他说“主人”，并告诉他这是我的名字。我还教他说“是”和“不是”，并告诉他这两个词的意思。我拿出一个瓦罐，盛了一些羊奶给他。我先喝给他看，并把面包浸在羊奶里吃给他看。然后，我给了他一块面包，叫他学我的样子吃。他马上照办了，并向我做手势，表示很好吃。

晚上，我和他一起在地洞里睡了一夜。天一亮，我就叫他跟我一起出去，并告诉他，我要给他一些衣服穿。他明白了我的意思后，显得很高兴，因为他一直光着身子，一丝不挂。当我们走过他埋下两个尸体的地方时，他就把那地方指给我看，并告诉我他所做的记号。他向我做着手势，表示要把尸体掘出来吃掉！对此，我表示十分生气，我向他表明，对人吃人这种残忍的行为我深恶痛绝。我做出一想到这种罪恶勾当就要呕吐的样子。然后，我向他招手，叫他马上走开。他立即十分驯服地跟着我走了。我把他带到那小山顶上，看看他的敌人有没有走。我拿出望远镜，一眼就看到了他们昨天聚集的地方。但那些野人和独木舟都不见了。显然他们上船走了，并且把他们的两个同伴丢在岛上，连找都没有找他们。

我对这一发现并不感到满足。现在，我勇气倍增，好奇心也随之增大。因此，我带了我的奴隶星期五，准备到那边看个究竟。我给了他一把刀，让他拿在手里，他自己又把弓箭背在背上——我已经了解到，他是一个出色的弓箭手。另外，我还叫他给我背一支枪，而我自己则背了两支枪。这样武装好之后，我们就向那些野人昨天聚集过的地方出发了，因为我很想获得有关那些野人详细的情报。一到那里，呈现在我面前的是一片惨绝人寰的景象，我血管里的血不由得都冰冷了，连心脏也停止了跳动。那真是一幅可怕的景象，至少对我而言实在惨不忍睹，可是对星期五来说，根本不当一回事。那儿遍地都是死人骨头和人肉，鲜血染红了土地。那大片大片的人肉，有的吃了一半，有的砍烂了，有的烧焦了，东一块西一块的，一片狼藉。总之，到处都是他们战胜敌人之后举行人肉宴的痕迹。我看到一共有三个骷髅，五只人手，三四根腿骨和脚骨，还有不少人体的其他部分。星期五用手势告诉我，他们一共带来了四个俘虏来这儿举行人肉宴，三个已经吃掉了。他是第四个。说到这里，他还指了指自己。他又告诉我，那些野人与他们的部族的新王发生了一次激烈的战争，而他自己是新王的臣民。他们这一边也抓了大批俘虏。这些俘虏被带到不同的地方杀掉吃了，就像那些野人把他们带到这儿杀了吃掉一样。

我让星期五把所有的骷髅、人骨和人肉以及那些野人吃剩下来的东西收集在一起，堆成一堆，然后点上火把它们通通烧成灰烬。

我发现星期五对那些人肉仍垂涎欲滴，不改他吃人的天性。但我明显地表现出对吃人肉的事极端憎恶，不要说看到这种事，甚至连想都不愿想。我还设法让他明白，如果他敢再吃一口人肉，我就把他杀了，这才使他不敢有所表示。

办完这件事后，我们就回到城堡里去了。一到那里，我就开始为星期五的穿着忙碌起来。首先，我给了他一条麻纱短裤。这条短裤是我从那条失事船上死去的炮手箱子里找出来的。这件事我前面已提到过了。短裤略改一下，刚刚合他的身。然后，我又用羊皮给他做了件背心。我尽我所能缝制这件背心。应该说，我现在的裁缝手艺已相当不错了。另外，我又给了他一顶兔皮帽子，戴起来挺方便，样子也很时髦。现在，他的这身穿戴也还过得去了。他看到自己和主人几乎穿得一样好，心里十分高兴。说句实话，他刚开始穿上这些衣服时，深感行动不便；不但裤子穿起来感到很别扭，而且，背心的袖筒磨痛了他的肩膀和胳肢窝。后来我把那使他难受的地方略微放宽了一些，再加上对穿衣服也感到慢慢习惯了，他就喜欢上他的衣着了。

回到家里第二天，我就考虑怎样安置星期五的问题。我又要让他住得好，又要保证自己绝对安全。为此，我在两道围墙之间的空地上，给他搭了一个小小的帐篷，也就是说，这小帐篷搭在内墙之外，外墙之内。在内墙上本来就有一个入口通进山洞。因此，我在入口处做了个门框和一扇木板门。门是从里面开的。一到晚上，我就把门从里面闩上，同时把梯子也收了进来。这样，如果星期五想通过内墙来到我身边，就必然会弄出许多声响，也就一定会把我惊醒。因为我在内墙和岩壁之间用长木条作椽子搭了一个屋顶，把我的帐篷完全遮盖了起来。椽子上又横搭了许多小木条，上面盖了一层厚厚的像芦苇一样结实的稻草。在我用梯子爬进爬出的地方，又装了一个活门。从外面把门打开，是绝对不可能的，这样做，活门就会自动落下来，从而发出很大的声响。此外，我每夜都把武器放在身边，以备不时之需。

其实，对星期五，我根本用不着采取任何防范措施。任何其他人都不可能拥有像星期五这样忠诚老实、听话可爱的仆人。他没有脾气，性格开朗，不怀鬼胎，对我又顺从又热心。他对我的感情，就像孩子对父亲的感情，一往情深。我可以说，无论何时何地，他都宁愿牺牲自己的生命来保护我。后来，他的许多表现都证明了这一点，并使我对此毫不怀疑。因此，我深信，对他我根本不用防备。

这不由得使我经常想到，上帝对世事的安排，自有其天意。在对自己所创造的万物的治理中，一方面他剥夺了世界上许多生物的才干和良知，另一方面，他照样赋予他们与我们文明人同样的能力，同样的理性，同样的感情，同样的善心和责任感，也赋予他们同样的嫉恶如仇的心理；他们与我们一样懂得知恩图报，诚恳待人，忠贞不渝，相互为善。而且，当上帝给他们机会表现这些才干和良知时，他们和我们一样，立即把上帝赋予他们的才干和良知发挥出来做各种好事，甚至可以说比我们自己发挥得更充分。对此，我不能不感到惊讶。同时，想到这些，我又感到有些悲哀，因为许多事实证明，我们文明人在发挥这些才干和良知方面，反而显得非常卑劣。尽管我们不仅有能力，而且，我们受到上帝的教诲，上帝的圣灵和上帝的语言的启示，这使我们能有更深刻的认识。同时，我也感到奇怪，为什么上帝不给这成千上万的生灵以同样的教诲和启示，使他们懂得赎罪的道理。我觉得，如果我以这可怜的野人作为判断的依据，那么，他们实在是可以比我们文明人做得更好。

关于这些问题，我有时甚至会想过头，以至冒犯了上帝的统治权，认为他对世事的安排欠公正。因为他把他的教诲赐予了一部分人，而不赐予另一部分人，但却又要这两部分人负起同样的义务。但我终于打消了这种想法，并得出了以下的结论：第一，我们不知道上帝根据什么神意和律法来给这些人定罪。上帝既然是神，他必然是无限神圣，无限公正的。假如上帝做出判决，不把他的教诲赐给这些人，那一定是因为他们违反了上帝的教诲，也就是违反了《圣经》上所说的他们自己的律法；而上帝的判决，也是以他们的良心所承认的法则为标准的，虽然这些法则所依据的原则还没有被我们了解。①第二，上帝就像陶匠，我们都是陶匠手里的陶土；没有一样陶器可以对陶匠说："你为什么把我做成这个样子？"②

现在再来谈谈我的新伙伴吧。我对他非常满意，并决定教会他做各种各样的事情，使他成为我有用的助手。特别是要教会他说英语，并听懂我说的话。他非常善于学习，尤其是学习时总是兴致勃勃，勤勤恳恳；每当他听懂了我的话，或是我听懂了他的话，他就欢天喜地，十分高兴。因此，与他谈话对我来说实在是一件乐事。现在，我的生活变得顺心多了。我甚至对自己说，只要不再碰到那批食人生番，哪怕永远不离开这个地方，我也不在乎。

回到城堡两三天之后，我觉得应该戒掉星期五那种可怕的吃相，尤其是要戒掉他吃人的习惯。为此，我想应该让他尝尝别的肉类的味道。所以，一天早晨，我带他到树林里去。我原来想从自己的羊圈里选一只小羊，把它杀了带回家煮了吃。可是，走到半路上，我发现有一只母羊躺在树荫下，身边还有两只小羊坐在那儿。我一把扯住星期五，并对他说："站住别动。"同时打手势，叫他不要动。接着我举起枪，开枪打死了一只小羊。可怜的星期五上次曾看到我用

①《圣经·新约·罗马书》2 : 14。

②《圣经·旧约·耶利米书》18 : 6与《圣经·旧约·以赛亚书》45 : 9。

枪打死了他的敌人，但当时他站在远处，弄不清是怎么回事，也想象不出我是怎样把他的敌人打死的。可这一次他看到我开枪，着实吃惊不小。他浑身颤抖，简直吓呆了，差一点瘫倒在地上。他既没有去看我开枪射击的那只小羊，也没有看到我已把小羊打死了，只顾扯开他自己的背心，在身上摸来摸去，看看自己有没有受伤。原来他以为我要杀死他。他跑到我跟前，扑通一声跪下来抱住我的双腿，嘴里叽里咕噜说了不少话，我都不懂。但我不难明白他的意思，那就是求我不要杀他。

我马上想出办法使他相信，我决不会伤害他。我一面用手把他从地上扶起来，一面哈哈大笑，并用手指着那打死的小羊，叫他跑过去把它带回来。他马上跑过去了。他在那里查看小山羊是怎样被打死的，并感到百思不得其解。这时我趁此机会重新把枪装上了子弹。不久，我看见一只大鸟，样子像一只苍鹰，正落在我射程内的一棵树上。为了让星期五稍稍明白我是怎样开枪的，就叫他来到我跟前。我用手指了指那只鸟——现在我看清了，其实那是一只鹦鹉，而我原先把它当成苍鹰了。我刚才说了，我用手指了指那只鹦鹉，又指了指自己的枪和鹦鹉身子底下的地方，意思是说，我要开枪把那只鸟打下来。于是，我开了枪，并叫他仔细看好。他立即看到那鹦鹉掉了下来。他再次吓得站在那里呆住了，尽管我事先已把事情给他交代清楚了。尤其使他感到惊讶的是，他没有看到我事先把弹药装到枪里去，因此就以为枪里一定有什么神奇的致命的东西，可以把人哪，鸟哪，野兽哪，以及远远近近的任何生物都杀死。他这种惊讶好久好久都不能消失。我相信，如果我让他这样下去，他一定会把我和我的枪当神一样来崇拜呢！至于那支枪，事后好几天，他连碰都不敢碰它，还经常一个人唠唠叨叨地跟它说话谈天，仿佛枪会回答他似的。后来我才从他的口里知道，他是在祈求那支枪不要杀害他。

当时，我等他的惊讶心情略微平静下来之后，就用手指了指那只鸟掉下去的地方，叫他跑过去把鸟取来。可是他去了好半天才回来。原来那只鹦鹉还没有一下子死掉，落下来之后，又拍着翅膀挣扎了一阵子，扑腾到别处去了。可是星期五还是把它找到了，并取来给了我。我见他对我的枪感到神秘莫测，就趁他去取鸟的机会重新装上弹药，并不让他看见我是怎样装弹药的，以便碰到任何其他目标时可以随时开枪。可是，后来没有碰到任何值得开枪的目标，就只把那只小羊带回了家。当晚我就把它剥皮，把肉切好。我本来就有一只专门煮肉的罐子，就把一部分肉放到里面煮起来，做成了鲜美的羊肉汤。我先吃了一点，然后也给了他一点。他吃了之后，感到非常高兴，并表示很喜欢吃。但最使他感到奇怪的是，他看到我在肉和肉汤里放盐。他向我做手势，表示盐不好吃。他把一点盐放在嘴里，做出作呕的样子，呸呸地吐了一阵子，又赶紧用清水漱了漱口。我也拿了一块没有放盐的肉放在嘴里，也假装呸呸地吐了一阵子，表示没有盐肉就吃不下去，正像他有盐吃不下去一样。但这没有用。他就是不喜欢在肉里或汤里放盐。过了很长一段时间之后，他也只是放很少一点盐。

吃过煮羊肉和羊肉汤之后，我决定第二天请他吃烤羊肉。我按照英国的烤法，在火的两边各插一根有叉的木杆，上面再搭上一根横竿，再用绳子把肉吊在横竿上，让它不断转动。星期五对我这种烤肉方法十分惊异。但当他尝了烤羊肉的味道后，用各种方法告诉我他是多么爱这种味道。我当然不可能不了解他的意思。最后，他告诉我，他从此之后再也不吃人肉了。听到他讲这句话，我感到非常高兴。

第二天，我叫他去打谷，并把谷筛出来。筛谷的办法我前面已提到过了，我让他照着我的办法做。不久，他打谷筛谷就做得和我一样好。尤其是当他懂得这项工作的意义后，干得更卖力。因为我等他打完谷之后，就让他看看我做面包、烤面包。这时，他就明白，打谷是为了做面包用的。没多久，他也能做面包、烤面包了，而且做得和我一样好。

这时，我又考虑到，现在既然添了一张嘴吃饭，就得多开一点地，多种一点粮食。于是，我又找了一块较大的地，像以前一样把地圈起来。星期五对这项工作干得又主动，又卖力，而且干起活来总是高高兴兴的。我又把这项工作的意义告诉他，使他知道现在添了他这个人，就得多种些粮食，多做些面包，这样才够我们两个人吃。他似乎很能领会这个意思，并表示他知道，我为他干的活比为我自己干的活还多。所以，只要告诉他怎么干，他一定会尽心竭力地去干。

这是我来到荒岛上度过的最愉快的一年。星期五的英语已说得相当不错了，差不多完全能明白我要他拿的每一样东西的名称和我差他去的每一个地方，而且，还喜欢一天到晚跟我谈话。以前，我很少有机会说话；现在，我的舌头终于又可以用来说话了。我与他谈话真是快乐无比。不仅如此，我对他的人品也特别满意。相处久了，我越来越感到他是多么地天真诚实，我真的打心底里喜欢上了他。同时，我也相信，他爱我胜过爱任何人。

有一次，我有心想试试他，看他是否还怀念自己的故乡。这时，我觉得他英语已讲得相当不错了，几乎能回答我提出的任何问题。我问他，他的部族是否在战争中从不打败仗。听了我的问题，他笑了。他回答说："是的，是的，我们一直打得比人家好。"他的意思是说，在战斗中，他们总是占优势。由此，我们开始了下面的对话：

"你们一直打得比人家好，"我说，"那你怎么会被抓住当了俘虏呢，星期五?”

星期五:“我被抓了,但我的部族打赢了。”

主人:“怎么打赢的呢?如果你的部族打赢了,你怎么会被他们抓住呢?”

星期五:“在我打仗的地方,他们的人比我们多。他们抓住了一个、两个、三个,还有我。在另一个地方,我的部族打败了他们。那儿,我们抓了他们一两千人。”

主人:“可是,你们的人为什么不把你们救回去呢?”

星期五:“他们把一个、两个、三个,还有我,一起放到独木舟上逃跑了。我们的部族那时正好没有独木舟。”

主人:“那么,星期五,你们的部族怎么处置抓到的人呢?他们是不是也把俘虏带到一个地方,像你的那些敌人那样,把他们杀了吃掉?”

星期五:“是的,我们的部族也吃人肉,把他们通通吃光。”

主人:“他们把人带到哪儿去了?”

星期五:“带到别的地方去了,他们想去的地方。”

主人:“他们到这个岛上来过吗?”

星期五:“是的,是的,他们来过。也到别的地方去。”

主人:“你跟他们来过这儿吗?”

星期五:“是的,我来过这儿。”(他用手指了指岛的西北方。看来,那是他们常去的地方。)

通过这次谈话,我了解到,我的仆人星期五,以前也经常和那些生番一起,在岛的另一头上岸,干那吃人的勾当,就像他这一次被带到岛上来,差一点也给别的生番吃掉。过了几天后,我鼓起勇气,把他带到岛的那一头,也就是我前面提到过的那地方。他马上认出了那地方。他告诉我,他到过这地方一次,吃了二十个男人、

两个女人和一个小孩。他还不会用英语数到二十，所以用了许多石块在地上排成了长长的一行，用手指了指那行石块告诉我这个数字。

我把这一段谈话叙述出来，是因为它与下面的事情有关。那就是，在我与他谈过这次话之后，我就问他，小岛离大陆究竟有多远，独木舟是否经常出事？他告诉我没有任何危险，独木舟也从未出过事。但在离小岛不远处，有一股急流和风，上午是一个方向，下午又是一个方向。

起初我还以为这不过是潮水的关系，有时往外流，有时往里流。后来我才弄明白，那是由于那条叫作奥里诺科河的大河倾泻入海，形成回流之故。而我们的岛，刚好是在该河的一处入海口上。我在西面和西北面看到的陆地，正是一个大岛，叫特立尼达岛①，正好在河口的北面。我向星期五提出了无数的问题，问到这一带的地形、居民、海洋、海岸，以及附近居住着什么民族。他毫无保留地把他所知道的一切都告诉了我，态度十分坦率。我又问他，他们这个民族分成多少部落，叫什么名字。可问来问去只问出一个名字，就是加勒比人②。于是我马上明白，他所说的是加勒比群岛，在我们的地图上，是属于美洲地区；这些群岛从奥里诺科河河口，一直延伸到圭亚那，再延伸到圣马大③。他指着我的胡子对我说，在月落的地方，离这儿很远很远，也就是说，在他们国土的西面。住着许多像我这样有胡子的白人。又说，他们在那边杀了很多很多的人。从他的话里，我明白他指的是西班牙人。他们在美洲的杀人暴行在各民族中臭名远扬，并且在这些民族中世代相传。

---

① 特立尼达岛，在南美委内瑞拉的巴里亚湾口，前为英领地小安的列斯群岛中最大的岛，现为拉丁美洲岛国特立尼达和多巴哥。

② 加勒比人，南美洲东北部的印第安人，现住亚马孙河流域、加勒比海诸岛屿和圭亚那等地。所剩人数已不多了。

③ 圣马大，哥伦比亚一海岸小镇。

我问他能不能告诉我怎样才能从这个岛上到那些白人那边去。他对我说："是的，是的，可以坐两只独木船去。"我不明白"坐两只独木船去"是什么意思，也无法使他说明"两只独木船"的意思。到最后，费了好大的劲，我才弄清楚他的意思。原来是要用一只很大很大的船，差不多要像两只独木船那样大。

星期五的谈话使我很感兴趣。从那时起，我就抱着一种希望，但愿有一天能有机会从这个荒岛上逃出去，并且指望这个可怜的野人帮助我达到目的。

现在，星期五与我在一起生活了相当长一段时间了，他渐渐会和我谈话了，也渐渐听得懂我的话了。在这段时间里，我经常向他灌输一些宗教知识。特别有一次，我问他，是谁创造出了他？这可怜的家伙一点也不明白我的意思，以为我是在问他谁是他的父亲。我就换一个方法问他，大海，我们行走的大地、高山、树林，都是谁创造出来的？他告诉我，是一位叫贝纳木基的老人创造出来的，这位老人住在很远很远的地方。但无法告诉我这位伟大的老人究竟是怎么样的一个人，只是说他年纪很大很大，比大海和陆地、月亮和星星年纪都大。我又问他，既然这位老人家创造了万物，万物为什么不崇拜他呢？他脸上马上显出既庄重又天真的神气说："万物都对他说'哦'。"于是我又问他，在他们国家里，人死之后都到什么地方去了？他说："是的，都到贝纳木基老人那里去了。"接着我又问他，他们吃掉的人是不是也到那里去了？他说："是的。"

从这些事情入手，我逐渐教导他，使他认识真正的神是上帝。我指着天空对他说，万物的伟大创造者就住在天上，并告诉他，上帝用神力和神意创造了世界，治理着世界。我还告诉他，上帝是万能的，他能为我们做任何事情，他能把一切都赐予我们，也能把一切从我们手里夺走。就这样，我逐渐使他睁开了眼睛。他专心致志地听我讲，并且很乐意接受我向他灌输的观念：基督是被派来替我们赎罪的。他也乐意学着向上帝祈祷，并知道，上帝在天上能听到他的祈祷。有一天，他对我说，上帝能从比太阳更远的地方听到我们的话，他必然是比贝纳木基更伟大的神。因为贝纳木基住的地方不算太远，可他却听不到他们的话，除非他们到他住的那座山里去和他谈话。我问他，他可曾去过那儿与他谈过话？他说："没有，青年人从来不去，只有那些被称为奥乌卡儿的老人才去。"经过他解释，我才知道，所谓奥乌卡儿，就是他们部族的祭司或僧侣。据他说，他们到那儿去说"哦"（他说，这是他们的祈祷。），然后就回来，把贝纳木基的话告诉他们。从星期五的话里，我可以推断，即使是世界上最盲目无知的邪教徒中，也存在着祭司制度。同时，我也发现，把宗教神秘化，从而使人们能敬仰神职人员，这种做法不仅存在于罗马天主教，也存在于世界上一切宗教，甚至也存在于最残忍、最野蛮的野人中间。

我竭力向我的仆人星期五揭发这一骗局。我告诉他，那些老人假装到山里去对贝纳木基说"哦"，完全是骗人的把戏。他们说他们把贝纳木基的话带回来，更是骗人的诡计。我对他说，假如他们在那儿真的听到什么，真的在那边同什么人谈过话，那也一定是魔鬼。然后，我用很长的时间跟他谈魔鬼的问题：魔鬼的来历，他对上帝的反叛，他对人类的仇恨及其原因，他怎样统治着世界最黑暗的地方，叫人像礼拜上帝一样礼拜他，以及他怎样用种种阴谋诡计诱惑人类走上绝路，又怎样偷偷潜入我们的情欲和感情，迎合着我们的心理来安排他的陷阱，使我们自己诱惑自己，甘心走上灭亡的道路。

我发现，让他对上帝的存在获得正确的观念还算容易，但要使他对魔鬼有正确的认识，就不那么容易了。我可以根据许多自然现象向他证明，天地间必须要有一个最高的主宰，一种统治一切的力量，一种冥冥中的引导者，并向他证明，崇敬我们自己的创造者，是完全公正合理的，如此等等，不一而足。可是，关于魔鬼的观念，他的起源，他的存在，他的本性，特别是他一心作恶并引诱人类作恶的意图等等，我却找不出现成的证明。因此，有一次，这可怜的家伙向我提出了一个又自然又天真的问题，就一下子把我难住了，简直不知怎样回答他才好。在此以前，我一直跟他谈关于上帝的问题：上帝的权威，上帝的全知全能，上帝嫉恶如仇的本性，以及他怎样用烈火烧死那些奸恶不义之徒。①关于这些问题，我同他谈得很多。我还向他谈到，上帝既然创造了万物，他也可以在一刹那间把全世界和我们全人类都毁灭。在我谈话的时候，他总是非常认真地听着。

然后，我又告诉他，在人们心里，魔鬼是上帝的敌人。他一贯心存恶意，使尽阴谋诡计来破坏上帝善良的计划，试图毁灭世界上的基督天国，等等。于是，星期五说："你说，上帝是强大的，伟大的，他不是比魔鬼更强大、更有力吗？""是的，是的，"我说，"星期五，上帝比魔鬼更强大，上帝高于魔鬼。因此，我们应该祈祷上帝，使我们有力量把魔鬼踩在我们的脚下，并使我们有力量抵制他的诱惑，扑灭他的火箭。②""可是，"星期五又问，"既然上帝比魔鬼更强大、更有力，为什么上帝不把魔鬼杀死，免得他再做恶事呢？"

他这个问题大大出乎我意料。因为，尽管我现在年纪已很大了，但作为一个教导别人的老师，却资历很浅。我不善于解决道德良心的问题，也不够资格辩难决疑。我一时不知怎么回答他才好，就只好装作没听清他的话，问他说的是什么。可是，星期五是十分认真

---

①《圣经·旧约·申命记》4 ： 24。

②《圣经·新约·罗马书》16 ： 20和《圣经·新约·以弗所书》6 ： 16。

的，当然不会忘记他的问题，所以又把刚才提的问题用英语结结巴巴地重复了一遍。这时，我已略略恢复了镇静，就回答他说："上帝最终将严惩魔鬼，魔鬼必定受到审判，并将被投入无底的深渊，经受地狱之火的熬炼，永世不得翻身。[①]"这个回答当然不能使星期五满意，他用我的话回问我："最终、必定，我不懂。但是，为什么不现在就把魔鬼杀掉？为什么不老早就把魔鬼杀掉？"我回答说："你这样问我，就等于问为什么上帝不把你和我杀掉，因为，我们也犯了罪，得罪了上帝。上帝留着我们，是让我们自己有机会忏悔，有机会获得赦免。"他把我的话想了好半天，最后，他显得很激动，并对我说："对啦，对啦，你、我、魔鬼都有罪，上帝留着我们，是让我们忏悔，让我们都获得赦免。"谈到这里，我又被他弄得十分尴尬。他的这些话使我充分认识到，虽然天赋的观念可以使一般有理性的人认识上帝，可以使他们自然而然地对至高无上的上帝表示崇拜和尊敬，然而，要认识到耶稣基督，要认识到他曾经替我们赎罪，认识到他是我们同上帝之间所立的新约的中间人，认识到他是我们在上帝宝座前的仲裁者，那就非要神的启示不可。这就是说，只有神的启示，才能使我们在灵魂里形成这些认识。因此，只有救世主耶稣的普度众生的福音，只有上帝的语言和上帝的圣灵，才能成为人类灵魂绝对不可少的引导者，帮助我们认识上帝拯救人类的道理，以及我们获救的方法。

因此，我马上把我和星期五之间的谈话岔到别的事情上去。我匆匆忙忙站起来，仿佛突然想到一件什么要紧的事情，必须出去一下。同时，我又找了一个借口，把他差到一个相当远的地方去办件什么事。等他走后，我就十分挚诚地祷告上帝，祈求他赐

①《圣经·新约·彼得后书》2 ： 4和《圣经·新约·启示录》20 ： 1。

予我教导这个可怜的野人的好方法，祈求他用他的圣灵帮助这可怜无知的人从基督身上接受上帝的真理，和基督结合在一起；同时祈求他指导我用上帝的语言同这个野人谈话，以便使这可怜的家伙心悦诚服，睁开眼睛，灵魂得救。当星期五从外面回来时，我又同他进行了长时间的谈话，谈到救世主耶稣代人赎罪的事，谈到从天上来的福音的道理，也就是说，谈到向上帝忏悔、信仰救主耶稣等这一类事情。然后，我又尽可能向他解释，为什么我们的救主不以天使的身份出现，而降世为亚伯拉罕的后代，为什么那些被贬谪的天使不能替人类赎罪，以及耶稣的降生是为了挽救迷途的以色列人等道理。

事实上，在教导他的时候，我所采用的方法，诚意多于知识。同时，我也必须承认，在向他说明这些道理时，我自己在不少问题上也获得了很多知识。这些问题有的我过去自己也不了解，有的我过去思考得不多，现在因为要教导星期五，自然而然地进行了深入的思考。我想，凡是诚心帮助别人的人，都会有这种边教边学的体会。我感到自己现在探讨这些问题的热情比以前更大了。所以，不管这个可怜的野人将来对我是否有帮助，我也应该感谢他的出现。现在，我不再像以前那样整日愁眉苦脸了，生活也逐渐愉快起来。每当我想到，在这种孤寂的生活中，我不但自己靠近了上帝，靠近了造物主，而且还受到了上帝的启示，去挽救一个可怜的野人的生命和灵魂，使他认识了基督教这一唯一正宗的宗教和基督教义的真谛，使他认识了耶稣基督，而认识耶稣基督就意味着获得永生。每当想到这里，我的灵魂便充满快乐，这是一种真正的内心感觉到的欢愉。现在我觉得我能流落到这荒岛上来，实在是一件值得庆幸的事，而在此之前，我却认为是我生平最大的灾难呢！

我怀着这种感恩的心情，度过了我在岛上的最后几年。在我和星期五相处的三年中[①]，因为有许多时间同他谈话，日子过得完满幸福——如果在尘世生活中真有“完满幸福”的话。这野人现在已成了一个虔诚的基督徒，甚至比我自己还要虔诚。当然，我完全有理由希望，并为此我要感谢上帝，我们两人都能成为真正悔罪的人，并从悔罪中得到安慰，彻底洗心革面，改过自新。在这里，我们有《圣经》可读，这就意味着我们离圣灵不远，可以获得他的教导，就像在英国一样。

我经常诵读《圣经》，并尽量向他解释《圣经》中那些词句的意义。星期五也认真钻研，积极提问。这使我对《圣经》的知识比一个人阅读时钻研得更深，了解得更多了。这一点我前面也已提到。此外，根据我在岛上这段隐居生活的经历，我还不得不提出一点自己的体会。我觉得关于对上帝的认识和耶稣救人的道理，在《圣经》中写得这样明明白白，这样容易接受，容易理解，这对人类实在是一种无限的、难以言喻的幸福。因为，仅仅阅读《圣经》，就能使自己认识到自己的责任，并勇往直前地去担负起这样一个重大的任务：真诚地忏悔自己的罪行，依靠救世主耶稣来拯救自己，在实践中改造自己，服从上帝的一切指示。所有这些认识，都是在没有别人的帮助和教导下获得的（这儿的“别人”，我是指自己的同类——人类），而只要自己阅读《圣经》就能无师自通。而且，这种浅显明白的教导，还能启发这个野人，使他成为我生平所少见的虔诚的基督徒。

至于世界上所发生的一切有关宗教的争执、纠缠、斗争和辩论，无论是教义上微细的分歧，还是教会行政上的种种计谋，对我们来说，都毫无用处。并且，在我看来，对世界上其他人也毫无用处。

① 笛福在时日的计算上经常不太精确。实际上鲁滨逊与星期五在岛上共同度过了两年，尽管他后面总提到是三年。

我们走向天堂最可靠的指南就是《圣经》——上帝的语言。感谢上帝，上帝的圣灵用上帝的语言教导我们，引导我们认识真理，使我们心悦诚服地服从上帝的指示。所以，即使我们十分了解造成世界上巨大混乱的那些宗教上的争执，在我看来对我们也毫无用处。现在，我还是把一些重要的事情，按发生的先后顺序，继续讲下去吧。

我和星期五成了好朋友，我说的话，他几乎都能听懂；他自己的英语尽管说得不太地道，但已能相当流利地与我交谈了。这时，我就把自己的身世告诉了他，特别是我怎样流落到这小岛上来，怎样在这儿生活，在这儿已多少年了，等等。我又把火药和子弹的秘密告诉了他，因为，在他看来，这确实是个秘密，并教会了他开枪。我还给了他一把刀，对此他高兴极了。我又替他做了一条皮带，皮带上挂了一个佩刀的搭环，就像在英国我们用来佩刀的那种搭环。不过，在搭环上，我没有让他佩腰刀，而是给他佩了把斧头，因为斧头不仅在战斗时可以派用场，而且在平时用处更多。

我把欧洲的情况，特别是我的故乡英国的情况，说给他听，告诉他我们是怎样生活的，我们怎样崇拜上帝，人与人之间又怎样互相相处，以及怎样乘船到世界各地做生意。我又把我所乘的那条船出事的经过告诉他，并指给他看沉船的大致地方。至于那条船，早已给风浪打得粉碎，现在连影子都没有了。

我又把那只小艇的残骸指给他看，也就是我们逃命时翻掉的那只救生艇。我曾经竭尽全力想把它推到海里去，但怎么使劲小艇都纹丝不动。现在，这小艇也已差不多烂成碎片了。星期五看到那只小艇，站在那里出神了好一会儿，一句话也不说。我问他在想些什么。他说："我看到过这样的小船到过我们的地方。"

我好半天都不明白他的意思。最后，经过详细追问，我才明白他的意思：曾经有一只小艇，同这只一模一样，在他们住的地方靠岸。而且，据他说，小艇是给风浪冲过去的。由此，我马上联想到，这一定是一只欧洲的商船在他们海岸附近的海面上失事了，那小艇是被风浪打离了大船，漂到他们海岸上。当时，我的头脑真是迟钝极了，我怎么也没有想到有人也许从失事的船只上乘小艇逃生，到了他们那边。至于那是些什么人，我当然更是想都没有想过。因此，我只是要星期五把那只小艇的样子详详细细地给我描绘一番。

星期五把小艇的情况说得很清楚。后来，他又很起劲地补充说："我们又从水里救出了一些白人。"这才使我进一步了解了他的意思。我马上问他小艇上有没有白人。他说："有，满满一船，都是白人。"我问他有多少白人，他用手指头扳着告诉我，一共有十七个。我又问他们现在的下落。他回答说："他们都活着，他们就住在我们的部落里。"

他的话马上使我产生了新的联想。我想，那些白人一定是我上次在岛上看到出事的那条大船上的船员。他们在大船触礁后，知道船早晚会沉没，就上小艇逃生了。他们在野人聚居的蛮荒的海岸上了岸。

因此，我更进一步仔仔细细地打听了那些白人的下落。星期五再三告诉我，他们现在仍住在那里，已经住了四年了。野人们不去打扰他们，还供给他们粮食吃。我问他，他们为什么不把那些白人杀了吃掉呢？星期五说："不，我们和他们成了兄弟。"对此，我的理解是，他们之间有一个休战协议。接着，他又补充说："他们只是打仗时吃人，平时是不吃人的。"这就是说，他们只吃战争中所抓到的俘虏，平时一般是不吃人的。

此后过了很久，有一天，天气晴朗，我和星期五偶然走上岛东边的那座小山顶。在那儿，也是在一个晴朗的日子里，我曾看到了美洲大陆。当时，星期五全神贯注地朝大陆方向眺望了一会儿，忽然出乎意外地手舞足蹈起来，还把我叫了过去，因为我恰好不在他身边，离他还有几步路。我问他是怎么回事。他说："哦，真高兴！真快活！我看到了我的家乡，我看到了自己的部落了！"

这时，只见他脸上现出一种异乎寻常的欣喜。他双眼闪闪发光，流露出一种热切、兴奋和神往的神色，仿佛想立刻返回他故乡去似的。看到他这种心情，我胡思乱想起来。我对星期五不由得起了戒心，因而与他也不像以前那样融洽了。我毫不怀疑，只要星期五能回到自己的部落中去，他不但会忘掉他的宗教信仰，而且也会忘掉他对我的全部义务。他一定会毫不犹豫地把我的情况告诉他部落里的人，说不定还会带上一两百个他的同胞到岛上来，拿我来开一次人肉宴。那时，他一定会像吃战争中抓来的俘虏那样一样兴高采烈。

我的这些想法实在大大冤枉了这个可怜的老实人。为此，我后来对他感到十分歉意。可是，当时我的疑虑有增无减，一连好几个星期都不能消除。我对他采取了不少防范的措施，对待他也没有像以前那样友好，那样亲热了。这样做，我又大大地错了。其实，他和从前一样，既忠实，又感恩，根本就没有想到这些事情上去。后来的事实也证明，他既是一位虔诚的基督徒，又是一位知恩图报的朋友。他的这种品质实在使我非常满意。

可是，在我对他的疑惧没有消除之前，我每天都要试探他，希望他无意中会暴露出自己的思想，以证实我对他的怀疑。可是我却发现，他说的每一句话都那么诚实无瑕，实在找不出任何可以让我疑心的东西。因此，尽管我心里很不踏实，他还是赢得了我的信任。在此期间，他一点也没有看出我对他的怀疑，我也没有根据疑心他是在装假。

有一天，我们又走上了那座小山。但这一次海上雾蒙蒙的，根本看不见大陆。我对星期五说："星期五，你不想回到自己的家乡，回到自己的部族去吗？”他说：“是的，我很想回到自己的部族去。”我说：“你回去打算做什么呢？你要重新过野蛮生活，再吃人肉，像从前那样做个食人生番吗？”他脸上马上显出郑重其事的样子，拼命摇着头说：“不，不，星期五要告诉他们做好人，告诉他们要祈祷上帝，告诉他们要吃谷物面包，吃牛羊肉，喝牛羊奶，不要再吃人肉。”我说：“那他们就会杀死你。”他一听这话，脸上显出很庄重的神情说：“不，他们不会杀我。他们爱学习。”他的意思是说，他们愿意学习。接着，他又补充说他们已经从小艇上来的那些有胡子的人那儿学了不少新东西。然后，我又问他是否想回去。他笑着对我说，他不能游那么远。我告诉他，我可以给他做条独木舟。他说，如果我愿意跟他去，他就去。“我去？”我说，“我去了他们不就把我吃掉了？”“不会的，不会的，”他说，“我叫他们不吃你。我叫他们爱你，非常非常爱你！”他的意思是说，他会告诉他们我怎样杀死了他的敌人，救了他的命。所以，他会使他们爱我。接着，他又竭力描绘他们对待那十七个白人怎么怎么好。那些白人是在船只遇难后上岸到他们那儿的，他叫他们“有胡子的人”。

从这时起，我得承认，我很想冒险渡海过去，看看能否与那些有胡子的人会合。我毫不怀疑，那些人不是西班牙人，就是葡萄牙人。我也毫不怀疑，一旦我能与他们会合，就能设法从这儿逃走。因为，一方面我们在大陆上；另一方面，我们成群结伙，人多势众。这要比我一个人孤立无援，从离大陆四十海里的小岛上逃出去容易多了。所以，过了几天之后，我又带星期五外出工作，谈话中我对他说，我将给他一条船，可以让他回到自己的部族那儿去。为此，我把他带到小岛另一头存放小船的地方。我一直把船沉在水底下，所以，到了那儿，我先把船里的水排干，再让船从水里浮上来给他看，并和他一起坐了上去。

我发觉他是一个驾船的能手，可以把船划得比我快一倍。所以，在船上，我对他说："好啦，星期五，我们可以到你的部族去了吗？"听了我的话，他愣住了。看来，他似乎是嫌这船太小，走不了那么远。这时，我又告诉他，我还有一只大一点的船。于是，第二天，我又带他到我存放我造的第一只船的地方，那只船我造好了却无法下水。他说，船倒是够大，可是，我一直没有保护它，在那儿一躺就是二十二三年，被太阳晒得到处干裂并朽烂了。星期五告诉我，这样的船就可以了，可以载"足够的食物、饮水和面包"。他是这样说的。

总之，我这时已一心一意打算同星期五一起到大陆上去了。我对他说，我们可以动手造一艘跟这一样大的船，让他坐着回家。他一句话也没有说，脸上显出很庄重、很难过的样子。我问他这是怎么回事。他反问我道："你为什么生星期五的气？我做错了什么事？"我问他这么说是什么意思，并告诉他，我根本没有生他的气。"没有生气！没有生气！"他把这句话说了一遍又一遍，"没有生气为什么要把星期五打发回家？"我说："星期五，你不是说你想回去吗？""是的，是的，"他说，"我想我们两个人都去，不是星期五去，主人不去。"总而言之，没有我，他是绝不想回去的。我说："我去！星期五，我去那儿有什么事好做呢？"他马上回答说："你可以做很多很多的好事。你可以教我们这些野人，使他们成为善良的人，有头脑的人，和气的人。你可以教他们认识上帝，祈祷上帝，使他们过一种新的生活。""唉，星期五，"我说，"你不知道你在说些什么啊！我自己也是一个无知的人啊！""你行，你行，"他说，"你能把我教好，也就能把他们大家都教好。""不行，不行，星期五，"我说，"你一个人去吧，让我一个人留在这儿，仍像以前一样过日子吧。"他听了我的话，又给弄糊涂了。他立刻跑去把他日常佩带的那把斧头取来交给我。“你给我斧头干什么？”我问他。“拿着它，杀了星期五吧！”他说。“我为什么要杀星期五呢？”我又说。他马上回答说：“你为什么要赶走星期五呢？拿斧头杀了星期五吧，不要赶他走。”他说这几句话的时候，态度十分诚恳，眼睛里噙着眼泪，简言之，我一眼就看出，他对我真是一片真情，不改初衷。因此，我当时就对他说，只要他愿意跟我在一起，我再也不打发他走了。这话我后来还经常反反复复对他说了无数次。

总之，从他全部的谈话看来，他对我的情意是坚定不移的，他绝对不愿离开我。他之所以想回到自己的家乡去，完全是出于他对自己部族的热爱，并希望我一起去对他们有好处。可是，我去了是否对他们会有用处，我自己却毫无把握，因此，我也不想为此而去对面的大陆。但是，我心里一直有一种强烈的愿望，希望我能从这儿逃走。这种愿望的起因，就是从他的谈话里得知那边有十七个有胡子的人。因此我马上就跟星期五一起，去找一棵可以砍伐的大树，拿它造条大一点的独木舟，以便驾着它到对面的大陆上去。这岛上到处是树木，足够用来造一支小小的船队，而且不仅仅是造一支独木舟的船队，而是可以造一支大船的船队。但我的主要目的，是要找一棵靠近水边的树。这样，造好之后就可以下水，避免我上次犯的错误。

最后，星期五终于找到了一棵。用什么木料造船，他要比我内行得多。直到今天，我还说不上我们砍下来的那棵树叫什么名字，只知道样子像热带美洲的黄木，或者是介于黄木和中南美洲的红杉之间的树。那种红杉又称巴西木，因为这树的颜色和气味都与这两种树相似。星期五打算用火把这棵树烧空，造成一只独木舟，但我教他用工具来凿空。我把工具的使用方法告诉他之后，他立即很机灵地使用起来了。经过一个月左右的辛勤劳动，我们终于把船造好了，而且造得很好看。我教星期五怎样使用斧头后，我俩用斧头把独木舟的外壳砍削得完全像一条正规的小船。这以后，我们差不多又花了两星期的功夫，用大转木一寸一寸地推到水里去。一旦小船下水，我们发现它载上二十个人也绰绰有余。

船下水后，虽然很大，可是星期五驾着它回旋自如，摇桨如飞，真是又灵巧又敏捷，使我大为惊异。于是我就问他，我们能不能坐这只船过海。“是的，”他说，“我们能乘它过海，就是有风也不要紧。”可是，我对船另有设计，星期五对此就一无所知了。我要给独木舟装上桅杆和船帆，还要配上锚和缆索。说到桅杆，那倒容易。我选了一根笔直的小杉树，这种树岛上到处都是，附近就找到了一棵。我让星期五把树砍下来，并教他削成桅杆的样子。可是船帆就有点伤脑筋了。我知道我藏了不少旧船帆，或者说有不少块旧帆布。但这些东西已放了二十六年了，也没有好好保管，因为以前我从来没有想到这些东西还会有什么用处。因此，我毫不怀疑，那些旧帆布早已烂掉了。事实上，大部分也确实烂掉了。可是，从这些烂帆布中间，我还是找到了两块帆布，看上去还不错，于是就动手用来做船帆。因为没有针，缝制起来就十分费力费时。花了不少力气，才勉强做成一块三角形的东西，样子丑陋不堪。那船帆的样子像我们英国的三角帆，用的时候，帆杆底下装一根横木，船篷上再装一根横木，就像我们大船的救生艇上装的帆一样。这种帆我是驾轻就熟了。因为我从巴巴里逃出来的那艘长艇上，装的就是这种帆。关于这件事，我在本书的第一部分已详细叙述过了。

这最后一项工作，差不多花了我两个月左右的功夫。因为我想把制造和装备桅杆和船帆的工作做得尽可能完美无缺。此外，我还配上小小的桅索以帮助支撑桅杆。我在船头还做了个前帆，以便逆风时行船。尤其重要的是，我在船尾还装了一个舵，这样转换方向时就能驾驭自如了。我造船的技术当然不能算高明，然而知道这些东西非常有用，而且是必不可少的，也就只好不辞辛劳，尽力去做了。在制造过程中，我当然几经试验和失败。如果把这些都计算在内，所花费的时间和力气，和造这条船本身相差无几。

小船装备完毕，我就把使用帆和舵的方法教给星期五。他当然是个划船的好手，可是对使用帆和舵却一窍不通。他见我用手掌舵，驾着小舟在海上往来自如，又见那船帆随着船行方向的变化，一会儿这边灌满了风，一会儿那边灌满了风，不禁大为惊讶——简直惊讶得有点发呆了。可是，不久我就教会了他使用舵和帆，很快他就能熟练驾驶，成了一个出色的水手。只是罗盘这个东西，我却始终无法使他理解它的作用。好在这一带很少有云雾天气，白天总能看到海岸，晚上总能看到星星，所以也不大用得着罗盘。当然雨季情况就不同了，可是雨季一般谁都不出门，不要说出海航行了，就是在岛上走走也很少。

我流落到这个荒岛上，现在已经是第二十七个年头了，虽然最后三年似乎可以不算在里面。因为自从我有了星期五做伴，生活和以前大不相同了。我像过去一样，怀着感激的心情，度过了我上岛的纪念日。假如我过去有充分的理由感谢上帝的话，那现在就更是如此了。因为现在我有更多的事实表明上帝对我的关怀，并且在我面前已呈现了极大的希望，我可以很快脱离大难，成功的可能性也极大。我心里已明确地感觉到，我脱离大难的日子为期不远，知道自己在这儿不会再待上一年了。尽管如此，我仍像过去一样，照样耕作、挖土、种植、打围篱。另外就是采集和晒制葡萄干。这些日常工作，一切都如常进行。

雨季快到了，那时我们大部分时间都只好待在家里。为此，我得先把我们的新船放置妥当。我把船移到从前卸木排的那条小河里，并趁涨潮时把它拖到岸上。我又叫星期五在那里挖了一个小小的船坞，宽度刚好能容得下小船，深度刚好在把水放进来后能把船浮起来。然后，趁退潮后，我们又在船坞口筑了一道坚固的堤坝挡住海水。这样，即使潮水上涨，也不会浸没小船。为了遮住雨水，我们又在船上面放了许多树枝，密密麻麻地堆了好几层，看上去像个茅草屋的屋顶。就这样，我们等候着十一月和十二月的到来：那是我准备冒险的日期。

旱季快到了。随着天气日渐转好，我又忙着计划冒险的航行。我做的第一件事，就是储备起足够的粮食供航行之用，并打算在一两个星期内掘开船坞，把船放到水里去。一天早晨，我正忙着这类事情，就叫星期五去海边抓个海鳖。我们每星期总要抓一两只回来，吃它的蛋和肉。星期五去了不久，就飞也似的跑回来，一纵身跳进外墙，他跑得飞快，仿佛脚不着地似的。我还来不及问他是怎么回事，他就大叫道："主人，主人，不好了，不好了！"我说："什么事，星期五？"他说："那边有一只，两只，三只独木舟。一只，两只，三只！"我听了他这种说法，还以为有六只独木舟呢，后来又问了问，才知道只有三只。我说："不要害怕，星期五。"我尽量给他壮胆。可是，我看到这可怜的家伙简直吓坏了，因为他首先想到的是，这些人是来找他的，并准会把他切成一块块吃掉。他一直浑身发抖，简直叫我对他毫无办法。我尽量安慰他，告诉他我也和他一样有危险，他们也会吃掉我。"不过，"我说，"星期五，我们得下定决心与他们打一仗。你能打吗，星期五？"他说："我会放枪，可他们来的人太多。"我说："那不要紧，我们的枪就是不打死他们，也会把他们吓跑。"于是我又问他，如果我决心保卫他，他是否会保卫我，站在我这边，听我的吩咐。他说："你叫我死都行，主人。"于是我拿了一大杯甘蔗酒让他喝下去。甘蔗酒我一向喝得很省，因此至今还剩下不少。等他把酒喝下去之后，我叫他去把我们平时经常携带的那两支鸟枪拿来，并装上大号的沙弹。那些沙弹有手枪子弹那么大。接着，我自己也取了四支短枪，每支枪里都装上两颗弹丸和五颗小子弹，又把两支手枪各装了一对子弹。此外，我又在腰间挂了那把没有刀鞘的大刀，给了星期五那把斧头。

做好战斗准备，我就拿了望远镜跑到山坡上去看动静。从望远镜里，我一下子就看出，一共来了二十来个野人，带了三个俘虏。他们一共有三只独木舟。看样子，他们来这儿的目的是要拿这三个活人开一次胜利的宴会。这真是一种野蛮的宴会。但我也知道，对他们而言，这是习以为常的事情。

我还注意到，他们这次登陆的地点，不是上回星期五逃走的那地方，而是更靠近我那条小河的旁边。那一带海岸很低，并且有一片茂密的树林一直延伸到海边。看到他们登岸，想到这些畜生所要干的残忍的勾当，真令人打心底里感到憎恶。我怒气冲天，急忙跑下山来，告诉星期五，我决心把那些畜生斩尽杀绝，问他肯不肯站在我一边。这时星期五已消除了他恐惧的心情，又因为我给他喝了点甘蔗酒，精神也大为振奋。听了我的话，他大为高兴，并一再向我表示，就是我叫他死，他也情愿。

我当时真是义愤填膺。我先把早已装好弹药的武器分作两份。交给星期五一支手枪，叫他插在腰带上，又交给他三支长枪，让他背在肩上。我自己也拿了一支手枪和三支长枪。我们就这样全副武装出发了。我又取了一小瓶甘蔗酒放在衣袋里，并把一大袋火药和子弹交给星期五拿着。我告诉星期五要听我指挥，命令他紧跟在我身后，没有我的命令，不得乱动，不得随便开枪，不得任意行动，也不许说话。就这样，我向右绕了一个圈子，差不多有一英里，以便越过小河，钻到树林里去。我要在他们发现我之前，就进入射击他们的距离，因为根据我用望远镜观察，这一点是很容易做到的。

在前进过程中，我过去的一些想法又回到了我的心头，我的决心动摇了。这倒不是我怕他们人多，因为他们都是赤身裸体，没有武器，我对他们可以占绝对优势，这是毫无疑问的，哪怕我一个人也不成问题。可是，我想到的是，我究竟有什么使命，什么理由，什么必要去杀人流血，要去袭击这些人呢？他们既没有伤害过我，也无意要伤害我。对我而言，他们是无辜的。至于他们那种野蛮的风俗，也只是他们自己的不幸，只能证明上帝有意让他们和他们那一带民族停留于愚昧和野蛮的状态。上帝并没有召唤我，要我去判决他们的行为，更没有要我去执行上帝的律法。任何时候，只要上帝认为适当，他尽可以亲自执法，对他们全民族所犯的罪行，进行全民性的惩罚。即使那样，也与我无关。当然，对星期五来说，他倒是名正言顺的，因为他和这群人是公开的敌人，和他们处于交战状态。他要去攻击他们，那倒是合法的。但对我来说，情况就不同了。我一边往前走，一边被这些想法纠缠着。最后，我决定先站在他们附近，观察一下他们野蛮的宴会，然后根据上帝的指示，见机行事。我决定，若非获得上帝感召，决不去干涉他们。

这样决定之后，我就进入了树林。星期五紧随我身后，小心翼翼、悄然无声地往前走。我们一直走到树林的边缘，那儿离他们最近，中间只隔着一些树木，是树林边沿的一角。到了那里后，我就悄悄招呼星期五，指着林角上最靠外的一棵大树，要他隐蔽在那树后去观察一下，如果能看清楚他们的行动，就回来告诉我。他去了不大一会儿，就回来对我说，从那儿他看得很清楚，他们正围着火堆吃一个俘虏的肉，另外还有一个俘虏，正躺在离他们不远的沙地上，手脚都捆绑着。照他看来，他们接着就要杀他了。我听了他的话，不禁怒火中烧。他又告诉我，那躺着的俘虏不是他们部落的人，而是他曾经对我说过的坐小船到他们部落里去的那种有胡子的人。我听说是有胡子的白人，不禁大为惊讶。我走近那棵大树背后用望远镜一看，果然看见一个白人躺在海滩上，手脚被菖蒲草一类的东西捆绑着。同时，我还看出，他是个欧洲人，身上穿着衣服。这时，我看到在我前面还有一棵树，树前头有一小丛灌木，比我所在的地方离他们要近五十码。我只要绕一个小圈子，就可以走到那边，而且不会被他们发觉。只要一到那边，我和他们的距离就不到一半的射程了。这时，我已怒不可遏了，但还是强压心头的怒火，往回走了二十多步，来到一片矮树丛后面。靠着这片矮树丛的掩护，我一直走到那棵大树背后。那里有一片小小的高地，离那些野人大约有八十码远。我走上高地，把他们的一举一动看得清清楚楚。

事情已发展到万分紧急的关头了，因为我看到有十九个野人挤在一起坐在地上。他们派出另外两个野人去宰杀那可怜的基督徒。看来，他们是要肢解他，一条胳膊一条腿地拿到火上去烤。我看到那两个野人这时已弯下腰，解着那白人脚上绑的东西。我转头对星期五说："听我的命令行动。"星期五说他一定照办。我就说："好吧，星期五，你看我怎么办就怎么办，不要误事。"于是，我把一支短枪和一支鸟枪放在地下，星期五也跟着把他的一支鸟枪和一支短枪放在地下。我用剩下的一支短枪向那些野人瞄准，并叫星期五也用枪向他们瞄准。然后，我问星期五是否准备好了，他说："好了。"我就说："开火！"同时我自己也开了枪。

星期五的枪法比我强多了。射击的结果，他那边打死了两个，伤了三个。我这边只打死了一个，伤了两个。不必说，那群野人顿时吓得魂飞天外，那些未死未伤的全部从地上跳了起来，不知道往哪儿跑好，也不知道往哪儿看好，因为他们根本不知道这场灾祸是打哪儿来的。星期五一双眼睛紧盯着我，因为我吩咐过他，注意我的动作。我放完第一枪，马上把手里的短枪丢在地上，拿起一支鸟枪；星期五也照着做了。他看见我闭起一只眼瞄准，他也照样瞄准。我说："星期五，你预备好了吗？"他说："好了。"我就说："凭上帝的名义，开火！"说着，我就向那群惊慌失措的畜生又开了一枪，星期五也开了枪。这一次，我们枪里装的都是小铁沙或手枪子弹，所以只打倒了两个，但受伤的却很多。只见他们像疯子似的乱跑乱叫，全身是血，大多数受了重伤。不久，其中有三个也倒下了，虽然还不曾完全死去。

我把放过了的鸟枪放下来，把那支装好弹药的短枪拿在手里，对星期五说："现在，星期五，你跟我来！"他果然勇敢地跟着我。于是我冲出树林，出现在那些野人面前。星期五紧跟在我后面，寸步不离。当我看到他们已经看得见我们时，我就拼命大声呐喊，同时叫星期五也跟着我大声呐喊。我一面呐喊，一面向前飞跑。其实我根本跑不快，因为身上的枪械实在太重了。我一路向那可怜的俘虏跑去。前面已经说过，那可怜的有胡子的人这时正躺在野人们所坐的地方和大海之间的沙滩上。那两个正要动手杀他的屠夫，在我们放头一枪时，早已吓得魂不附体。他们丢开了俘虏，拼命向海边跑去，跳上了一只独木舟。这时，那群野人中也有三个向同一方向逃跑。我回头吩咐星期五，要他追过去向他们开火。他立即明白了我的意思。向前跑了约四十码，跑到离他们较近的地方，就向那批野人开枪。起初我以为他把他们通通打死了，因为我看到他们一下子都倒在船里了。可是不久我又看到他们中有两个人很快又坐起来。尽管这样，他也打死了两个，打伤了一个；那个受伤的倒在船舱里，仿佛死了一般。

当星期五向那批逃到独木舟上的野人开火时，我拔出刀子，把那可怜的家伙身上捆着的菖蒲草割断，给他的手脚松了绑，然后把他从地上扶起来。我用葡萄牙语问他是什么人。他用拉丁语回答说："基督徒。"他已疲惫不堪，浑身瘫软，几乎站都站不起来，甚至连话都说不出来。我从口袋里拿出那瓶酒，做手势叫他喝一点。他马上喝了几口。我又给了他一块面包，他也吃了下去。于是我又问他是哪个国家的人，他说："西班牙人。"这时，他精神已稍稍有些恢复，便做出各种手势，表示他对我救他的命如何如何感激。"先生，"我把我所能讲的西班牙语通通搬了出来，"这些我们回头再说吧。现在打仗要紧。要是你还有点力气的话，就拿上这支手枪和这把刀杀过去吧！"他马上把武器接过去，表示十分感激。他手里一拿到武器，就仿佛产生了新的力量，顿时就向他的仇人们扑过去，一下子就砍倒了两个，并把他们剁成肉泥。因为，事实上，我们所进行的这场攻击实在太出乎他们的意料了，这班可怜的家伙给我们的枪声吓得东倒西歪，连怎样逃跑都不知道，就只好拿他们的血肉之躯来抵挡我们的枪弹。星期五在小船上打死打伤的那五个，情形也一样。他们中有三个确实是受了伤倒下的，另外两个却是吓昏了倒下的。

这时候，我手上仍拿着一支枪，但我没有开枪，因为我已把手枪和腰刀给了那个西班牙人，手里得留一支装好弹药的枪，以防万一。我把星期五叫过来，吩咐他赶快跑到我们第一次放枪的那棵大树边，把那几支枪拿过来。他一下子就取回来了。于是我把自己的短枪交给他，自己坐下来给所有的枪再次装上弹药，并告诉他需要用枪时随时可来取。正当我在装弹药时，忽然发现那个西班牙人正和一个野人扭作一团，打得不可开交。那个野人手里拿着一把木头刀跟西班牙人拼杀。这种木头刀，正是他们刚才准备用来杀他的那种武器，要不是我及时出来阻止，早就把他杀死了。那西班牙人虽然身体虚弱，却异常勇猛。我看到他时，他已和那野人恶战了好一会儿了，并且在那野人头上砍了两个大口子。可是，那野人强壮无比，威武有力，只见他向前猛地一扑，就把西班牙人撂倒在地上，并伸手去夺西班牙人手中的刀。那西班牙人被他压在底下，急中生智，连忙松开手中的刀，从腰间拔出手枪，没等我来得及跑过去帮忙，他早已对准那个野人，一枪结果了敌人的性命。

星期五趁这时没人管他，就手里只拿了一把斧头，向那些望风而逃的野人追去。他先用斧头把刚才受伤倒下的三个野人结果了性命，然后把他能追赶得上的野人杀个精光，一个不留。这时候，那西班牙人跑过来向我要枪，我就给了他一支鸟枪。他拿着鸟枪，追上了两个野人，把他们都打伤了，但因为他已没有力气再跑了，那两个受伤的野人就逃到树林里去了。这时星期五又追到树林里，砍死了一个；另一个却异常敏捷，虽然受了伤，还是跳到海里，奋力向留在独木舟上的那两个野人游去。这三个人，连同一个受了伤而生死不明的野人，从我们手中逃出去了，二十一人中其余的十七人，都被我们打死了。全部战果统计如下：

被我们从树后第一枪打死的，三人；
第二枪打死的，二人；
被星期五打死在船上的，二人；
受伤后被星期五砍死的，二人；
在树林中被星期五砍死的，一人；
被西班牙人杀死的，三人；
在各处因伤毙命或被星期五追杀而死的，四人；
在小船里逃生的，共四人，其中一人虽没有死，也受了伤。
以上共计二十一人。

那几个逃上独木舟的野人，拼命划着船，想逃出我们的射程。

虽然星期五向他们开了两三枪，可我没看到他打中任何人。星期五希望用他们的独木舟去追杀他们。说实在的，放这几个野人逃走，我心里也很有顾虑。因为若把消息带回本部落，说不定他们会坐上两三百条独木舟卷土重来，那时，他们将以多胜少，把我们通通杀光吃掉。所以我也同意星期五到海上去追他们。我立刻跑向一条独木舟跳了上去，并叫星期五也一起上来。可是，我一跳上独木舟，就发现船上还躺着一个俘虏，真是大大出乎我的意料，那俘虏也像那西班牙人一样，手脚都被捆绑着，等着被杀了吃掉。因为他无法抬头看船外边的情况，所以不知道究竟发生了什么事，人已吓得半死；再加上脖子和脚给绑得太紧，而且也绑得太久，所以只剩一口气了。

我立刻把捆在他身上的菖蒲之类的东西割断，想把他扶起来，但是他连说话的力气都没有了，更不要说站起来了。他只是一个劲儿地哼哼着，样子可怜极了，因为他还以为给他松绑是准备拿他开刀呢。

星期五一上船，我就叫星期五跟他讲话，告诉他已经获救了。同时，我又把酒瓶掏出来，叫星期五给这可怜的野人喝两口。那野人喝了酒，又听见自己已经获救，不觉精神为之一振，居然马上坐了起来。不料，星期五一听见他说话，往他的脸一看，立刻又是吻他，又是拥抱他，又是大哭大笑，又是大喊大叫；接着又是一个劲儿地乱跳狂舞，大声唱歌；然后又是大哭大号，又是扭自己的两手，打自己的脸和头；继而又是高声大唱，又是乱跳狂舞，活像个疯子。他那样子，任何人看了都要感动得流泪。他这样发疯似的闹了好半天，我才使得他开口，让他告诉我究竟是怎么回事。他稍稍镇静了一会，才告诉我，这是他父亲。

我看见这可怜的野人见到他父亲，见到他父亲已绝处逢生，竟流露出如此的孝心，简直欣喜若狂，我内心所受感动实难言表。不仅如此，在他们父子相逢之后，他那种心情激动、不能自禁的样子，我更是无法形容。只见他一会儿跳上小船，一会儿又跳下来，这样上上下下，不知折腾了多少趟。每次一上船，他总要坐到他父亲身边，袒开胸膛，把父亲的头紧紧抱在胸口，一抱就是半个钟头。他这样做是为了使父亲感到舒服些。然后，他又捧住他父亲被绑得麻木和僵硬的手或脚，不停地搓擦。我见他这样做，就把酒瓶里的甘蔗酒倒了一些出来给他，叫他用酒来按摩，这样效果果然好多了。

发生了这件事，我们就没能再去追那条独木舟上的野人了。他们这时也已划得很远很远，差不多连影子都看不见了。事实上，我们没有去追击，倒是我们的运气。因为不到两小时，海上就刮起了大风，我们估计那些逃跑的野人还没有走完四分之一的路程。大风刮了整整一夜，还是西北风，对他们来说正是逆风，所以我估计，他们的船就是不翻也到不了自己的海岸。

现在再回过头来谈谈星期五吧。他这时正围着他父亲忙得不可开交，使我不忍心差他去做什么事。等我觉得他可以稍稍离开一会儿时才把他叫过来。他过来了，又是跳，又是笑，一副兴高采烈的样子。我问他有没有给他父亲吃面包。他摇头说："没有，我这丑狗头把面包吃光了。"于是我从自己特意带出来的一只小袋袋里掏出一块面包给他，又给了他一点酒，叫他自己喝。可是，他连尝都不肯尝一下，一股脑儿拿到他父亲那里去了。我衣袋里还有两三串葡萄干，我给了他一把，叫他也拿给他父亲吃。他把这把葡萄干送给他父亲之后，马上又跳出小船，像着了魔似的向远处跑去，而且跑得飞快。他真是我生平见到过的唯一的"飞毛腿"，一下子就跑得无影无踪了。尽管我对着他大声叫喊，他还是头也不回地一个劲儿往前跑。不到一刻钟，他跑回来了，不过速度已经没有去的时候那么快了。当他走近时，我才发现原来他手里还拿着东西，所以跑得不那么快了。

他走到我面前我才知道，原来他是跑回家去取一只泥罐子，替他父亲弄了些淡水来，并且又带来了两块面包。他把面包交给我，把水送给他父亲。我这时也感到很渴了，就顺便喝了一口。他父亲喝了点水后，精神好多了，比我给他喝酒还有效，因为他确实渴得快要昏过去了。

他父亲喝完水，我便把星期五叫过来，问他罐子里还有没有水。他说："有。"我就叫他把水送给那西班牙人喝，因为他也和星期五的父亲一样快渴死了。我又叫他把他带来的面包也送一块给那西班牙人吃。这时，那西班牙人已一点力气也没有了，正躺在一棵树底下的绿草地上休息。他的手脚因刚刚被绑得太紧，现在又肿又硬。我看到星期五把水给他送过去，他就坐起来喝水，并把面包接了过去，开始吃起面包来了。我走到他面前，又给了他一把葡萄干。他抬起头来望着我，脸上露出无限感激的样子。可是他身子实在太虚弱了，尽管他在与野人战斗时奋力拼搏，但现在却连站都站不起来。他试了两三回，可是脚踝肿胀得厉害，痛得根本站不住。我叫他坐下别动，要星期五替他搓脚踝，就像他替父亲搓擦手脚那样。我还让他用甘蔗酒擦洗擦洗。

我发现，星期五真是个心地诚挚的孝子。他一边为西班牙人搓擦，一边频频回头看他的父亲是否还坐在原来的地方。有一次，他忽然发觉他父亲不见了，就立即跳起来，一句话也不说，飞跑到他父亲那边，他跑得飞快，简直脚不点地。他过去一看，原来他父亲为了舒展手脚的筋骨，躺了下去。他这才放心，又赶紧回来。这时我对西班牙人说，让星期五扶他走到小船上，然后坐船到我们的住所，这样我可以照顾他。不料星期五力大无比，一下子把那西班牙人背在身上，向小船那边走去。到了船边，星期五把西班牙人朝里轻轻放到船沿上，又把他拖起来往里一挪，安置在他父亲身旁。然后，星期五立即跳出小船，把船推到水里，划着它沿岸驶去。尽管这时风已刮得很大了，可他划得比我走还快。他把他俩安全地载到那条小河里，让他们在船里等着，他自己又马上转身回来，去取海边的另一条独木舟。我在半路遇上他，问他上哪儿去。他说："去取那只小船。"说完又一阵风似的跑了，比谁都跑得快，甚至可以说比马都跑得快。我从陆路刚走到小河边，他就已经把另一条独木舟划进河里了。他先把我渡过小河，又去帮助我们两位新来的客人下了船。可是他俩都已无法走动，把可怜的星期五弄得一筹莫展。

为了解决这一问题，我便开动脑筋。我让星期五叫他俩坐在河边，让他自己到我身边来。不久，我们便做了一副类似担架的东西。我们把他俩放上去，我和星期五一前一后抬着他俩往前走。可是，抬到住所围墙外面时，我们却又不知怎么办才好了。因为要把他们两人背过墙去是绝对不可能的，但我又不愿拆坏围墙。于是，我和星期五只好动手搭个临时帐篷。不到两小时帐篷就搭成了，而且样子也挺不错。帐篷顶上盖的是旧帆布，帆布上又铺上树枝。帐篷就搭在我们外墙外面的那块空地上；也就是说，在外墙和我新近种植起来的那片幼林之间。在帐篷里，我们用一些现成的稻草搭了两张地铺，上面各铺了一条毯子垫着，再加上一条毯子做盖被。

现在，我这小岛上已经有了居民了。我觉得自己已有了不少百姓。我不禁觉得自己犹如一个国王。每当想到这里，心里有一种说不出的喜悦。首先，整个小岛都是我个人的财产，因此，我对所属的领土拥有一种毫无异议的主权；其次，我的百姓对我都绝对臣服，我是他们的全权统治者和立法者。他们对我都感恩戴德，因为他们的性命都是我救下来的。假如有必要，他们个个都心甘情愿为我献出他们自己的生命。还有一点值得一提，我虽然只有三个臣民，但他们却分属三个不同的宗教：星期五是新教徒；他的父亲是异教徒，而且还是个吃人的生番；而那个西班牙人却又是个天主教徒。可是，在我的领土上，我允许宗教信仰自由。当然，这些只是在这儿顺便提提罢了。

我解救出来的两个俘虏身体已十分虚弱。我首先把他们安顿好，使他们有遮风避雨和休息的地方，然后，就想到给他们弄点吃的东西。我先叫星期五从羊圈里挑了一只不大不小的山羊把它宰了。我把山羊的后半截剁下来，切成小块，叫星期五加上清水煮，又在汤里加了点小麦和大米，制成味道鲜美的羊肉糊汤。这顿饭是在露天做的，因为我从不在内墙里面生火做饭。羊肉汤烧好后，我就端到新帐篷里去，又在那里替他们摆上一张桌子，坐下来和他们一块吃起来，同时和他们又说又笑，尽可能鼓起他们的精神。谈话时，星期五就充当我的翻译，除了把我的话翻给他父亲听以外，有时也翻给那西班牙人听，因为那西班牙人说他们部落的话已说得相当不错了。

吃完了中饭，或者不如说吃完了晚饭，我就命令星期五驾一条独木舟，把我们的短枪和其他枪支搬回来，因为当时时间仓促，这些武器仍留在战场上。第二天，我又命令他把那些野人的尸体埋掉，因为尸体在太阳下暴晒，不久就会发臭。我也叫他把他们那场野蛮的人肉宴所剩下来的残骨剩肉也一起顺便埋掉。我知道那些残骸还剩有不少，可我实在不想自己亲自动手去埋掉——不要说埋，就是路过都不忍看一眼。所有这些工作，星期五都很快就完成了，而且，他把那群野人留在那一带的痕迹都消灭得干干净净。后来我再到那边去时，要不是靠了那片树林的一角辨别方向，简直认不出那个地方了。

我和我两个新到的臣民进行了一次简短的谈话。首先，我让星期五问问他父亲，那几个坐独木船逃掉的野人会有什么结果，并问他，他是否认为，他们会带大批野人卷土重来，人数可能会多得我们难以抵抗。他的第一个反应是，那条小船必然逃不过那天晚上的大风；那些野人不是淹死在海里，就是给大风刮到南方其他海岸上去了。假如被刮到那边去的话，他们必然会被当地的野人吃掉；而如果他们的小船出事的话，也必然会淹死。至于说，万一他们真能平安抵达自己的海岸，他们可能会采取什么行动，星期五的父亲说，那他就很难说了。不过，照他看来，他们受到我们的突然袭击，被我们的枪声和火光已吓得半死，所以他相信，他们回去以后，一定会告诉自己部落里的人，说那些没有逃出来的人，是给霹雳和闪电打死的，而不是给敌人打死的。至于那两个在他们面前出现的人，也就是我和星期五，他们一定以为是从天上下来消灭他们的天神或复仇之神，因为他亲耳听到他们用自己部族的土话把这意思传来传去。他们怎么也不能想象，人居然又会喷火，又会放雷，而且连手都不抬一下，就会在远处把人打死。这位年迈的野人说得果然不错。因为，后来事实证明，那些野人再也不敢到岛上来了。看来，那四个人居然从风浪里逃出性命，回到了自己的部落。部落里的人听了他们四人的报告，简直吓坏了。他们一致相信，任何人到这魔岛上来，都会被天神用火烧死。

当然，我开始不知道上述情况。所以，有很长一段时间，整天提心吊胆，带着我的全部军队严加防守。我感到，我们现在已有四个人了，哪怕他们来上一百人，只要在平坦空旷的地方，我都敢跟他们干一仗。

过了一些时候，并没有见野人的独木舟出现。我害怕他们反攻的担心也就渐渐消失了，并重又开始考虑坐船到大陆上去的老问题。我之所以重新考虑这个问题，还有另一个原因，那就是：星期五的父亲向我保证，我若到他们那儿去，他们全部族的人一定会看在他的面上，十分友好地接待我。

可是，当我和那西班牙人认真交谈之后，又把这个念头暂时收起来了。因为他告诉我，目前他们那边还有十六个西班牙人和葡萄牙人。他们自从船只遇难，逃到那边之后，确实也和那些野人相处得很好，但生活必需品却十分匮乏，连活都活不下去了。我仔细询问了他们的航程，才知道他们搭的是一条西班牙船，从拉普拉塔河出发，前往哈瓦那，准备在哈瓦那卸货。船上主要装的是皮货和银子，然后再看看有什么欧洲货可以运回去。他们船上有五个葡萄牙水手，是从另一条遇难船上救下来的。后来他们自己的船也出事了，淹死了五个西班牙船员，其余的人经过无数艰难危险，逃到那些食人生番聚居的海岸时，几乎都快饿死了。上岸后，他们也无时无刻不在担心给那些野人吃掉。

他又告诉我，他们本来也随身带了一些枪械，但因为既无火药，又无子弹，所以毫无用处。原来他们所有的弹药都给海水浸湿了，身边仅剩的一点点，也在他们初上岸时打猎充饥用完了。

我问他，在他看来，那些人结果会怎样，有没有逃跑的打算。他说，他们对这件事也曾商量过许多次，但一没船，二没造船的工具，三没粮食，所以商量来商量去，总是没有结果，往往以眼泪和失望收场。

我又问他，如果我向他们提出一个使他们逃生的建议，在他看来，他们是否会接受。如果让他们都到我这岛上来，这件事能否实现？我很坦率地告诉他，我最怕的是，一旦我把自己的生命交到他们的手里，他们说不定会背信弃义，恩将仇报。因为感恩图报并非人性中固有的美德，而且，人们往往不是以其所受的恩惠来行动，更多的时候，他们是根据他们所希望获得的利益来行动的。我又告诉他，假如我帮助他们脱离险境，而结果他们反而把我当作俘虏，押送到新西班牙[1]去，那对我来说处境就相当危险了。因为英国人一到那里，就必定会受到宗教迫害，不管他是出于不得已的原因去的，还是偶然到那里的。我说，我宁可把生命交给那些野人，让他们活活把我吃掉，也不愿落到那些西班牙僧侣的手里，受宗教法庭的审判。我又补充说，假如他们不会背弃我的话，我相信，只要他们到岛上来，我们有这么多人手，就一定可以造一条大船，把我们大家一齐载走，或向南开往巴西，或向北开往西印度群岛或西班牙海岸。可是，如果我把武器交到他们手中，他们反而恩将仇报，用武力把我劫持到西班牙人那里去，我岂不是好心不得好报，处境反而比以前更糟了吗？

听了我的话，他回答说，他们当前处境非常悲惨，而且吃足了苦头，所以，他深信，他们对任何能帮助他们脱险的人一定不会有忘恩负义的念头。他说这些话时，态度极为诚恳坦率。同时，他又说，如果我愿意的话，他可以同老野人一起去见他们，同他们谈谈这件事，然后把他们的答复带回来告诉我。他说他一定会跟他们订好条件，叫他们郑重宣誓，绝对服从我的领导，把我看作他们的司令和船长；同时，还要让他们用《圣经》和《福音书》宣誓对我效忠到底，不管我叫他们到哪一个基督教国家去，都要毫无异议地跟我去，并绝对服从我的命令，直到他们把我送到我所指定的地方平安登陆为止。最后，他又说，他一定要叫他们亲手签订盟约，并把签约带回来见我。

接着他又对我说，他愿意首先向我宣誓，没有我的命令，他一辈子也不离开我；万一他的同胞有什么背信弃义的事情，他将和我

① 新西班牙，指在新大陆的西班牙殖民地。

一起战斗，直至流尽最后一滴血。

他还告诉我，他们都是很文明、很正直的人，目前正在危难之中；他们既没有武器，也没有衣服，也没有食物，命运完全掌握在野人的手里。他们没有重返故乡的希望。因此，他敢保证，只要我肯救他们脱离大难，他们一定愿意跟我一起出生入死。

听了他这一番保证，我决定尽一切可能冒一下险救他们出来，并想先派那老野人和这位西班牙人渡海过去同他们交涉。可是，当我们一切准备妥当，正要派他们出发时，那个西班牙人忽然自己提出了反对意见。他的意见不仅考虑慎重周到，而且出乎至诚，使我十分高兴。于是，我听从了他的劝告，把搭救他同伴的计划延迟了一年半。情况是这样的：

这位西班牙人和我们一起，已生活了个把月了。在这一个月里，我让他看到，在老天爷的保佑下，我是用什么方法来维持自己的生活的。同时，他也清楚地看到我的粮食储备究竟有多少。这点粮食我一个人享用当然绰绰有余，但如果不厉行节约，就不够现在一家人吃了，因为我现在家里的成员已增加到四口人。如果他的几位同胞从对岸一起过来，那是肯定不够吃的。据他说，他们那边还有十四个人活着。[①]如果我们还要造条船，航行到美洲的一个基督教国家的殖民地去，这点粮食又怎么够全船的人一路上吃呢？因此，他对我说，他认为最好让他和星期五父子再开垦一些土地，把我能省下来的粮食全部做种子，通通播下去，等到再收获一季庄稼之后，再谈这个问题。这样，等他的同胞过来之后，就有足够的粮食吃了。因为，缺乏生活必需品，往往会引起大家的抱怨，或者他们会认为自己出了火坑，又被投入了大海。“你知道，”他说，“以色列人当初

① 从前后数次提到的人数来看，应该是还有16个人活着。

被救出埃及时感到高兴，但在旷野里缺乏面包时，他们甚至反叛了拯救他们的上帝。”[①]

他的顾虑完全是合情合理的，他的建议也非常好，所以，我不仅对他的建议非常赏识，而且对他的忠诚也极为满意。于是，我们四个人就一齐动手用那些木头工具掘地。不到一个月工夫，就开垦好了一大片土地，赶在播种季节之前，正好把地整理好。我们在这片新开垦的土地上，种下了二十二蒲式耳大麦和十六罐稻谷——总之，我们把能省下来的全部粮食都当作种子用了。实际上，在收获以前的六个月中，我们所保留下来的大麦甚至还不够我们吃的。这六个月，是指从我们把种子储存起来准备播种算起。在这儿热带地区，从播种到收获是不需要六个月的。

现在，我们已有不少居民，即使那些野人再来，也不用害怕了，除非他们来的人数特别多。所以，我们只要有机会，就可在全岛到处自由来往。由于我们的脑子里都想着逃走和脱险的事情，所以大家都无时无刻不在想办法，至少我自己是如此。为了这个目的，我把几棵适于造船的树做了记号，叫星期五父子把它们砍倒。然后，我又把自己的意图告诉那西班牙人，叫他监督和指挥星期五父子工作。我把自己以前削好的一些木板给他们看，告诉他们我是怎样不辞辛劳地把一棵大树削成木板的，并叫他们照着去做。最后，他们居然用橡树做成了十二块很大的木板，每块约二英尺宽，三十五英尺长，二英寸至四英寸厚。至于这项工作究竟花费了多么艰巨的劳动，那就可想而知了。

同时，我又想尽办法把我那小小的羊群繁殖起来。为此，我让星期五和那西班牙人头一天出去，我和星期五的父亲第二天出去，

---

①《圣经·旧约·出埃及记》16。

采用这种轮流出动的办法，捉了二十多只小山羊，把它们和原有的羊圈养在一起。因为每当我们打到母羊，就把小羊留起来送到羊群中去饲养。此外，更重要的是，当晒制葡萄的季节到来时，我叫大家采集了大量的葡萄，把它们挂在太阳底下晒干。要是我们在以生产葡萄干著称的阿利坎特[①]，我相信，我们这次制成的葡萄干可以足足装满六十大桶至八十大桶。葡萄干和面包是我们日常生活的主要食品，而且葡萄干又好吃，又富于营养，对于改善我们的生活起了很大的作用。

收获庄稼的季节到了。我们的收成不错，尽管这不能说是岛上的丰收年，但收获的粮食也足够应付我们的需要了。我们种下去的二十二蒲式耳大麦，现在居然收进并打出来了二百二十多蒲式耳；稻米收成的比例也差不多。这些存粮，就是那边十六个西班牙人通通到我们这边来，也足够我们吃到下一个收获季节；或者，如果我们准备航海的话，也可以在船上装上足够的粮食。有了这些粮食，我们可以开到世界上任何地方去——我是说，可以开到美洲大陆的任何地方去。

我们把收获的粮食收藏妥当后，大家又动手编制更多的藤器——也就是编制一些大筐子用来装存粮。那西班牙人是个编藤器的好手，做得又好又快，而且老怪我以前没有编更多的藤器做防御之用。但我看不出有什么必要。

现在，我们已有了粮食，足够供应我所盼望的客人了。我就决定让那西班牙人到大陆上去走一趟，看看有什么办法帮助那批还留在那边的人过来。临行之前，我向他下了严格的书面指示，即任何人，如果不先在他和那老野人面前发誓，表明上岛之后决不对我进

---

① 阿利坎特，西班牙东南部省名。

行任何伤害或攻击的，都不得带到岛上来。因为我是好心把他们接过来，准备救他们脱险的。同时，还要他们发誓，在遇到有人叛变的时候，一定要和我站在一起，保卫我，并且无论到什么地方，都要绝对服从我的指挥。我要求他们把这些条件都写下来，并亲笔签名。我知道他们那边既无笔，也无纸，他们怎么能把这一切写下来并亲笔签名呢？可是，这一点我们大家都没有问过。

那个西班牙人和那个老野人，也就是星期五的父亲，在接受了我的这些指示后就出发了。他们坐的独木舟，当然就是他们上岛时坐的其中的一只。更确切地说，当初他们是被那伙野人当作俘虏用其中的一只独木舟载到岛上来的，而那伙野人把他们载到岛上来是准备把他们杀了吃掉的。

我还给了他们每人一支短枪，都带着燧发机。又给了他们八份弹药，吩咐他们尽量节约使用，不到紧急关头都不要用。

这是一件令人愉快的工作，因为二十七年来，这是第一次我为解救自己所采取的实际步骤。我给了他们许多面包和葡萄干，足够他们吃好几天，也足够那批西班牙人吃上七八天。于是我祝他们一路平安，送他们动身。同时，我也同他们约定好他们回来时船上应悬挂的信号。这样，他们回来时，不等靠岸我老远就可把他们认出来了。

他们出发时，正好是顺风。据我估计，那是十月中旬月圆的一天。至于准确的日期，自从我把日历记错后，就再也弄不清楚了。我甚至连年份有没有记错都没有把握，但后来我检查我的记录时，发现年份倒没有记错。

他们走后，我刚刚等到第八天，忽然发生了一件意外的事情。这件事那么奇特，那么出人意料，也许是有史以来闻所未闻的。那天早晨，我在自己的茅舍里睡得正香，忽然星期五跑进来，边跑边嚷:“主人，主人，他们来了！他们来了！”

我立即从床上跳起来，不顾一切危险，急忙披上衣服，穿过小树林（现在它已长成一片浓密的树林了），跑了出来。我说不顾一切危险，意思是我连武器都没有带就跑出来了。这完全违反了我平时的习惯。当我放眼向海上望去时，不觉大吃一惊。只见四五海里之外，有一只小船，正挂着一副所谓“羊肩帆”向岸上驶来。当时正好顺风，把小船直往岸上送。接着我就注意到，那小船不是从大陆方向来的，而是从岛的最南端驶过来的。于是我把星期五叫到身边，叫他不要离开我。因为，这些人不是我们所期待的人，现在还不清楚他们是敌是友。

然后，我马上回家去取望远镜，想看看清楚他们究竟是些什么人。我搬出梯子，爬上山顶。每当我对什么东西放心不下，想看个清楚，而又不想被别人发现，就总是爬到这山上来瞭望。

我一上小山，就看见一条大船在我东南偏南的地方停泊着，离我所在处大约有七八海里，离岸最多四五海里。我一看就知道，那是一艘英国船，而那只小船的样子也是一条英国长艇。

我当时混乱的心情实难言表。一方面，我看到了一艘大船，而且有理由相信船上有我的同胞，是自己人，心里有一种说不出的高兴。然而，另一方面，我心里又产生了一种怀疑。我不知道这种怀疑从何而来，但却促使我警惕起来。首先，我想，一条英国船为什么要开到这一带来。因为这儿不是英国人在世界上贸易往来的要道。其次，我知道，近来并没有发生过什么暴风雨，不可能把他们的船刮到这一带来。如果他们真的是英国人，他们到这一带来，一定没安好心。我与其落到盗贼和罪犯手里，还不如像以前那样过下去。

有时候，一个人明明知道不可能有什么危险，但心里却会受到一种神秘的暗示，警告我们有危险。对于这种暗示和警告，任何人都不能轻视。我相信，凡是对这类事情稍稍留意的人，很少人能否认可以得到这种暗示和警告。同时，不容置疑的是，这种暗示和警告来自一个看不见的世界，是与幽灵或天使的交流。如果这种暗示是向我们发出警告，要我们注意危险，我们为什么不可以猜想，这种暗示和警告来自某位友好的使者呢？至于这位使者是至高无上，还是低微下贱，那无关紧要，重要的是，这种暗示和警告是善意的。

当前发生的情况，充分证明我的这种想法完全正确。不管这种神秘的警告从何而来，要是没有这一警告，我就不可能分外小心，那我早已大祸临头，陷入比以往更糟的处境了。我这么说是完全有理由的，下面我要叙述的情况就完全可以证明这一点。

我在小山上瞭望了没多久，就看见那只小船驶近小岛。他们好像在寻找河湾，以便把船开进来上岸。但他们沿着海岸走得不太远，所以没有发现我从前卸木排的那个小河湾，只好把小船停在离我半英里远的沙滩上靠岸。这对我来说是十分幸运的。因为，如果他们进入河湾，就会在我的家门口上岸。那样的话，他们就一定会把我从城堡里赶走，说不定还会把我所有的东西抢个精光呢！

他们上岸之后，我看出他们果然都是英国人，至少大部分是英国人。这使我非常高兴。其中有一两个看样子像荷兰人，但后来证明倒并不是荷兰人。他们一共有十一个人，其中三个好像没有带武器，而且仿佛被绑起来似的。船一靠岸，就有四五个人首先跳上岸，然后把三个人押下船来。我看到其中有一个人正在那里做出种种恳求、悲痛和失望的姿势，其动作真有点过火。另外两个人有时也举起双手，显出很苦恼的样子，但没有第一个人那样激动。

我看到这幅情景，真有点莫名其妙，不知他们究竟在搞什么名堂。星期五在旁边一直用英语对我喊道：“啊，主人，你看英国人也吃俘虏，同野人一样！”“怎么，星期五，”我说，“你以为他们会吃那几个人吗?”“是的,”星期五说,“他们一定会吃的。”“不会,不会,”我说,“星期五,我看他们会杀死他们,但绝不会吃他们,这我敢担保!”

这时,我不知道眼前发生的一切究竟是怎么回事,只是站在那里,看着这可怕的情景发抖,并一直担心那三个俘虏会给他们杀掉。有一次,我看到一个恶棍甚至举起一把水手们称为腰刀的那种长刀,向其中一个可怜的人砍去,眼看他就要倒下来了。这使我吓得不寒而栗。

我这时恨不得那西班牙人和那老野人还在我身边,可惜他们一起走掉了;我也恨不得自己能有什么办法神不知鬼不觉地走到他们前面,走到我枪弹的射程以内,把那三个人救出来。因为我看到他们这伙人都没有带枪支。但后来我想到了另外的办法。

我看到,那伙盛气凌人的水手把那三个人残暴地虐待一番之后,都在岛上四散走开了,好像想看看这儿的环境。同时,我也发现,那三个俘虏的行动也很自由,但他们三个人却都在地上坐了下来,一副心事重重和绝望的样子。

这使我想起自己第一次上岸时的心情。那时,我举目四顾,认定自己必死无疑了;我惶惶然四处张望,最后怕给野兽吃掉,提心吊胆地在树上栖息了一夜。

那天晚上,我万万没有想到,老天爷会让风暴和潮水把大船冲近海岸,使我获得不少生活必需品;后来正是靠了这些生活必需品我才活了下来,并一直活到今天。同样,那三个可怜的受难者也不会想到,他们一定会获救,而且不久就会获救。他们也绝不会想到,就在他们认为肯定没命或毫无出路时,他们实际上是完全安全了。

有时,我们的目光是多么短浅啊!而我们应该完全信任造物主的理由又是多么充分啊!造物主从来不会让他自己所创造的生灵陷于绝境。即使是在最恶劣的环境里，他也总会给他们一线生机；有时候，他们的救星往往近在眼前，比他们想象的要近得多。不但如此，他们有时似乎已陷入绝境，而实际上却已有人给他们安排好的获救的出路。

这些人上岸时，正是潮水涨得最高的时候。他们中一部分人站在那里同俘虏谈判，另一部分人在四周东逛西逛，看看他们究竟到了什么地方，无意间错过了潮汛。结果海水退得很远，把他们的小船搁浅在沙滩上。

他们本来有两个人留在小船上。可是，据我后来了解，他俩因白兰地喝得多了点而睡着了。后来，其中一个先醒来，看见小船搁浅了，推又推不动，就向那些四散在各处的人大声呼唤。于是，他们马上都跑到小船旁去帮忙。可是，小船太重，那一带的海岸又是松软的沙土，简直像流水一样。所以，他们怎么使劲也无法把船推到海里去。

水手大概是全人类中最顾前不顾后的家伙了。因此，在这种情况下，他们干脆放弃了这个工作，又去四处游荡了。我听见一个水手向另一个水手大声说话，叫他离开小船："算了吧，杰克，别管它了。潮水上来，船就会浮起来的。"我一听这两句话，就证实他们是哪国人了。

到目前为止，我一直把自己严密地隐蔽起来，除了上小山顶上的观察所外，不敢离开自己的城堡一步。想到自己城堡的防御工事非常坚固，我心里感到很高兴。我知道那小船至少要过十小时才能浮起来。到那时，天也差不多黑了，我就可以更好地观察他们的行动，偷听他们的谈话了。

与此同时，我像以前那样做好战斗准备。这一次，我比过去更加小心，因为我知道，我要对付的敌人与从前是完全不一样的。现在，我已把星期五训练成一个很高明的射手了。我命令他也把自己武装起来。我自己拿了两支鸟枪，给了他三支短枪。我现在的样子，真是狰狞可怕：身上穿件羊皮袄，样子已够吓人；头上戴顶大帽子，那古怪劲儿我前面也曾提到过；腰间照常挂着一把没有刀鞘的刀，皮带上插了两支手枪，双肩上各背了一支枪。

上面我已经说过，我不想在天黑之前采取任何行动。下午两点钟左右，天气最热。我发现他们都三三两两地跑到树林里，大概去睡觉了。那三个可怜的人，深为自己目前的处境忧虑，睡也睡不着，只好在一棵大树的阴凉下呆呆地坐着，离我大约一百多码远。而且，看样子其他人看不见他们坐的地方。

看到这种情况，我决定走过去了解一下他们的情况。我马上向他们走过去。我上面说了，我的样子狰狞可怕；我的仆人星期五远远地跟在我后面，也是全副武装，样子像我一样可怕，但比我稍好一些，不像我那样，像个怪物。

我悄悄走近他们，还没等到他们看见我，我就抢先用西班牙语向他们喊道："先生们，你们是什么人？"

一听到喊声，他们吃了一惊，可一看到我的那副怪模样，更是惊恐万分，连话都说不出来了。我见他们要逃跑的样子，就用英语对他们说："先生们，别害怕。也许，你们想不到，在你们眼前的人，正是你们的朋友呢！""他一定是天上派下来的，"其中一个说，并脱帽向我致礼，神情十分认真，"因为我们的处境非人力所能挽救得了。""一切拯救都来自天上，先生，"我说，"你们看来正在危难之中，你们能让一个陌生人来帮助你们吗？你们上岸时，我早就看见了。你们向那些蛮横的家伙哀求的时候，其中有一个人甚至举起刀来要杀害你们呢！这一切我都看到了。"

那可怜的人泪流满面，浑身发抖，显得十分惊异。他回答说：

“我是在对上帝说话呢，还是在对人说话？你是人，还是天使？”“这你不用担心，先生，”我说，“如果上帝真的派一位天使来拯救你们，他的穿戴一定会比我好得多，他的武器也一定完全不一样。请你们放心吧。我是人，而且是英国人。你们看，我是来救你们的。我只有一个仆人。我们都有武器。请你们大胆告诉我们，我们能为你们效劳吗？你们到底发生了什么事？”

“我们的事，先生，”他说，“说来话长，而我们的凶手又近在咫尺。现在，就长话短说吧，先生。我是那条船的船长，我手下的人反叛了。我好不容易才说服他们不杀我。最后，他们把我和这两个人一起押送到这个岛上来。他们一个是我的大副，一个是旅客。我们想，在这个荒岛上，我们一定会饿死的。我们相信，这是一个没有人烟的荒岛，真不知道怎么办呢！”

“你们的敌人，那些暴徒，现在在什么地方？”我问，“你们知道他们到哪儿去啦？”“他们正在那边躺着呢，先生。”他指着一个灌木林说，“我现在心里吓得直发抖，怕他们看到我们，听到你说话。要那样的话，我们会通通没命的！”

“他们有没有枪支？”我问。他回答说，他们只有两支枪，一支留在船上了。“那就好了，”我说，“一切由我来处理吧。我看到他们现在都睡着了，一下子就可以把他们都杀掉。不过，是不是活捉更好？”他对我说，其中有两个是亡命之徒，绝不能饶恕他们。只要把这两个坏蛋解决了，其余的人就会回到自己的工作岗位上去。我问是哪两个人。他说现在距离太远，看不清楚，不过他愿意服从我的指挥行动。“那好吧，”我说，“我们退远一点，免得给他们醒来时看到或听到。回头我们再商量办法吧。”于是，他们高兴地跟着我往回走，一直走到树林后面隐蔽好。

“请你听着，先生，”我说，“我如果冒险救你们，你们愿意和我订两个条件吗?”他没等我把条件说出来，就先说，只要把大船收复回来，他和他的船完全听从我的指挥。如果船收复不回来，他也情愿与我共生死，同存亡；我要上哪儿就上哪儿。另外两个人也同样这样说。

“好吧，”我说，“我只有两个条件。第一，你们留在岛上期间，绝不能侵犯我在这里的主权；如果我发给你们武器，无论什么时候，只要我向你们要回，你们就得交还给我。你们不得在这岛上反对我或我手下的人，并必须完全服从我的管理。第二，如果那只大船收复回来，你们必须把我和我的仆人免费送回英国。”

他向我提出了种种保证，凡是想得到和使人信得过的保证，通通提出来了。他还说，我的这些要求是完全合情合理的，他将会彻底履行；同时，他还要感谢我的救命之恩，终生不忘。

“那好吧，”我说，“现在我交给你们三支短枪，还有火药和子弹。现在，你们看，下一步该怎么办?”他一再向我表示感谢，并说他情愿听从我的指挥。我对他说，现在的事情很棘手，不过，我认为，最好趁他们现在还睡着，就向他们开火。如果第一排枪放过后还有活着的，并且愿意投降，那就可以饶他们的命。至于开枪之后能打死多少人，那就只好听从上帝的安排了。

船长心地十分善良。他说，能不杀死他们就尽量不要杀死他们。只是那两个家伙是不可救药的坏蛋，是船上暴动的祸首。留着他们，我们自己必定会遭殃。他们回到船上，就会发动全体船员反叛，把我们通通杀掉！“那好吧，”我说，“我的建议也是出于不得已，因为这是救我们自己的唯一的办法。”然而，我看他还是很不愿意杀人流血，所以便对他说，这事不妨由他们自己去办，怎样干方便就怎样干吧。

正当我们在谈话的时候，听见他们中间有几个人醒来了。又过了不一会儿，看到有两个人已经站了起来。我问船长这两个人中有没有谋反的头子，他说："没有。""那好吧，"我说，"你就让他们逃命吧。看样子是老天爷有意叫醒他们，让他们逃命的。可是，如果你让其余的人跑掉，那就是你的错了。"

听了我的话，他受到了激励，就把我给他的短枪拿在手里，又把一支手枪插在皮带上。他的两个伙伴也跟着他一起去了，每人手里也都拿着一支枪。他那两个伙伴走在前面，大概弄出了一点声响，那两个醒来的水手中，有一人听到了响动，转过身来看到了他们，就向其余的人大声叫唤，但已经太迟了。他刚一叫出声，他们就开枪了。开枪的是船长的两个伙伴。至于那船长，他很乖巧，没有开枪。他们都瞄得很准，当场打死了一个，另一个也受了重伤，但还没死。他一头爬起来，急忙向其余的人呼救。这时船长已一步跳到他跟前，对他说，现在呼救已太晚了，他应该祈求上帝宽恕他的罪恶。说着，船长用枪把一下子把他打倒在地，叫他再也开不了口。跟那两个水手在一起的还有三个人，其中有一个已经受了轻伤。就在这时，我也到了。他们看到危险临头，知道抵抗已没有用了，就只好哀求饶命。船长告诉他们，他可以饶他们的命，但他们得向他保证，表示痛恨自己所犯的反叛的罪行，并宣誓效忠船长，帮他把大船夺回来，然后再开回牙买加[①]去，因为他们正是从牙买加来的。他们竭力向船长表示他们的诚意，船长也愿意相信他们，并饶他们的命。对此我也并不反对，只是要求船长在他们留在岛上期间，把他们的手脚绑起来。

与此同时，我派星期五和船长手下的大副到那小船上去，命令他们把船扣留起来，并把上面的几只桨和帆拿下来。他们都一一照

① 牙买加，原英属西印度大安的列斯群岛中最大的岛，在古巴东南。现为拉丁美洲的一个岛国。

办了。不一会儿，有三个在别处闲逛的人因听到了枪声，这时也回来了。算他们运气，没有跟其余的人在一块儿。他们看见他们的船长，不久前还是他们的俘虏，现在却一下子变成了他们的征服者，也就俯首就缚。这样，我们就大获全胜。

现在，船长和我已经有时间来打听彼此的情况了。我先开口，把我全部经历告诉了他。他全神贯注地听着我讲，显出无比惊异的神情。特别是在我讲到怎样用奇妙的方式弄到粮食和军火时，更显得惊讶万分。他听了我的故事，大为感动，因为我的经历，实在是一连串的奇迹。可是当他从我的故事联想到自己的遭遇，想到上帝仿佛有意让我活下来救他的命时，他不禁泪流满面，连话都说不出来了。

谈话结束后，我把他和他的两个伙伴带到我的住所。我照样用梯子翻墙而过。到了家里，我拿出面包和葡萄干之类我常备的食品招待他们，还把我多年来制造的种种设备指给他们看。

我的谈话，以及我所做的一切，都使他们感到十分惊讶。船长特别欣赏我的防御工事，欣赏我用一片小树林把住宅完全隐蔽起来。这片小树林现在已经栽了二十年了，由于这里的树木长得比英国快，现在已经成了一片小小的森林，而且十分茂密。我在树林里保留了一条弯弯曲曲的小径，其他任何地方都走不进来。我告诉他，这是我的城堡和住宅，但是，像许多王公贵族一样，我在乡间还有一所别墅。如果需要，我可以去那儿休养一段时期。我说，以后有时间，我可以带他们到那儿去看看，但目前我们的首要任务是要考虑收复那只大船的问题。船长同意我的看法，可是，他说，他一时想不出什么办法，因为大船上还有二十六个人。他们既已参加了叛乱，在法律上已犯了死罪，因此已别无出路，只好一不做二不休，硬干到底。因为，他们知道，如果失败了，一回英国或任何英国殖民地，他们就会被送上绞架。但光靠我们这几个人，是无法向他们进攻的。

我听完他的话沉思了一会儿，觉得他的结论很有道理，因而觉得必须迅速做出决定。一方面，可以用出其不意的办法，把船上的那伙人引入某种圈套；另一方面，得设法阻止他们上岸攻打我们，消灭我们。这时候，我立刻想到，再过一会儿，大船上的船员不见小船和他们伙伴们的动静，一定会感到奇怪，那时，他们就会坐上大船上的另一只长艇上岸来找他们。他们过来时，说不定还会带上武器，实力就会大大超过我们。船长听了我的话，认为很有道理。

于是，我告诉他，我们首先应该把搁浅在沙滩上的那只小船凿破，把船上所有的东西都拿下来，使它无法下水，他们就无法把它划走。于是我们一齐上了小船，把留在上面的那支枪拿了下来，又把上面所能找到的东西通通拿下来。其中有一瓶白兰地，一瓶甘蔗酒，几块饼干，一角火药，以及一大包用帆布包着的糖，大约有五六磅重。这些东西我都非常需要，尤其是糖和白兰地，我已吃光好多年了。

船上的桨呀，桅杆呀，帆呀，舵呀等东西，早已经拿走了。所以，我们把剩下的这些东西搬上岸之后，又在船底凿了一个大洞。这样一来，即使他们有充分的实力战胜我们，也没法把小船划走。

说实话，我认为收复大船的把握不大。我的看法是，只要他们不把那只小船弄走，我们就可以把它重新修好。那样，我们就可乘它去利华德群岛[1]，顺便把那些西班牙朋友带走。因为我心里还时刻惦记着他们。

我们立即按计划行事。首先，我们竭尽全力，把小船推到较高的沙滩上。这样，即使潮水上涨，也不致把船浮起来；何况，我们

① 利华德群岛，又称背风群岛，在拉丁美洲小安的列斯群岛北部，处于东北信风带内，但比其南面的向风群岛更为隐蔽，故名背风群岛。

已在船底凿了个大洞，短时间内无法把洞补好。正当我们坐在地上，寻思着下一步计划时，只听见大船上放了一枪，并且摇动旗帜发出信号，叫小船回去。可是，他们看不见小船上有任何动静。于是，接着又放了几枪，并向小船又发出了一些别的信号。

最后，他们见信号和放枪都没有用处，小船还是没有任何动静。我们在望远镜里看见他们把另一只小船放下来，向岸上摇来。当他们逐渐靠近时，我们看出小船上载着不下十来人，而且都带着枪支。

那条大船停泊在离岸大约六海里的地方。他们坐小船划过来时，我们看得清清楚楚，连他们的脸也认得出来。他们向岸上划来时，潮水把他们冲到第一只小船的东边去了。于是他们又沿着海岸往西划，直奔第一只小船靠岸和停泊的地方。

这就是说，我们把他们看得一清二楚，船长说得出船上的人谁是谁，以及他们的性格品行。他说，其中有三个人非常老实；他相信，他们之所以参与谋反，是因为受到其他人的威吓，而他们又人少势单，因而是被迫的。

那水手长似乎是他们的头目。他和其余的几个人都是船员中最凶狠的家伙。现在，他们既然发动了叛乱，就一定要硬干到底了。因此，船长非常担心，他们实力太强，我们难以取胜。

我向他微微一笑，对他说，处于我们这种境遇的人，早已无所畏惧了。反正任何一种遭遇都比我们当前的遭遇要强些，因此，我们应有思想准备，不管结果是死是活，对我们来说都是一种解脱。我问他对我的处境有何看法，为了获得解脱，是否值得冒险。“先生，”我说，“你刚才还认为，上帝让我活在这里是为了拯救你的生命，并使你稍稍振作了一下精神。现在，你的这种信念到哪里去了呢？对我来说，只有一件事使我感到遗憾。”“什么事？”他问。“那就是你说的，他们当中有三个老实人，我们应饶他们的命。如果他们也都是暴徒，我真会认为是上帝有意把他们挑出来送到你手里来的呢。因为，我敢担保，凡是上岸的人，都将成为我们的俘虏。他们是死是活，要看他们对我们的态度而定了。”

我说话时，声音很高，脸带笑容。这大大鼓起了船长的勇气。于是，我们立即开始准备战斗。当我们一看到他们放下小船，就考虑到要把俘虏分散。这件事我们已做了妥善的安置。

俘虏中有两个人，船长对他们特别不放心。我派星期五和船长手下的一个人把这两个人送到我的洞室里去。那地方很远，绝不会被人发现或听到他们的呼救声；他们自己即使能逃出洞外，在树林里也找不到出路。他们把这两个人都绑了起来安置在洞里，但照样供给他们吃喝，并答应他们，如果他们安安静静地待在洞里，一两天之后就恢复他们的自由；但如果他们企图逃跑，就格杀勿论。他们都老老实实地保证，愿意被关起来，耐心等待，并感谢我们对他们的优待，给他们吃喝，还给他们点灯。因为星期五还给了他们几支蜡烛，都是我们自己做的，这样不致让他们在黑暗中受煎熬。当然，他们万万没有想到，星期五一直在洞口站岗，看守着他们。

其余的俘虏受到的待遇要好些。有两个一直没有松绑，因为船长对他们仍不放心，但另外两个得到了我的录用，这是由于船长的推荐。同时，他们本人也郑重宣誓，要与我们共存亡。因此，加上他们和船长一伙好人，我们一共是七个人，都是全副武装。我毫不怀疑，我们完全能对付即将上岛的那十来个人，更何况船长说过，其中还有三四个好人呢。

那批人来到头一只小船停泊的地方，马上把他们自己的小船推到沙滩上。船上的人也通通下了船，一齐把小船拉到岸上。看到这一情况，我心里非常高兴。因为我就怕他们把小船在离岸较远的地方下锚，再留几个人在船上看守。那样我们就没法夺取小船了。

一上岸，他们首先一齐跑去看前一只小船。不难看出，当他们发现船上空空如也，船底上有一个大洞，个个都大吃一惊。

他们把眼前看到的情况寻思了一会儿，就一起使劲大喊了两三次，想叫他们的同伴听见。可是毫无结果。接着，他们又围成一圈，放了一排枪。这片枪声我们当然听见了，而且枪声的回声把树林都震响了。可是结果还是一样。那些关在洞里的，自然听不见；那些被我们看守着的，虽然听得很清楚，却不敢有任何反应。

这事大大出乎他们的意料，使他们万分惊讶。事后他们告诉我们，他们当时决定回到大船上去，告诉船上的人说，那批人都给杀光了，长艇也给凿沉了。于是，他们马上把小船推到水里，一齐上了船。

看到他们的这一举动，船长非常吃惊，简直不知怎么办好了。他相信，他们一定会回到大船上去，把船开走，因为他们一定认为他们的伙伴都已没命了。那样的话，他原来想收复大船的希望就落空了。可是，不久，他看到那批人又有了新的举动，又一次使他惶恐不安起来。

他们把船划出不远，我们看到他们又一齐重新回到岸上。这次行动他们采取了新的措施。看来，他们刚才已商量好了。那就是，留三个人在小船上，其余的人一齐上岸，深入小岛去寻找他们的伙伴。

这使我们大失所望，简直不知怎么办才好。因为如果我们让小船开跑，即使我们把岸上的七个人通通抓住，那也毫无用处。那三个人必然会把小船划回大船，大船上的人必然会起锚扬帆而去，那我们收复大船的希望同样会落空。

可是，我们除了静候事情的发展，别无良策。那七个人上岸了。三个留在船上的人把船划得离岸远远的，然后下锚停泊等岸上的人。

这样一来，我们也无法向小船发动攻击。

那批上岸的人紧紧走在一起，向那小山头前进。而那小山下，就是我的住所。我们可以把他们看得清清楚楚，可他们根本看不到我们。他们若走近我们，倒是求之不得，因为近了我们就可以向他们开枪。他们若索性走远点也好，这样我们可以到外面去。

在小山顶上，他们可以看见那些山谷和森林远远地向东北延伸，那是岛上地势最低的地方。他们一上山顶，就一个劲地齐声大喊大叫，一直喊到喊不动为止。看来他们不想远离海岸，深入小岛腹地冒险，也不愿彼此分散。于是，他们就坐在一棵树下考虑办法。如果他们也像前一批人那样，决定先睡一觉，那倒成全了我们的好事。可是，他们却非常担心危险，不敢睡觉，尽管他们自己也不知道究竟有什么危险。

他们正在那里聚在一起商量的时候，船长向我提出了一个建议，这建议确实合情合理。那就是，他们或许还会开一排枪，目的是想让他们的伙伴听见。我们应趁他们刚开完枪，就一拥而上。那时他们只好束手就擒，我们就可以不流一滴血把他们制服。我对这个建议很满意。但是，我们必须尽量接近他们，在他们来不及装上弹药前就冲上去。

可是，他们并没有开枪。我们悄悄地在那里埋伏了很久，不知怎么办才好。最后，我告诉他们，在我看来，天黑之前我们不能采取任何行动。但到了晚上，如果他们不回到小船上去，我们也许可以想出什么办法从他们和海岸中间包抄过去，用什么策略对付那几个小船上的人，引他们上岸。

我们又等了很久，心里忐忑不安，巴不得他们离开。只见他们商议了半天，忽然一起跳起来，向海边走去。这一下，我们心里真有点慌了。看来，他们很害怕这儿真有什么危险，并认为他们那些伙伴都已完蛋了，所以决定不再寻找他们，回大船上去继续他们原订的航行计划。

我一见他们向海边走去，马上猜到他们已放弃搜寻，准备回去了。事实也确实如此。我把我的想法告诉了船长，他也为此十分担忧，心情沉重极了。可是，我很快想出了一个办法把他们引了回来，后来也真的达到了我的目的。

我命令星期五和那位大副越过小河往西走，一直走到那批野人押着星期五登陆的地方，并叫他们在半英里外的那片高地上，尽量大声叫喊，一直喊到让那些水手听见为止。我又交代他们，在听到那些水手回答之后，再回叫几声，然后不要让他们看见，兜上一个大圈子，一面叫着，一面应着，尽可能把他们引往小岛深处。然后，再按照我指定的路线迂回到我这边来。

那些人刚要上小船，星期五和大副就大声喊叫起来。他们马上听见了，就一面回答，一面沿海岸往西跑。他们朝着喊话的方向跑去。跑了一阵，他们就被小河挡住了去路。当时小河正值涨水，他们没法过河，只好把那只小船叫过来，渡他们过去。一切都在我意料之中。

他们渡过河后，我发现小船已向上游驶了一段路程，进入了一个好像内河港口的地方。他们从船上叫下一个人来跟他们一块儿走，所以现在船上只留下两个人了，小船就拴在一根小树桩上。

这一切正合我的心意。我让星期五和大副继续干他们的事，自己马上带其余的人偷偷渡过小河，出其不意地向那两个人扑过去。当时，一个人正躺在岸上，一个人还在船里待着。那岸上的人半睡半醒，正想爬起来，走在头里的船长一下冲到他跟前，把他打倒在地。然后，船长又向船上的人大喝一声，叫他赶快投降，否则就要他的命。

当一个人看到五个人向他扑来，而他的同伴又已被打倒，叫他投降是用不着多费什么口舌的。而且，他又是被迫参加叛乱的三个水手之一，所以，他不但一下子就被我们降服了，而且后来还忠心耿耿地参加到我们这边来。

与此同时，星期五和大副也把对付其余几个人的任务完成得很出色。他们一边喊，一边应，把他们从一座小山引向另一座小山，从一片树林引向另一片树林，不但把那批人搞得精疲力竭，而且把他们引得很远很远，不到天黑他们是绝不可能回到小船上来的。不用说，就是星期五他们自己，回来时也已劳累不堪了。

我们现在已无事可做，只有在暗中监视他们，准备随时向他们进攻，坚决把他们打败。

星期五他们回来好几小时后，那批人才回到了他们小船停泊的地方。我们老远就能听到走在头里的几个向掉在后面的几个大声呼唤着，要他们快点跟上。又听到那后面的几个人一面答应着，一面叫苦不迭，说他们又累又脚痛，实在走不快了。这对于我们确实是一个好消息。

最后，他们总算走到了小船跟前。当时潮水已退，小船搁浅在小河里，那两个人又不知去向，他们那种惊慌失措的样子，简直无法形容。我们听见他们互相呼唤，声音十分凄惨。他们都说是上了一个魔岛，岛上不是有人，就是有妖怪。如果有人，他们必然会被杀得一个不剩；如果有妖怪，他们也必然会被妖怪抓走，吃个精光。

他们又开始大声呼唤，不断地喊着他们那两个伙伴的名字，可是毫无回音。又过了一会儿，我们从傍晚昏暗的光线下看见他们惶惶然地跑来跑去，双手扭来扭去，一副绝望的样子。他们一会儿跑到小船上坐下来休息，一会儿又跑到岸上，奔来奔去。如此上上下下，反复不已。

这时，我手下的人恨不得我允许他们趁着夜色立即向他们扑上去。可是我想找一个更有利的机会向他们进攻，给他们留一条生路，尽可能少杀死几个。我尤其不愿意我们自己人有伤亡，因为我知道对方也都是全副武装的。我决定等待着，看看他们是否会散开。因此，为了更有把握制服他们，我命令手下人再向前推进埋伏起来，并让星期五和船长尽可能贴着地面匍匐前进，尽量隐蔽，并在他们动手开枪之前，爬得离他们越近越好。

他们向前爬了不多一会儿，那水手长就带着另外两个水手朝他们走来。这水手长是这次叛乱的主要头目，现在比其他人更垂头丧气。船长急不可耐，不等他走近看清楚，就同星期五一起跳起来向他们开了枪。他们只是凭对方的声音行动的。

那水手长当场给打死了。另一个身上中弹受伤，倒在水手长身旁，过了一两小时也死了。第三个人拔腿就跑。

我一听见枪响，立即带领全军前进。我这支军队现在一共有八个人，那就是：我，总司令；星期五，我的副司令。另外是船长和他的两个部下。还有三个我们信得过的俘虏，我们也给他们发了枪。

趁着漆黑的夜色，我们向他们发动了猛攻。他们根本看不清我们究竟有多少人。那个被他们留在小船上的人，现在已是我们的人了。我命令他喊那些水手的名字，看看能否促使他们和我们谈判，强迫他们投降。结果我们如愿以偿。因为不难理解，他们处在当前的情况下是十分愿意投降的。于是，他尽量提高嗓门，喊出他们中间一个人的名字："汤姆·史密斯！汤姆·史密斯！"汤姆·史密斯似乎听出了他的声音，立即回答说："是鲁滨逊吗？"那个人恰好也叫鲁滨逊。他回答说："是啊，是我！看在上帝分上，汤姆·史密斯，快放下武器投降吧！要不你们马上都没命了。"

"我们向谁投降？他们在哪儿？"史密斯问。"他们在这儿，"他说，“我们船长就在这儿，带了五十个人，已经搜寻你们两小时了。水手长已给打死了。维尔·佛莱也已受伤。我被俘虏了。你们不投降就完蛋了！”

“我们投降，”史密斯说，“他们肯饶我们命吗？”“你们肯投降，我就去问问看。”鲁滨逊说。他就问船长。这时，船长亲自出来喊话了：“喂，史密斯，你听得出，这是我的声音。只要你们放下武器投降，我就饶你们的命，只有威尔·阿金斯除外。”

听到这话，威尔·阿金斯叫喊起来：“看在上帝分上，船长，饶了我吧！我做了什么呢？他们都和我一样坏。”但事实并非像他说的。因为，从当时情况来看，在他们这次发动叛乱的时候，正是这个威尔·阿金斯首先把船长抓起来，对船长的态度十分蛮横。他把船长的两只手绑起来，又用恶毒的语言谩骂船长。这时，船长告诉他，他必须首先放下武器，然后听候总督处理。所谓总督，指的就是我，因为现在他们都叫我总督。

简而言之，他们都放下了武器，请求饶命。于是，我派那个和他们谈判的人以及另外两个水手，把他们通通绑起来。然后，我那五十人的大军——其实，加上他们三人，我们总共才八个人——便上去把他们和他们的小船一起扣起来。我和另一个人因身份关系，暂不露面。

我们下一步工作就是把那凿破的小船修好，并设法把大船夺回来。而船长这时也有时间与他们谈判了。他向他们讲了一番大道理，指出他们对待他的态度如何恶劣，他们的居心如何邪恶，并告诉他们，他们的所作所为，最后一定会给自己带来不幸和灾难，甚至会把他们送上绞刑架。

他们一个个表示悔罪，苦苦哀求饶命。对此，船长告诉他们，他们不是他的俘虏，而是岛上主管长官的俘虏。他说，他们本来以为把他送到了一个杳无人烟的荒岛上，但上帝要他们把他送到有人居住的岛上，而且，岛上还有一位英国总督。他说，如果总督认为必要，就可以把他们通通在岛上吊死。但现在他决定饶恕他们，大概要把他们送回英国，秉公治罪。但阿金斯除外。总督下令，要阿金斯准备受死，明天早晨就要把他吊死。

这些话虽然都是船长杜撰出来的，然而却达到了预期的效果。阿金斯跪下来哀求船长向总督求情，饶他一命。其余的人也一齐向船长哀求，要他看在上帝分上，不要把他们送回英国。

这时我忽然想到，我们获救的时刻到了。现在把这些人争取过来，让他们全心全意去夺取那只大船，已非难事。于是我在夜色中离开了他们，免得他们看见我是怎样的一个总督。然后，我把船长叫到身边。当我叫他的时候，因为已有相当的距离，就派了一个人去传话，对船长说："船长，司令叫你。"船长马上回答说："回去告诉阁下，我就来。"这样一来，就使他们更加深信不疑了。他们都相信，司令和他手下的五十名士兵就在附近。

船长一到，我就把夺船的计划告诉他。船长认为计划非常周密，就决定第二天早晨付诸实施。

但是，为了把计划执行得更巧妙，更有成功的把握，我对船长说，我们必须把俘虏分开处理。首先，他应去把阿金斯和另外两个最坏的家伙绑起来，送到我们拘留另外几个人的那个石洞里去。这件事我们交给星期五和那两个跟船长一齐上岸的人去办了。

星期五等人把俘虏押解到石洞里，好像把他们投入监牢一样。事实上，那地方也确实够凄凉的，尤其是对于他们这种处境的人，更是阴森可怕。

我又命令把其余的俘虏送到我的乡间别墅里去。关于这别墅，我前面已做过详尽的叙述。那边本来就有围墙，他们又都被捆绑着，所以把他们关在那里相当可靠。再说，他们也知道，他们的前途决定于他们自己的表现，因此谁都不敢轻举妄动。

到了早晨，我便派船长去同他们谈判，目的是要他去摸摸他们的底，然后回来向我汇报，看看派他们一起去夺回大船是否可靠。船长跟他们谈到他们对他的伤害以及他们目前的处境。他又对他们说，虽然现在总督已饶了他们的命，可是，如果把他们送回英国，他们还是会给当局用铁链吊死的。不过，如果他们肯参加夺回大船的正义行动，他一定会请求总督同意赦免他们。

任何人都不难想象，处在他们的境况下，对于这个建议，真是求之不得。他们一齐跪在船长面前，苦苦地哀求，答应对他誓死效忠，并且说，他们将永远感激他的救命之恩，甘愿跟他走遍天涯海角，还要毕生把他当作父亲一样看待。

"好吧，"船长说，"我现在回去向总督汇报，尽力劝他同意赦免你们。"于是，他回来把他们当前的思想情况原原本本地向我作了汇报，并且说，他完全相信他们是会效忠的。

话虽如此，为了保险起见，我叫船长再回去一趟，从他们七个人中挑出五个人来。我要他告诉那些人，他现在并不缺少人手，现在只要挑选五个人做他的助手，总督要把其余两个人以及那三个已经押送到城堡（我的石洞）里去的俘虏留下来作人质，以保证参加行动的那五个人的忠诚。如果他们在执行任务过程中有任何不忠诚的表现，留在岛上的五个人质就要在岸上被铁链活活吊死。

这个办法看起来相当严厉，使他们相信总督办事是很认真的，他们除了乖乖接受外，别无办法。结果，那几个俘虏反而和船长一样认真，劝告参加行动的五个人尽力尽责。

我们出征的兵力是这样的：一、船长，大副，旅客；二、第二批俘虏中的两个水手。我从船长口里了解了他们的品行，早已恢复了他们的自由，并发给了他们武器；三、另外两个水手。这两个人直到现在还被捆绑着关在我的别墅里，现经船长建议，也把他们释放了；四、那五个最后挑选出来的人。因此，参加行动的一共是十二人。留在岛上的人质是七个人，五个关在石洞里，两个没有关起来。

我问船长，他是否愿意冒险带领这些人去收复大船。我认为，我和星期五不宜出动，因为岛上还有七个俘虏，而且他们又都被分散看守着，还得供给他们饮食，也够我们忙的了。

我决定牢牢看守好关在洞里的那五个人。我让星期五一天去两次，给他们送些食品去。我要其他两个人先把东西送到一个指定的地点，然后再由星期五送去。

当我在那两个人质面前露面时，我是同船长一起去的。船长向他们介绍，我是由总督派来监视他们的。总督的命令是，没有我的指示，他们不得乱跑。如果乱跑，就把他们抓起来送到城堡里去，用铁链子锁起来。这样，为了不让他们知道我就是总督，我现在是以另一个人的身份出现，并不时地向他们谈到总督、驻军和城堡等问题。

船长现在只要把两只小船装备好，把留在沙滩上的那只小船的洞补好，再分派人员上去，别的就没有什么困难了。他指定他的旅客做一条小船的船长，带上另外四名水手。他自己、大副和另外五名水手，上了另一条小船。他们的事情进行得很顺利。到了半夜，他们已到了大船旁。当他们划到能够向大船喊话时，船长就命令那个叫鲁滨逊的水手同他们招呼，告诉他们人和船都已回来了，他们是花了好多时间才把人和船找回来的。他们一面用这些话敷衍着，一面靠拢了大船。当小船一靠上大船，船长和大副首先带枪上了船。这时，手下的人表现得很忠诚。在他们的协助下，船长和大副一下子就用枪把子把二副和木匠打倒了。紧接着他们又把前后甲板上的其他人全部制服，并关好舱口，把舱底下的人关在下面。这时，第二只小船上的人也从船头的铁索上爬上来，占领了船头和通厨房的小舱口，并把在厨房里碰到的三个人俘虏了。

这一切完成后，又肃清了甲板，船长就命令大副带三个人进攻艉楼甲板室，去抓睡在那里做了新船长的叛徒。这时，那新船长已听到了警报，从床上爬起来。他身边有两个船员和一个小听差，每人手里都有枪。当大副用一根铁撬杠把门劈开时，那新船长和他手下的人就不顾一切地向他们开火。一颗短枪子弹打伤了大副，把他的胳膊打断了，还打伤了其他两个人，但没有打死人。

大副虽然受了伤，还是一面呼救，一面冲进船长室，用手枪朝新船长头上就是一枪。子弹从他嘴里进去，从一只耳朵后面出来，他再也说不出一句话了。其余的人看到这情形，也都投降了。于是，大船就这样稳稳当当地夺了过来，再也没有死一个人。

占领大船后，船长马上下令连放七枪。这是我和他约定的信号，通知我事情成功了。不用说，听到这个信号我是多么高兴。因为我一直坐在岸边等候这个信号，差不多一直等到半夜两点钟。

我听清了信号，便倒下来睡觉。我整整忙碌了一天，已十分劳累，所以睡得很香。忽然，睡梦中传来一声枪声，把我惊醒。我马上爬起来，听到有人在喊我：“总督！总督！”我一听是船长的声音，就爬上小山头，一看果然是他。他指了指大船，把我搂在怀里。“我亲爱的朋友，我的救命恩人，”他说，“这是你的船，它是你的，我们这些人和船上的一切也都是你的！”我看了看大船，只见它停泊在离岸不到半英里的地方。原来，船长他们夺回了大船后，看见天气晴朗，便起了锚，把船一直开到小河口上。这时正好涨潮，船长就把长艇划到我当初卸木排的地方靠岸，也就是正好在城堡门口上岸。

开初，这突如其来的喜事，使我几乎晕倒在地，因为我亲眼看到我脱险的事已十拿九稳，且一切顺利，而且还有一艘大船可以把我送到任何我想去的地方。有好半天，我一句话也答不上来。如果不是船长用手紧紧抱着我，我也紧紧靠在他身上，我早已倒在地上了。

他看见我那么激动，马上从袋里取出一个瓶子，把他特地为我带来的提神酒给我喝了几口。喝完之后，我就坐在地上。虽然这几口酒使我清醒了过来，可是又过了好半天，才说得出话来。

这时候，船长也和我一样欣喜若狂，只是不像我那么激动罢了。于是，他对我说了无数亲切温暖的话，让我安定下来，清醒过来。但我心中惊喜交加，竟不能自已。最后，我失声大哭。又过了好一会儿，才能开口说话。

这时，我拥抱了船长，把他当作我的救命恩人。我们两个人都喜不自胜。我告诉他，在我看来，他是上天特意派来救我脱险的；又说这件事的经过简直是一连串的奇迹。这类事情证明，有一种天意在冥冥中支配着世界，证明上帝无所不在，并能看清天涯海角发生的一切，只要他愿意，任何时候都可以救助不幸的人。

我也没有忘记衷心感谢上天。在这荒无人烟的小岛上，在这样孤苦伶仃的处境中，我没有饿死，正是上帝的奇迹，赐给我饮食。而且，我一次又一次地绝处逢生，逃过大难，也都是上帝对我的恩赐。上苍如此厚爱其子民，谁能不对他怀有衷心的感激呢?

船长跟我谈了一会儿，便告诉我，他给我带了一点饮料和食物。这些东西，只是暴徒们劫后剩下来的，所以只能拿出这么一点了。说着，他向小船高声喊了一声，吩咐他手下人把献给总督的东西搬上岸来。这实际上是一份丰厚的礼物，初看起来，好像要让我在岛上继续待下去，不准备把我给载走了。

首先，他给我带来了一箱高级的提神酒，六大瓶马德拉白葡萄酒[①]——每瓶有两夸脱，两磅上等烟叶，十二块上好的牛肉脯，六块猪肉，一袋豆子和大约一百磅饼干。

另外，他还给我带来了一箱糖，一箱面粉，一袋柠檬，两瓶柠檬汁和许多其他东西。除此之外，对我更有用处的是，他给我带来了六件新衬衫，六条上等领巾，两副手套，一双鞋，一顶帽子，一双长袜，还有一套他自己穿的西装。西装还很新，看来他没有穿过几次。总之，他把我给从头到脚都穿戴起来了。

不难想象，对于我这种处境的人，这是一份慷慨而令人喜悦的礼物。可是，我刚刚把这些衣服穿上身的时候，感到很不自在，因为既不舒服，又很别扭。

送礼的仪式完毕，东西也都搬进了我的住所，我们便商议处置俘虏的问题。我们必须考虑是否冒风险把他们带走。尤其是他们中间有两个人，我们认为是绝对无可救药、顽固不化的暴徒。船长说，他知道他俩都是坏蛋，没法对他们宽大。即使把他们带走，也必须把他们像犯人一样关起来。只要他的船开到任何一个英国殖民地，就把他们送交当局法办。我感到船长对此事确实也很担心。

对此，我告诉船长，如果他同意，我可以负责说服那两个人，让他们自己提出请求留在岛上。"我很高兴你能那样做，"船长说，"我衷心同意！"

"那很好，"我说，"我现在就把他们叫来，替你跟他们谈谈。"这样，我吩咐星期五和那两个人质去执行这一任务。当时，我们早已把那两个人质释放了，因为他们的同伙实践了他们的诺言。他们就一起到洞室去，把关在那儿的五个人照旧绑着手，带到了我的乡

① 马德拉白葡萄酒，一种烈酒，产于北大西洋马德拉岛。

间别墅里。到了后先把他们关押起来，等我去处置。

过了一会儿，我就穿上新衣服去了。现在，我又以总督的身份出现了。我和船长到了那边，跟我们的人碰了头，我就叫人把那五个人带到我面前来。我对他们说，关于他们对待船长的罪恶行为，我已获得了详细的报告。我已了解他们怎样把船夺走，并还准备继续去干抢劫的勾当。但上帝却使他们自投罗网，跌进了他们替别人挖掘的陷阱。

我让他们知道，在我的指挥下，大船已经夺回来了，现在正停泊在海口里。他们过一会儿就可以看到，他们的新船长被吊在桅杆顶上示众，他的罪恶行径得到了报应。

至于他们，我倒想知道他们还有什么话可说。事实上，我完全可以把他们以海盗论处。当然，他们大概绝不会怀疑，我完全有权把他们处死。

这时，他们中间有一个人出来代表其他人说话了。他说，他们没有什么话可说。只是他们被俘时，船长曾答应饶他们不死的。他们现在只有低头恳求我的宽宥。可是，我告诉他们，因为我自己已决定带着手下的人离开本岛，跟船长一起搭船回英国去，所以我不知道该如何宽宥他们。至于船长，他只能把他们当作囚犯关起来带回英国，并以谋反和劫船的罪名送交当局审判。其结果他们应该都知道，那必定是上绞架。所以，我实在也没法为他们想出更好的办法，除非他们决定留在岛上，听任命运的安排。如果他们同意这个办法，我本人没有意见，因为我反正要离开本岛了。只要他们愿意留在岛上自谋生计，我可以饶他们不死。

他们对此表示十分感激。他们说，他们宁可冒险留在这里，也不愿被带回英国吊死。所以，我就决定这么办了。

然而，船长似乎不太同意这个办法，好像他不敢把他们留在岛上。于是，我对船长做出生气的样子。我对他说，他们是我的俘虏，而不是他的俘虏。我既然对他们已许下了这么多人情，我说的话就应该算数。如果他不同意，我就把他们放掉，只当我没有把他们抓住过。如果他不愿意给他们自由，他自己可以去把他们抓回来，只要他能抓得住。

他们看到这种情况，表示无限感激。于是，我释放了他们，叫他们退回原来被抓住的树林里去，并对他们说，我可以给他们留一些枪支弹药，并指导他们怎样在这儿好好过活，如果他们愿意接受的话。

解决了俘虏的问题，我就开始做上船的准备了。我对船长说，我还得准备一下，所以还得在岛上耽搁一个晚上。我吩咐他先回船上，把一切安排好，第二天再放小船到岸上来接我。我特别下令，让他把那打死的新船长吊在桅杆顶上示众。

船长走之后，我派人把那几个人带到我房间里来。我跟他们进行了一次严肃的谈话，分析了他们当前的处境。我对他们说，我认为他们的选择是正确的。如果让船长把他们带走，其结果必然是上绞架吊死。我把那吊在大船桅杆顶上的新船长指给他们看，并告诉他们，他们也没有别的指望，只能是这种下场。

他们一致表示愿意留在岛上。于是，我就把我这里生活的情况告诉他们，并教会他们怎样把生活过好。我谈了小岛的环境，以及我在这儿生活的经历。我领他们看了我的城堡，告诉他们如何做面包，种庄稼，晒制葡萄干。一句话，一切能使他们生活过得舒适一点的办法，我都告诉他们了。我又把十六位西班牙人的事情告诉了他们，并对他们说，不久西班牙人也要来岛上了。我给那些西班牙人留了一封信，并要他们答应对他们一视同仁。

我把枪支都留给了他们，其中包括五支短枪，三支鸟枪，还加三把刀。我还留下了一桶半火药。我之所以还有这么多火药，是因为我用得很省，除了开始两年用掉一些外，后来我就一点都不敢浪费。我还把养山羊的方法教给了他们，告诉他们怎样把羊养肥，怎样挤羊奶，做奶油，制乳酪。

总之，我把自己的经历详详细细地告诉了他们。我还对他们说，我要劝船长再给他们留下两桶火药与一些菜种。我对他们说，菜种一直是我所求之不得的东西。我还把船长送给我的一袋豆子也留给了他们，嘱咐他们作为种子播下去。

这些事情办完后，第二天我就离开他们上了大船。我们本来准备立即开船，可是直到晚上都没有起锚。第二天一大早，那五个人中有两个人忽然向船边泅来。他们诉说那三个人怎样歧视他们，样子甚为可怜。他们恳求我们看在上帝的分上收留他们，不然准会给那三个人杀死。他们哀求船长收留他们，就是马上把他们吊死也心甘情愿。

船长看到这种情形，就假装自己无权决定，要征得我的同意才行。后来，经过种种留难，他们也发誓痛改前非，才把他们收容上船。上船后，每人结结实实地挨了一顿鞭子，打完后再用盐和醋擦伤口[①]。从那以后，他们果然成了安分守己的人了。

过了一会儿，潮水上涨了。我就命令把我答应给那三个人的东西，用小船运到岸上去。我又向船长说情，把他们三人的箱子和衣服一起送去。他们收到后，都千恩万谢，感激不尽。我又鼓励他们说，如果将来有机会我派船来接他们，我一定不会忘记他们。

离开小岛时，我把自己做的那顶羊皮帽、羊皮伞和我的鹦鹉都带上船，作为纪念。同时，我也没有忘记把钱拿走。这些钱一共有

---

① 这种做法，一方面是增加痛苦，另一方面为防止感染。

两笔，一笔是从自己的破船上拿下来的；另一笔是从那条失事的西班牙船上找到的。这情况我在前面都已交代过了。这些钱由于一直存放在那里没有使用的机会，现在都已生锈了。若不经过一番擦拭和处理，谁也认不出是银币。

这样，根据船上的日历，我在一六八六年十二月十九日，离开了这个海岛。我一共在岛上住了二十八年两个月零十九天①。我第二次遇难之后获救的这一天，恰好和我第一次从萨累的摩尔人手里坐长艇逃出来，是同月同日。

我乘这条船航行了半年多，终于在一六八七年七月十一日抵达英国。计算起来，我离国已经三十五年了。

我回到英国，人人都把我当外国人，好像我从未在英国住过似的。我那位替我保管钱财的恩人和忠实的管家，这时还活着。不过她的遭遇非常不幸。她再嫁之后又成了寡妇，境况十分悲惨。我叫她不要把欠我的钱放在心上，并对她说，我绝不会找她麻烦。相反，为了报答她以前对我的关心和忠诚，我又尽我微薄的财力给了她一点接济。当然，我现在财力有限，不能对她有多少帮助。可是，我向她保证，我永远不会忘记她以前对我的好处，并告诉她，只要我将来有力量帮助她，我绝不会忘记她。这是后话了。

后来，我去了约克郡。我父亲已经过世，我母亲及全家也都成古人了。我只找到了两个妹妹和我一个哥哥的两个孩子。因为大家都以为我早已不在世上了，所以没有留给我一点遗产。一句话，我完全找不到一点接济和资助，而我身上的一点钱，根本无法帮助我成家立业。

万万没有料到的是，在我这样窘迫的时候，却有人对我感恩图

① 作者在不少地方日子计算不太精确。鲁滨逊是1659年上岛的，因此应该是27年，而不是28年。

报。我意外地救了船长，也救了他的船和货物。这时，船长把我怎样救了全船和船上的人，详详细细地报告了那些船主。他们就把我邀请去，和他们以及几个有关的商人会面。他们对我的行为大大地赞扬了一番，又送了我两百英镑作为酬谢。

我反复考虑自己当前的处境，感到实难安身立命，就决定到里斯本去一趟，看看能不能打听到我在巴西的种植园和那合伙人的情况。我相信，我那合伙人一定以为我死了多年了。

抱着这一希望，我搭上了开往里斯本的船，于第二年四月份到达了那里。当我这样东奔西跑的时候，我的星期五一直跟着我，诚实可靠，并证明无论何时何地，他都是我最忠实的仆人。

到了里斯本，我几经打听，找到了我的老朋友，也就是把我从非洲海面上救起来的那位船长。这真使我高兴极了。船长现在年事已高，早就不再出海了；他让儿子当了船长，而儿子也已近中年了，仍旧做巴西生意。那老人家已经不认得我了。说实在话，我也一样认不出他了。但不久我就记起了他的面貌。当我告诉他我是谁之后，他也记起了我的面貌。

老友重逢，交谈之际，言辞热切。不用说，我接着就询问了我的种植园和合伙人的情况。老人家告诉我，他已有九年没有去巴西了。但他可以向我保证，他离开那里的时候，我的合伙人还在人世。我曾委托他和另外两位代理人照管我的产业。尽管那两位代理人已经过世，但他相信，关于我那种植园的收益，我还是不难收到一份种植园这几十年来发展的详细报告。因为，当时人们以为我出事淹死之后，我的几位产权代理人就把我在种植园股份内应得的收入，报告给税务官。税务官怕我永远也回不来接受这笔财产，就做了如下的处理：收入的三分之一划归国王，三分之二拨给圣奥古斯丁修道院，作为救济贫民以及在印第安人中传播天主教之用。但如果我回来，或有人申请继承我的遗产，我的财产就能还给我，不过已经分配给慈善事业的历年收入，是不能发还的。但他向我保证，政府征收土地税的官员和修道院的司事，一直在监督着我的合伙人，叫他把每年的收入交出一份可靠的账目，并把我应得的部分上缴。

我问他是否知道种植园发展的情况。又问他，在他看来，是否还值得经营下去；如果我去巴西，要把我应得的部分收回来，是否会有什么困难。

他对我说，种植园发展的具体情况，他实在也不清楚。可是他知道，我那合伙人尽管只享有种植园一半的收入，但已成了当地的巨富。他又告诉我，现在回忆起来，他曾听说，仅仅政府收到我所应得的三分之一，每年就达二百葡萄牙金币以上；这部分钱好像拨给了另一个修道院或什么宗教机构去了。要收回这笔财产，应该是不成问题的，因为我的合伙人还活着，可以证明我的股权，而且，我的名字也在巴西登记在册。他又告诉我，我那两位代理人的财产继承人，都是很公正诚实的人，而且都很富有。他相信，我不仅可以获得他们的帮助，领到我的财产，而且，还可以从他们那里拿到一大笔属于我的现款。那是在他们父亲保管期间我每年的收入。据他记忆，把我的收入部分缴公，还只是十二年以前的事。

我听了他的话，心里感到有些烦恼和不安。我问那老船长，我既然立了遗嘱，指定他，这位葡萄牙籍船长，作为我财产的全权继承人，那两位代理人怎么能这样处理我的财产。

他对我说，他确实是我的继承人。但是，关于我的死亡一直无法证实。在没有获得我死亡的确切消息之前，他不能作为我遗嘱的执行人。而且，还有一层，这远隔重洋的事，他也不愿意干预。但他又说，他确实把我的遗嘱向有关部门登记过，而且提出了他的产权要求。如果他能提交我的死亡证明，他早已根据财产委托权，接管了我的糖厂，并派目前在巴西的儿子去经营了。

“可是，”那老人家又说，“我还有一件事要告诉你。这事你听了可能会不太高兴。当时，我们都以为你已死了，大家也都这样认为，你的合伙人和代理人就把你头六七年的收入交给了我，我也都收下了。但当时，种植园正在发展，需扩充设备，建立糖厂，又要买奴隶，所以收入就没有后来的那么多。不过，我一定把我的收入及花费开一份可靠的账单给你。”

我和这位老朋友又连续商谈了好几天，他就把我种植园最初六年的细账交给了我，上面有我的合伙人和两位代理人的签字。当时交出来的都是现货，像成捆的烟叶，成箱的糖。此外，还有糖厂的一些副产品，像糖蜜酒和糖蜜等东西。从账目中我可以看到，收入每年都有增加，但正如上面所提到的，由于开头几年开支较大，实际收入不大。尽管如此，老人家还是告诉我，他欠我四百七十块葡萄牙金币，另外还有六十箱糖和十五大捆烟叶。那些货物在船只开往里斯本的航行中因失事而全部损失了。那是我离开巴西十一年以后发生的事。

这位善良的人开始向我诉说了他不幸的遭遇，说他万不得已，才拿我的钱去弥补损失，在一条新船上搭了一股。“不过，我的老朋友，”他说，“你要用钱的话，钱是有的。等我儿子回来，就可以把钱都还给你。”

说完，他拿出一只陈旧的钱袋，给了我一百六十个葡萄牙金币，又把他搭在新船上的四分之一股份和他儿子的四分之一股份一起开了一张出让证明交给我，作为其余欠款的担保。那条船他儿子现在开往巴西去了。

这位可怜的老人，心地这样正直善良，实在使我深受感动，我真不忍心听他讲下去了。想到他过去对我的好处，想到他把我从海上救起来，对我一直那么慷慨大度，特别是看到现在他对我的真诚善良，听着他的诉说，我禁不住流下了眼泪。于是，我首先问他，以他目前的经济状况，能不能拿出这么多钱，拿出来后会不会使他手头拮据。他告诉我说，拮据当然会拮据一些，但那是我的钱，而且，目前我比他更需要这笔钱。

这位善良的老人所说的话，充满了真挚的友情。他一边说，我一边止不住流泪。一句话，我只拿了他一百块葡萄牙金币，并叫他拿出笔和墨水，写了一张收据给他，把其余的钱都退还给了他。我还对他说，只要我能够收回我的种植园，这一百块钱我也要还给他。这一点我后来确实也做到了。至于他在他儿子船上的股权出让证明，我是无论如何也不能收的。我说，如果我要用钱，我相信他一定会给我的，因为我知道他是一个诚实的人。如果我不需要钱，我就再也不会向他要一文钱，因为，他认为，我完全有理由收回我所指望的产业。

这些事情办完后，老人家又问我，是不是要他替我想个办法，把我的种植园收回来。我告诉他，我想亲自去巴西走一趟。他说，如果我想去，那也好。不过，如果我不想去，也有不少办法保证我收回自己的产权，并马上把收入拨给我使用。目前，在里斯本的特茹河[①]里，正有一批船要开往巴西。他劝我在官方登记处注册了我的名字，他自己也写了一份担保书，宣誓证明我还活着，并声明当时在巴西领取土地建立种植园的正是我本人。

我把老人的担保书按常规作了公证，又附上了一份委托书。然后，老人又替我写了一封亲笔信，连同上述两份文件，让我一起寄给了他所熟悉的一位巴西商人。这一切办完，他建议我住在他家里

① 特茹河，在欧洲西南部，源出西班牙东北部，下游流入葡萄牙境内，称特茹河；该河在西班牙境内称塔霍河。

静候回音。

这次委托手续真是办得再公正也没有了。不到七个月，我收到那两位代理人的财产继承人寄给我的一个大包裹。（应该提一下的是，我正是为了那两位代理人才从事这次遇难的航行的。）包里有下述信件和文件：

第一，我种植园收入的流水账，时间是从他们父亲和这位葡萄牙老船长结算的那一年算起，一共是六年，应该给我一千一百七十四个葡萄牙金币。

第二，在政府接管之前的账目，一共四年，这是他们把我作为失踪者（他们称之为“法律上的死亡”①）保管的产业。由于种植园的收入逐年增加，这四年共结存三万八千八百九十二块葡萄牙银币，合三千二百四十一块葡萄牙金币。

第三，圣奥古斯丁修道院院长的账单。他已经获得十四年的收益。他十分诚实，告诉我说，除了医院方面用去的钱以外，还存八百七十二块葡萄牙金币。他现在把这笔钱记在我的账上。至于国王收去的部分，则不能再偿还了。

另外，还有一封合伙人写给我的信。他祝贺我还活在人世，言辞十分诚挚亲切。他向我报告了我们产业发展的情况以及每年的生产情况，并详细谈到了我们的种植园现在一共有多少英亩土地，怎样种植，有多少奴隶，等等。他在信纸上画了二十二个十字架，为我祝福。他还说，他念了无数遍以“万福马利亚”开头的祷词②，为我活在人间感谢圣母马利亚。他热情地邀请我去巴西收回我的产业。同时，他还要我给他指示，若我不能亲自去巴西，他应把我的财产

---

① 法律上的死亡，如剥夺公民权终身，失踪满一定期限法院依法宣告失踪人死亡等。

②“万福马利亚”开头的祷词，系天主教祈祷文。

交给什么人。在信的末尾，他又代表他本人和全家向我表示他们的深厚情谊，又送给我七张精致的豹皮作为礼物。这些豹皮是他派往非洲的另一艘船给他带回来的；他们那次航行，看来比我幸运得多了。另外，他还送了我五箱上好的蜜饯，一百枚没有铸过的金元，那些金元比葡萄牙金币略小些。

这一支船队还运来了我两位代理人的后代给我的一千二百箱糖，八百箱烟叶；同时，他们还把我账上所结存的全部财产折合成黄金，也给我一起运来了。

现在，我可以说，我犹如约伯[①]，上帝赐给我的比从前更多了。当我读到这些信件，特别是当我知道我的全部财富都已安抵里斯本，我内心的激动实在难以言表。那些巴西的船队，向来是成群结队而来，同一支船队给我带来了信件，也同时运来了我的货物。当我读到信件的时候，我的财产也早已安抵里斯本的特茹河里了。总之，我脸色苍白，人感到非常难受。要不是他老人家急忙跑去给我拿了点提神酒来，我相信，这突如其来的惊喜，一定会使我精神失常，当场死去。

不但如此，就是喝了提神酒之后，我仍感到非常难受，一直持续好几个小时。最后请来了一位医生。他问明了病因之后，就给我放了血。这才使我感到舒服了一些，以后就慢慢好起来。我完全相信，如果我当时激动的情绪不是用这种方法排解的话，也许早就死了。

突然间，我成了拥有五千英镑现款的富翁，而且在巴西还有一份产业，每年有一千镑以上的收入，就像在英国的田产一样可靠[②]。

---

①《圣经·旧约·约伯记》42 ： 12。

② 鲁滨逊的产业，包括现金和土地，相当于18世纪初期英国小庄园主的产业。

一句话，我目前的处境，连自己也莫名其妙，更不知道如何安下心来享用这些财富了。

我做的第一件事情，就是报答我最初的恩人，也就是那好心的老船长。当初我遇难时，他待我十分仁慈，此后自始至终对我善良真诚。我把收到的东西都给他看了。我对他说，我之所以有今天，除了主宰一切的天意外，全靠了他的帮助。现在，我既然有能力报答他，我就要百倍地回报他。我先把他给我的一百葡萄牙金币退还给他。然后，又请来了一位公证人，请他起草了一份字据，把老船长承认欠我的四百七十块葡萄牙金币，以最彻底、最可靠的方式全部取消或免除。这项手续完成之后，我又请他起草了一份委托书，委任老船长作为我那种植园的年息管理人，并指定我那位合伙人向他报告账目，把我应得的收入交给那些长年来往于巴西和里斯本的船队带给他。委托书的最后一款是，老船长在世之日，每年从我的收入中送给他一百葡萄牙金币；在他死后，每年送给他儿子五十葡萄牙金币。这样，我总算报答了这位老人。

我现在该考虑下一步的行动了，并考虑怎样处置上天赐给我的这份产业了。说实在话，与荒岛上的寂寞生活相比，现在我要操心的事更多了。在岛上，除了我所有的，就别无他求；除了我所需要的，也就一无所有。可现在我负有很大的责任，那就是如何保管好自己的财产。我不再有什么洞穴可以保藏我的钱币，也没有什么地方放钱可以不加锁。在岛上时，你尽可以放在那里，直到钱币生锈发霉也不会有人去动一动；而现在，我却不知道把钱放在哪里，也不知道托谁保管好。只有我的恩人老船长，是个诚实可靠的人，也是我唯一可以信托的人。

另一方面，我在巴西的产业似乎需要我去一次。可是，如果我不把这儿的事料理好，把我的财产交托给可靠的人管理，我怎么能贸然前往呢？最初，我想到了我的老朋友，就是那位寡妇。我知道她为人诚实可靠，而且也一定不会亏待我。可是，现在她已上了年纪，又很穷，而且，据我所知，还负了债。所以，一句话，我没有别的办法，只有带着我的财产亲自回英国了。

然而，过了好几个月，才把这件事情决定下来。我现在已充分报答了我从前的恩人老船长，他也感到心满意足。所以，我开始想到那位可怜的寡妇了。她的丈夫是我的第一位恩人，而且，她本人在有能力时，一直是我忠实的管家，并尽长辈之责经常开导我。因此，我做的第一件事情是，让一位在里斯本的商人写信给他在伦敦的关系人，除了请他替我把汇票兑成现款外，还请他亲自找到她，替我把一百英镑的现款亲自交给她。我还要此人当面和她谈一下，因为她目前非常贫困，境况不佳，所以我要此人好好安慰她，并告诉她，只要我活在人世，以后还会接济她。另外，我又给我那两个住在乡下的妹妹每人寄了一百。她们虽然并不贫困，但境况也不太好。一个妹妹结了婚，后来成了寡妇；另一个妹妹的丈夫对她很不好。

可是，在我所有的亲戚朋友中，我还找不到一个可以完全信托的人，把我的全部财产交付给他保管，这样我自己可以放心到巴西去，毫无后顾之虑。这件事一直使我十分烦恼。

我一度也曾想到过在巴西安家落户，因为我从前入过巴西籍。但是在宗教上我总有一点顾虑，使我不敢贸然做出决定。关于这个问题，我不久还会谈到，但当前，妨碍我前往的不是宗教问题。从前我在巴西的时候，已毫无顾忌地皈依了他们的宗教，现在当然更无所顾虑了。不过，最近我经常会考虑到这个问题，想到我将在他们中间生活和去世，我有点后悔当时我皈依了旧教天主教，并感到自己有点不甘心以旧教徒的身份死去。

但是，我上面已说过，目前妨碍我前往巴西的不是什么宗教问题，而是我不知道该把我的财产托付给谁代管。所以，我决定带着我的钱和财产回英国去。到了那里，我相信一定可以结交一些朋友，或找到什么忠于我的亲戚。这样，我就决定带着我的全部财富回英国去。

回国之前，当然先得把一些事情料理一下。开往巴西的船队马上要起航了，所以我决定先写几封回信，答复巴西方面寄给我的那些报告。应该说，他们的报告既忠实，又公正，所以，我的回信也应该写得十分得体。首先，我给圣奥古斯丁修道院院长写了一封回信，在信中，我对他们公正无私的办事态度充满了感激之情，并把那没有动用的八百七十二块葡萄牙金币全部捐献了出去。其中五百块金币捐给修道院，三百七十二块金币随院长意思捐给贫民，并请他为我祈祷。

接着，我又给两位代理人写了一封感谢信，赞扬他们公正无私、诚实忠诚的办事态度。我本想送他们一些礼物，可是一想他们什么也不缺，也就作罢了。

最后，我又给我的合伙人写了一封信，感谢他在发展我们的种植园工作上所付出的辛勤劳动，以及他在扩大工厂经营中所表现的廉洁精神。在信中，我对今后如何处置我的那部分资产作了指示，请他按我赋予老船长的权力，把我应得的收益寄给老船长。以后办法如有改变，我将会再详细通知他。同时，我还告诉他，我不仅会亲自去巴西看他，还打算在那里定居，度过我的余生。另外，我又送了一份丰厚的礼物给他的太太和两个女儿，因为老船长告诉我，他已有了家室。礼物中包括一些意大利丝绸，两匹英国细呢——那是我在里斯本市场上所能买到的最好的呢料，五匹黑色粗呢，以及一些价格昂贵的佛兰德花边。

就这样，我把该料理的事情都办了，把货也卖出去了，又把我的钱财换成可靠的汇票，下一步的难题就是走哪一条路回英国。海路我是走惯了，可是这一次不知什么原因，我就是不想走海路。我不愿意从海路回英国，尽管我自己也说不出什么理由。这种想法越来越强烈，以至有两三次，我把行李都搬到船上了，可是还是临时改变了主意，重新把行李从船上搬了下来。

我的航海生涯确实非常不幸，这也许是我不想再出海的理由之一。但在这种时候，任何人也不应忽视自己内心这种突然产生的念头。我曾特别挑选过两条船，本来我是决定要搭乘的。其中有一条，我把行李都搬上去了；另一条，我也都和船长讲定了。可是，最后我两条船都没有上。后来，那两条船果然都出事了。一条给阿尔及利亚人[①]掳了去；另一条在托贝湾的斯塔特岬角[②]沉没了，除了三个人生还，其他人都淹死了。反正不管我上哪条船，都得倒霉；至于上哪条船更倒霉，那就很难说了。

我为这事心里烦透了，就去与老船长商量。他坚决反对我走海路，而劝我最好走陆路到拉科鲁尼亚[③]，渡过比斯开湾[④]到拉罗谢尔[⑤]，再从拉罗谢尔走陆路到巴黎，既安全又舒适，然后再从巴黎到加来[⑥]和多佛尔[⑦]；或先到马德里，然后由陆路穿过法国。

总之，我不想走海路已成了一种先入为主的想法，怎么也无法改变了。我唯一愿意坐船的一段路，就是从加来到多佛尔这段海路。

---

① 阿尔及利亚人，指当时北非阿尔及利亚一带的海盗。

② 斯塔特岬角，在英吉利海峡，属英格兰德文郡。

③ 拉科鲁尼亚，西班牙西北部港口。

④ 比斯开湾，位于西班牙北岸和法国西岸之间。

⑤ 拉罗谢尔，法国西部海岸城市。

⑥ 加来，法国北部大港，临多佛尔海峡，是从法国到英国的要道。

⑦ 多佛尔，在伦敦东南，与法国加来相对，为英国到大陆的要道。

现在，我既不想急于赶路，又不在乎花钱，所以就决定全部走陆路，而且陆上旅行实在也是很愉快的。为了使这次旅行更愉快，我的老船长又给我找了一位英国绅士为伴。此人是在里斯本的一位商人的儿子，他表示愿意和我结伴同行。后来我们又找到了两位英国商人和两位葡萄牙绅士，不过两位葡萄牙绅士的目的地是巴黎。这样，我们现在一共有六个旅伴和五个仆人——那两位英国商人和两位葡萄牙绅士为了节省开支，各共用一个听差。而我除了星期五之外，又找了一个英国水手当我路上的听差，因为星期五在这异乡客地，难以担当听差的职务。

我们就这样从里斯本出发了。我们都骑着好马，全副武装，成了一支小小的部队。大家都很尊敬我，称我为队长，一来是我年纪最大，二来我有两个听差。再说，我也是这次旅行的发起人哩。

前面，我没用我的航行日记使读者生厌；现在，我当然也不想用陆上旅行日记使读者厌烦了。但是，这趟旅行既疲劳又艰苦，其间也发生了几件险事，在这里不能不提一下。

我们到了马德里之后，因为大家都第一次来到西班牙，所以都想逗留几天参观一下西班牙皇宫和其他值得观光的地方。但这时已近夏末秋初，我们不得不匆匆重新上路。离开马德里时，已是十月中旬了。可是，当我们到达纳瓦拉[①]边境时，在沿路的几个小城镇里听到人们议论纷纷，说在法国境内的山上已经大雪纷飞，几个冒险试图越过山区的旅客都被迫返回了潘佩卢那[②]。

我们到达潘佩卢那后，发现情况确实如此。这么多年来，我一向过惯了热带气候，在那里连衣服也热得穿不上；可现在突然遇此

---

① 纳瓦拉，西欧一地区，位于西班牙北部和法国西南部，是中世纪封建国家纳瓦拉王国的所在地。现为西班牙一省名。

② 潘佩卢那，西班牙纳瓦拉省省会。

严寒，实在有点受不了。尤其是，十天以前我们才离开旧卡斯蒂利亚[①]，那儿气候不仅温暖，甚至很热。现在，从比利牛斯山[②]上一下子吹来一股寒风，冷得叫人受不了。我们的手脚都冻得麻木了，差点儿把手指头和脚指头都冻掉。这突如其来的变化是出乎我们意料的，令我们非常苦恼。

可怜的星期五一辈子没见过雪受过冻。现在忽然看见大雪封山，天寒地冻，简直把他吓坏了。

更糟的是，我们到达潘佩卢那后，大雪一直下个不停。人们都说，今年冬天来得特别早。这一段路本来就不好走，现在更是无法通行了。有些地方积雪很深，寸步难行；而且，这一带的雪不像北方那样冻得结结实实的，而是很松软，因此走在上面随时有被活埋的危险。我们被阻在潘佩卢那不下二十天。眼看冬季已到来，天气没有转好的可能，因为这是人们记忆中欧洲最严寒的一个冬天。在此情况下，我提议我们应先到封塔拉比亚[③]，然后再从那儿坐船到波尔多[④]，那段海路不太远。

正当我们考虑另寻出路时，忽然来了四位法国绅士。他们曾经在法国境内的山路上被雪所阻，正像我们在这儿西班牙境内的山路上被雪所阻一样。但是，他们后来找到了一个向导，带他们绕过朗格多克[⑤]附近的山区，一路上没碰到什么大雪；即使在雪最多的地方，据他们说也冻得很硬，人和马通行是不成问题的。

我们就把那位向导找了来。他对我们说，他愿意从原路把我们

---

① 旧卡斯蒂利亚，西班牙省名，在西班牙北部。

② 比利牛斯山，横断西班牙和法国的大山。

③ 封塔拉比亚，面临比斯开湾的一个西班牙港口。

④ 波尔多，法国西南部的大海港。

⑤ 朗格多克，法国南部一省名。

带过去，不会遇到大雪的阻碍，但我们必须多带武器，防备野兽的袭击。因为他说，大雪过后，经常有些狼在山脚下出没，因为遍地大雪，它们找不到食物，已经饿慌了。我们告诉他，我们对狼这一类野兽已有充分的准备；不过，他要保证我们不会遇到两条腿的狼，因为我们听说，这一地区十分危险，经常会受到强人的抢劫，尤其是在法国境内。

向导对我们说，在我们走的路上，没有强人袭击的危险。于是，我们马上同意跟他走。另外还有十二位绅士和他们的仆人决定和我们一起走。他们中间有法国人，也有西班牙人。我前面提到，这些人曾试图过境，但因大雪所阻，被迫折回来了。

于是，在十一月十五日，我们一行全体人马跟着我们的向导，从潘佩卢那出发了。出乎我意料的是，他并不往前走，而是带我们倒回头来，朝我们从马德里来的那条路上走回去。这样走了大约二十多英里，然后渡过了两条河，来到了平原地带。这儿气候暖和起来，且风景明媚，看不见一点雪。可是，向导突然向左一转，从另一条路把我们带进了山区。这一路上尽是崇山峻岭、悬崖峭壁，看起来煞是可怕。可是，向导左转右转，曲折迂回，居然带着我们不知不觉地越过了最高的山头，路上并没有碰到什么大雪的困阻。突然，他叫我们向远处看，我们居然看到了风景美丽、物产丰富的朗格多克省和加斯科涅省[①]。只见那儿树木繁茂，一片葱绿，但距离还相当远。我们还得走一程崎岖艰难的山路，才能到达那儿。

然而，使我们感到不安的是，这时下起了大雪，整整下了一天一夜，简直没法走路。向导叫我们放心，说我们不久即可通过这一地区。事实上，我们也发现，我们一天天地在下山，而且愈来愈往

---

① 加斯科涅省，旧时法国南部的一个省。

北走。因此，我们就跟着向导，继续前进。

天黑前两小时，我们的向导远远走在我们的前面；当时，我们已看不到他的身影了。突然，从左边密林深处的山坳里，冲出来三只凶猛的大狼，后面还跟着一头熊。有两只狼直向我们的向导扑去。如果他离我们再远点，就早给狼吞掉，我们也来不及救他了。这时，一只狼向他的马扑去，紧紧咬住了马；另一只向他本人扑去，使他措手不及，不仅来不及拔出手枪，甚至在慌乱中都没有想到要拔枪自卫，只是一个劲儿拼命朝我们大喊大叫。这时，星期五正在我的身旁。我就命令他策马向前，看看究竟发生了什么事。星期五一见到向导，也像向导一样大叫起来："主人！主人！"但他毕竟是个勇敢的男子汉，立即催马冲到向导跟前，拿起手枪，对着那只狼的头上就是一枪，结果了那畜生的性命。

可怜的向导应该说运气不错，因为他碰上了星期五。星期五在他家乡与野兽打惯了交道，所以一点也不害怕。他能坦然地走到狼的跟前，一枪把它打死。要是换了别人，就不敢靠得那么近开枪了。而从远距离开枪，不是打不着狼，就是可能打着人。

即使像我这样胆大的人，见此情景也着实吓得心惊肉跳。说实在的，我们一行人都吓得魂不附体，因为，紧跟着星期五的枪声，我们就听见两边的狼群发出一片最凄惨的嚎叫，山谷里又发出阵阵回声，结果狼嚎和回声此起彼伏，犹如成千上万的狼在吼叫。说不定来的狼确实也不止这几只，要不，我们也不至于如此惊恐万分了。

星期五打死了那只狼之后，另一只狼本来紧咬着马不放，登时也松了嘴逃跑了。幸亏这只狼咬住了马头，马勒头上的铁圈刚刚卡住了狼的牙齿，因而马没有受什么伤。可是向导的伤可不轻，因为那只激怒了的野兽一共咬了他两口，一口咬在肩膀上，一口咬在他膝头上方。而且，当星期五上前把狼打死时，他那匹受惊的马几乎把他摔了下来。

不用说，一听到星期五的枪声，我们立即催马向前。尽管道路很难走，我们还是快马加鞭，想看看前面到底发生了什么情况。我们一转出挡住视线的小树林，就把情况看得一清二楚，并亲眼看到星期五怎样救了那位可怜的向导，但当时我们还看不清楚他打死的究竟是只什么野兽。

紧接着，星期五和那只大熊之间展开了一场最大胆、最惊人的大战。这场大战起初确实使我们胆战心惊，最后却使大家开怀大笑。熊的身体笨重，行动蹒跚，跑起来当然没有狼那样轻快。因此，它的行动有两个特点。第一，它一般不把人当作猎食的对象；当然，像现在这样大雪遍地，极端饥饿的时候，这笨拙的大家伙是否也会吃人，那就很难说了。一般来说，要是在树林里遇到熊，你不去惹它，它也不会来惹你。不过，你得特别小心，要对它客气，给它让路，因为它是一位特别难以取悦的绅士，即使是一位王子走来，它也不肯让路。如果你真的害怕，最好不要看它，继续走你的路。如果你停下来，站着正视它，熊就认为是对它的侮辱。如果你向它丢点什么东西，打中了它，哪怕是一根小小的树枝，只有你手指头那么粗，熊也认为是一种侮辱。这时，它会把一切丢开不管，一心只想报仇，不达目的决不罢休。这有关它的荣誉问题，它一定要把面子挣回来才算满足。这是熊的第一个特点。第二个特点是，熊一旦受到侮辱，就会不分昼夜地跟着你，一直到报了仇才罢休，哪怕绕上许多路，也要赶上你，抓住你。

星期五救了向导的性命。当我们走上去的时候，他正在帮助向导下马，因为向导受了伤，又受了惊吓，而且，看来惊恐甚于伤势。这时，那只熊突然从树林里出来了。这只熊身躯异常庞大，是我生平所看到的最大的熊。我们大家一见，都有点恐慌，可是星期五见到它，反而喜形于色，显出精神百倍的神气。“啊！啊！啊！”他一连叫了三声，又指着熊对我说：“主人，你允许我吧！我要和它握握手，我要叫你们乐一乐！”

我看到这家伙如此兴高采烈，不免出乎意料。“你这傻瓜，”我说，“它要吃掉你的！”“吃掉我！吃掉我！”星期五一连说了两遍，“我还要吃掉它哩！我要让你们乐一乐。你们都站开。我要让你们乐一乐！”于是他坐在地上，脱下靴子，换上一双便鞋。这是一种平底鞋，他衣袋里正好有一双。他把马交给听差，然后带着他的枪，一阵风似的飞快跑了过去。

那只熊正慢条斯理地向前走，看起来不想惹任何人。可是星期五走到它跟前，向它打招呼，好像熊能听懂他的话似的。“你听着，你听着，”他说，“我在跟你说话哩！”我们远远跟在后面。这时我们已走下了山，进入了山这边的加斯科涅省。这儿地势平坦开阔，到处是树木。我们进入了一片大森林。

星期五追上了那只熊，捡起一块大石头向它丢去，正好打在熊的头上。当然，这一点也没伤着它，就像打在一座墙上。可是这样一来，星期五的目的达到了。星期五这家伙简直毫无畏惧，他这样做纯粹是挑衅，好惹那只熊来追他，照他的说法是逗我们“乐一乐”！

那只熊感觉到有石头打它，并看见了星期五，登时转身向星期五追来。那熊迈开大步，摇摇摆摆，跑得飞快，差不多和马小跑一样快。星期五撒腿就跑，仿佛向我们这边跑来求援似的。于是大家决定向熊开枪，救我的人。但我心里非常生气。因为那熊本来好端端地在走它的路，并没有要惹我们，尤其使我生气的是，他把熊引向我们这儿来，自己却跑掉了。于是我高声叫道：“你这狗东西，你就这样让我们乐一乐吗？快走开，牵上你的马，我们可以开枪打死这畜生。”他听到了我的话，就叫起来:“别打，别打！站着不要动，好戏在后面哪！”星期五生就一双飞毛腿，他跑两步，熊才跑一步。突然，他一转身，从我们旁边跑开，看到那边有一棵大橡树正合他的需要，就向我们招手，叫我们跟上去。同时，他跑得更快，把枪放在离树根大约五六码的地上，自己敏捷地爬上了树。

熊也很快跑到树下，我们一行则远远地跟在后面。那熊先在枪边停了下来闻了闻那支枪，没有去动它，就往树上爬。虽然那家伙身子笨重，但爬起树来像猫一样灵活。我对星期五的这种愚蠢行为深为惊愕，一点也看不出有什么好笑的地方。我们看到熊已经上了树，就一齐策马向前。

当我们来到大树跟前时，星期五已爬到一根树枝的枝梢上，那根树枝长长地向外伸展。这时，那熊也上了那树枝。它沿着树枝向外爬，越向外爬，树枝就越细越软。“哈，”星期五对我们说，“现在你们看我教熊跳舞。”于是他在那根树枝上大跳大摇，弄得那熊摇摇欲坠，只好站住不动，并开始往后回顾，看看怎样能爬回去。我们看到这样子，果然都开怀大笑起来。但星期五玩熊才刚刚开个头呢。他看到那熊站着不动了，就又去招呼它，仿佛相信熊也能讲英语似的:“嗨，怎么啦！你不过来了？请你再朝前走吧！”于是，他不再摇摆树枝了。那只熊也似乎明白他的话似的，又向前爬了几步。于是，星期五又开始大跳大摇，那熊又站住了。

我们认为，这时正好可以向熊头上开一枪，把它打死。于是就叫星期五站着别动，我们要打熊了。可是星期五大声叫着求我们：“喔，请不要开枪，等会儿我会开枪的。”好吧，现在长话短说，星期五又在树枝上大跳大摇了一阵子，那只熊趴在上面，东倒西摇，引得我们大家都笑了个够。可是，我们都不知道星期五玩的是什么鬼把戏。起初，我们以为星期五要把熊从树枝上摇下来，可是，我们看得出，那熊也相当狡猾，不肯上当，它再也不肯往前多走一步，怕自己被摇下来，只是一个劲儿地用它那又宽又大的熊掌紧紧地抓住树枝。所以，我们不知道这件事将会有什么结局，也想象不出这场玩笑最后会如何结束。

但星期五很快就解开了我们的疑团。他见那熊紧抓树枝，不肯往前挪动一步，就说：“好吧，好吧，你不走，我走，我走。你不到我这儿来，我到你那儿去。”说完，他爬到树枝的末梢，那地方只要被他的体重一压，就会垂下来。他从树枝上轻轻滑下来，等到离地不远时，就一下子跳到地上，飞也似的向他的枪跑过去，把枪拿在手里，站在那里一动也不动。

“唔，”我对他说，“星期五，你现在想干什么？为什么你不开枪打死它？”“不打，”星期五说，“还不打。现在不开枪，我不打它。我待在这儿，再让你们乐一下。”不久，我们就看到，他真的这样干了。因为那熊见他的敌人走了，也就从它站着的树枝上往后退。但它往回走的时候极其从容不迫，每走一步，都要回头看一下。退着退着，它终于退到树干上来。然后，它还是倒着身子，从树干上往下爬。它脚掌紧抓树干，一步一步地往下退，依旧是那样从容。就在那熊的后腿刚要落地，星期五一步赶上去，把枪口塞进它的耳朵，一枪就把它打死了。

这时候，星期五这家伙转过身来，看看我们有没有笑。他看到我们都喜形于色，他自己也哈哈大笑起来。“我们那里就是这样杀熊的。”星期五说。“你们真的是这样杀的吗？”我问，“你们没有枪怎么杀啊？”“没有，”他说，“没有枪，我们用箭射，很长很长的箭。”

星期五的游戏对我们来说确实是一场很好的消遣。可是，我们现在还在荒山野地里，向导又受了重伤，真不知怎么办才好。刚才狼群的嚎叫声还一直在我的耳际回响。说实话，除了我有一次在非洲海岸听到过的那些野兽的吼叫声之外，还从来没有听到过任何声音使我这样毛骨悚然。关于非洲海岸的那次经历，我前面曾叙述过了。

由于上述这些情况，再加上天快黑了，我们便不得不匆匆离开。不然的话，依星期五的意思，我们一定会把那巨熊的皮剥下来，那是很值钱的。可是，我们还要赶九英里的路，向导也一直催我们快走，我们只好丢开那只熊，继续往前赶路。

地上仍有积雪，不过没有山里那么深，因而走起来也不那么危险了。后来，我们听说，那些凶猛的野兽由于饿急了，都从山上下来跑到树林里和平原上来寻找食物。它们袭击村庄和居民，咬死许多羊和马，甚至还伤了一些人。

向导对我们说，我们还要经过一个危险的地方。如果这一带还有狼的话，我们一定会在那里碰到。那地方是一片小小的平川地，四周都是树林。要想穿过树林，就必须走一条又长又窄的林间小道，然后才能到达我们将要宿夜的村庄。

当我们进入第一座树林时，离太阳落山仅半小时了，等我们进入那片平川，太阳已经下去了。在第一座树林里，我们什么也没有碰见，只在一块二百来码长宽的林间空地上，看见有五只大狼，一只跟着一只，飞快地在路上越过，大概是在追赶一个什么小动物吧，因为那小动物就在它们前面。那些狼没有注意到我们，不到一会儿，就跑得无影无踪了。

我们的向导本来就是一个胆小如鼠的人。他看到这情景，就嘱咐我们早做准备，因为，他相信，一定会来更多的狼。

我们手里紧握着枪，眼睛紧盯着四面八方。可是在我们穿过那座一英里多长的树林，进入平川地以前，再也没有看见过别的狼。等我们一进入平川，向四下一望，头一眼就见到一匹死马。这是一匹被狼群咬死的马，同时见到至少有十二只狼在那里大吃特吃。其实，马肉早就给它们吃光了，现在正在啃马骨头呢！

我们感到不应该去打扰它们的盛宴，何况它们也没有注意到我们。星期五本来想向它们开枪，可是我怎么也不同意。因为我感到，我们的麻烦还在后面呢，尽管我们现在还不知道。我们在那片平川地上还没走上一半的路，就听到左边森林里此起彼落的狼叫声，令人胆战心惊。不一会儿，就看见上百只狼一窝蜂似的向我们扑来。那些狼都排成单行，就像一位有经验的军官所带的部队一样整齐。我简直不知道如何对付它们。结果，我认为最好的办法是我们互相靠拢，排成一行。于是，我们马上照此行事。为了不致使我们的火力中断太久，我下令只许一半人开枪，另一半人做好准备；如果第一排枪响过后，狼群继续向我们冲来，就开第二排枪；同时，在开第二排枪时，那开第一排枪的一半人，不要忙于装他们的长枪子弹，而是应该抽出手枪，做好准备。因为我们每人身上都有一支长枪和两支手枪。用这种办法，我们可以连续开六排枪，每次有一半人开枪。然而，当时还没有必要这样做。放出第一排枪之后，我们的敌人就给枪声和火光吓坏了，马上停止了前进。有四只狼被我们打中头部，倒了下来；另外有几只受了伤，鲜血淋淋地跑掉了。这在雪地上可以看得一清二楚。我发现，狼群停止了攻击，但没有后退。这时，我忽然记起有人说过，就是最凶猛的野兽，听见人的声音也会害怕。于是我就叫人家拼命呐喊。这个办法果然很有效。我们一喊，狼群就开始后退，掉头跑掉了。我又下令朝它们背后开了一排枪。这样一来，它们才撒腿跑回树林里去了。

这时，我们才有时间重新给枪装上弹药。同时，我们抓紧时间继续前进。可是，我们刚装好枪准备上路时，又从左边原来的那座树林里传出了可怕的嚎叫声。这一次狼群离我们较远，但却在我们去路的正前方。

黑夜来临了，光线变得暗淡起来。这对我们更加不利。叫声越来越响，我们不难辨别出，那是恶狼的嚎叫。突然，出现了两三群狼。一群在我们左边，一群在我们后边，还有一群在我们前面，看样子已经把我们包围起来了。我们见狼群并没有向我们进攻，就催马继续前进。可是路很难走，只能让马小跑着。跑着跑着，便看见远处有一个森林的进口，我们非得穿过那片树林，才能走到这片平川的尽头。当我们走进那林间小道时，只见那路口站着数不胜数的狼。这不禁使我们大吃一惊。

突然，在树林的另一个入口处，我们听见一声枪响。向左边一看，只见一匹马从树林里冲出来，一阵风似的向前飞奔。马上的马勒马鞍均完好无损。同时有十六七只狼，飞快地在后面追着。当然，马要比狼跑得快得多，它把狼群远远地丢在后面。可是，问题是那匹马不可能支持太久，最后必然会给狼群追上。

正当此时，我们又看到了一幅可怕的景象。当我们催马走近那匹马奔出来的路口时，见到了一匹马和两个人的尸骸，毫无疑问是给狼咬死吃掉的。其中一个人身边还挂着一支枪，枪是放过的，所以一定就是刚才开枪的人。现在，他的头和上半身都已给狼吃掉了。

看到这副惨状，我们都不禁心惊肉跳，不知如何办才好。但那群野兽不久就逼得我们不得不采取行动。这时，狼群已把我们包围，想以我们一行人马果腹。我相信，一共有三百来只。值得庆幸的是，在离树林入口处不远，正好堆着一大批木料，大概是夏天采伐下来堆在那里预备运走的。这对我们的行动非常有利。我把我这一小队人马开到那堆木料后面。那儿有一根木头特别长，我就把队伍在那根长木头后面一字排开。我让大家都下马，把那根长木头当作胸墙，站成一个三角形或三边形的阵线，把我们的马围在中央。

我们这样做了，而且也幸亏这样做了。因为这群饿狼向我们发动了攻击，其凶猛程度在狼害为患的当地也是罕见的。它们嚎叫着向我们扑来，蹿上了那根长木头。前面我已提到，我们以此长木头作为胸墙。它们的目的只有一个，就是扑向猎物。从它们的行动判断，其目标主要是我们身后的那些马匹。我命令我的队伍像上次那样分两批开火，一人隔一人放枪。他们都瞄得很准。第一排子弹开出去，就打死了好几只狼。可是，我们不得不连续开火。这批恶狼犹如恶魔一样，前仆后继，不知死活地向前猛冲。

第二排枪放完后，我们以为狼群暂时停止了进攻，我也希望它们已经逃走。但一会儿，后面的狼又冲上来了。我们又放了两排手枪子弹。这样，我们一共放了四排枪。我相信，至少打死了十七八只狼，打伤的大约多一倍。可是，它们还是蜂拥而来。

我不愿匆匆放完最后一排枪，就叫来了自己的仆人。我没有叫星期五，而是叫了我新雇的那个水手。星期五有更重要的任务要完成。在我们开火的时候，他以惊人的速度给我和他自己的枪装弹药。所以我说，我叫的是新雇的仆人。我给了他一角火药，命令他沿着那根长木头把火药撒下去，撒成一条宽宽长长的火药线。他照着办了。他刚转身回来，狼群就冲了过来，有几只甚至已冲上了那根长木。我立即抓起一支没有放过的手枪，贴近火药线开了一枪，使火药燃烧起来。冲上木料的几只狼给烧伤了；其中有六七只由于火光的威力和惊恐，竟连跌带跳地落入我们中间。我们立即把它们解决了。其他的狼被火光吓得半死，加上这时天已黑下来，火光看起来就更可怕了，这才使那些狼后退了几步。

这时，我就下令全体人员用手枪一齐开火，那是我们剩下的最后一批没有放过的手枪。然后大家齐声呐喊。这才使那些狼掉转尾巴逃跑了。于是我们马上冲到那二十多只受伤的狼跟前。它们已跑不动了，只是在地上挣扎。我们拿起刀乱砍乱杀。正如我们所预期的那样，这办法果然很奏效，因为那些逃跑的狼听到它们同伴的惨叫声，知道事情不妙，就吓得跑远了，而且再也没有回来。

我们一共打死了六十多只狼。要是在白天，我们也许能杀死更多。扫清了敌人，就继续前进。我们还要赶三英里的路。在路上，有好几次，听到饿狼在森林里嚎叫咆哮。有时，好像还看到几只狼的身影，但因雪光耀眼，不敢十分肯定。大约又过了半小时，我们才到了预定要过夜的那个小镇。到了那里，发现全镇人个个神色惊恐，并全副武装。原来昨天晚上，有不少狼和几只熊侵入了村子，把人们吓坏了，只好昼夜巡逻守卫；尤其是夜里，更要严加把守，保护牲畜，更要保卫全体居民。

第二天早晨，向导的病势加重了。他的两处伤口化脓，因而四肢都肿胀起来，根本无法上路。我们只得雇了一个新向导，把我们带到土鲁斯[①]。那儿气候温和，物产丰富，风景明媚，既没有雪，也没有狼或其他猛兽。当我们在土鲁斯把我们的经历告诉那些当地人时，他们对我们说，在山下大森林里，碰到狼是常事，尤其是当白雪覆盖大地，狼就成群出现。他们再三问我们，我们雇了哪个向导，竟敢在大雪天带我们走这条路。他们说，我们没有给狼吃掉，真是万幸！我们告诉他们，我们是把马围在中间，摆成一个三角形的阵势打退狼群的。他们听了后大大责怪了我们一阵子，说我们没有把命送掉，真是运气。狼主要是想吃马。它们之所以那样奋不顾身冲上来，是由于看到了我们身后的马。一般来说，狼是怕枪的，但当它们饿疯时，就会不顾危险，只想抢马吃了。要不是我们连续开枪，并且最后用点燃火药的办法把它们吓退，我们大概早就给那些饿狼

① 土鲁斯，法国南部大城市，过去是朗格省的省会。

撕成碎片吃掉了。其实，只要我们安安稳稳地坐在马上，像骑兵那样向狼群开枪，它们看到马上有人，就不会把马看作猎物了。最后，他们又说，如果我们大家紧挨在一起，丢开我们的马，狼就一心只想吃马而不会管我们，我们也可平安通过，更何况我们有武器，而且人多势众。

对我来说，这次遇险，是我一生中最可怕的一次。当时，我看到三百多个恶魔般的畜生嚎叫着向我们冲来，张开大嘴恨不得一口把我们吞掉，而我们又无处可躲，无处可退，我以为一定完蛋了。说实在的，从此我再也不想过那些山了。我觉得宁可在海上航行三千海里，哪怕一星期遇上一次风暴，也比过那些荒山野岭强。

在法国的旅程，一路上没有什么特别的事情可记。即使有，也不过是许多其他旅行家已记过的事，而且他们肯定比我记的好得多。我从土鲁斯到巴黎，一路马不停蹄，直达加来。随后，在一月十四日，平安渡过海峡到达多佛尔。这整整一个最严寒的冬季，我就在旅行中度过了。

现在我已抵达旅行的终点了。在短短的几天里，我兑现了带来的几张汇票。我新获得的财产，也都安全地转到了我的手上。

我的长辈和良师益友，就是那位心地善良的老寡妇，她衷心感激我汇给她的钱。因此，她不辞劳苦，对我关怀备至，尽心尽力为我服务。我对她也是一百个放心，把所有的财产都交托给她保管。这位善良的、有教养的女人，确实品德高尚，廉洁无瑕，我对她自始至终都非常满意。

当时，我打算把我的财产交给这位妇人代管，我自己出发去里斯本，再从那里去巴西。但这时我有了另一个顾虑，那就是宗教问题。早在国外时，尤其是我在荒岛上过着那种孤寂的生活时，我对罗马天主教就产生了怀疑。因此，我若想去巴西，甚至想在那里定居，在我面前只有两种选择：要么我决定毫无保留地信奉罗马天主教，要么我决定为自己的宗教思想献出生命，作为殉教者在宗教法庭上被判处死刑。所以，我就决定仍住在本国，而且，如果可能的话，把我在巴西的种植园卖掉。

为此，我写了一封信给我在里斯本的那位老朋友。他回信告诉我，他可以很容易地在那儿把我在巴西的种植园卖掉。我若同意委托他经办此事，他可以以我的名义通知住在巴西的那两位商人，也就是我那两位代理人的儿子。他们住在当地，一定知道那份产业的价值，而且，我也知道他们很有钱。所以，他相信，他们一定会乐意买下来。他也毫不怀疑，我至少可以多卖四五千葡萄牙金币。我同意让他通知他们。他也照办了。大约八个月之后，去巴西的那艘船又回到了里斯本。他写信告诉我，他们接受了我的卖价，并已经汇了三万三千葡萄牙金币给他们在里斯本的代理人，嘱咐他照付。

我在他们从里斯本寄给我的卖契上签了字，并把契约寄回给在里斯本的我的那位老朋友。他给我寄来了一张三万二千八百块葡萄牙金币的汇票，那是我出卖那份产业所得的钱。我仍然履行了我先前许下的诺言，每年付给这位老人一百块葡萄牙金币，直到他逝世，并在他死后每年付给他儿子五十块葡萄牙金币作为他的终身津贴。原先这笔钱是我许诺从种植园的每年收益中支取的。

现在，我叙述完了我一生幸运和冒险经历的第一部分。我这一生犹如造物主的杰作，光怪陆离，浮沉不定，变化无常，实乃人间罕见。虽然开始时我显得那么愚昧无知，但结局却比我所期望的要幸运得多。

我现在可谓是福星高照，佳运交集。在这种情况下，任何人都以为我不会再出去冒险了。如果情况不是像后来发生的那样，我也确实会在家安享余年。可是，我现在的情况是，自己已过惯了游荡的生活，加上我目前一无家庭牵挂，二无多少亲戚，而且，我虽富有，却没有结交多少朋友。所以，尽管我已经出售了在巴西的种植园，可是我还常常想念那个地方，很想旧地重访，再作远游。我尤其想到我的岛上去看看，了解一下那批可怜的西班牙人是否上了岛，我留在岛上的那批坏蛋又是怎样对待他们的。这种出自内心的渴望，十分强烈，使我难以自制。

我忠实的朋友，就是那位寡妇，竭力劝我不要再外出远游了。她真的把我劝住了。整整七年，她都不让我出游。在这期间，我领养了我的两个侄儿，他俩都是我一个哥哥的孩子。大侄儿本来有点遗产，我把他培养成了一个有教养的人，并且拨给他一点产业，在我死后并入他的财产。我把另一个侄儿托付给一位船长。五年后，我见他已成了一个通情达理、有胆识、有抱负的青年，就替他买了一条好船，让他航海去了。后来，正是这位小青年竟把我这个老头子拖进了新的冒险事业。

在此期间，我在国内也初步安定下来。首先，我结了婚。这个婚姻不算太美满，也不算不美满。我生了三个孩子：两个儿子和一个女儿。可是，不久我妻子就过世了。这时，我的侄子又正好从西班牙航海归来，获利甚丰。我出洋的欲望又强烈起来，加上我侄儿一再劝说，于是，我就以一个私家客商的身份，搭他的船到东印度群岛去。这是一六九四年的事。

在这次航行中，我回到了我的岛上。现在，这座小岛已是我的新殖民地了。我看到了我的那些继承人——就是那批大陆上过去的西班牙人，了解了他们的生活情况以及我留在岛上的那几个恶棍的情况，知道他们起初怎样侮辱那批可怜的西班牙人，后来又怎样时而和好，时而不和，时而联合，时而分开；最后那批西班牙人又怎样被迫使用武力对付他们，把他们制服，以及那批西班牙人又怎样

公正地对待他们。他们的这段经历如果写出来，也会像我自己的经历一样光怪陆离，变化多端，尤其是他们同加勒比人打仗的故事，更是惊险异常。那些加勒比土人曾三番五次地登上海岛。他们也谈到了岛上生产发展和生活的改善情况，以及他们怎样派了五个人攻到大陆上去，掳来了十一个男人和五个女人。所以，当我这次重访小岛时，那儿已经有了二十来个孩子。

我在岛上逗留了大约二十天，给他们留下了各种日用必需品，特别是枪支弹药、衣服和工具，以及我从英国带来的两个工人——一个是木匠，另一个是铁匠。

另外，我把全岛领土加以划分后分配给他们，我自己保留全岛的主权。我根据他们的要求，把土地一一分给他们。这样，我替他们解决了土地的归属问题，并嘱咐他们不要离开小岛，我自己就离开了。

从那儿，我到了巴西。在巴西，我买了一条帆船，又送了一些人到岛上去。在那条船上，除了一些应用物品外，又给他们送了七个妇女去。这七个妇女都是经我亲自挑选的，有的适于干活，有的适于做老婆，只要那边有人愿意娶她们。至于那几个英国人，只要他们愿意在岛上勤于耕作，我答应从英国给他们送几个女人和大批的日用必需品去。这些诺言我后来也都实践了。这几个人被制服后，分到了土地，后来都成了诚实勤劳的人。我还从巴西给他们送去了五只母牛，其中有三只已怀了小牛，另外还有几只羊和几头猪。后来我再去时，那儿已是牛羊成群了。

除了这些事情外，后来还发生了不少惊险的遭遇。三百来个加勒比土著曾入侵海岛，破坏了他们的种植园。他们曾两次与这些野人作战，起先被野人打败了，死了三个人。后来，刮起了风暴，摧毁了土著的独木舟；其余的野人不是饿死就是被消灭了，这样才重新收复了种植园，继续在岛上过日子。

所有这些事情，以及我个人后来十多年的惊险遭遇，我可能以后再一一叙述。

经典译林

Yilin Classics

书名	单价	书名	单价
癌症楼	78.00 元	艾青诗集	35.00 元
爱的教育	39.00 元	爱丽丝漫游奇境	29.00 元
安娜·卡列尼娜	65.00 元	安徒生童话选集	42.00 元
傲慢与偏见	36.00 元	奥德赛	92.00 元
八十天环游地球	32.00 元	巴黎圣母院	42.00 元
白洋淀纪事	39.00 元	百万英镑	35.00 元
包法利夫人	38.00 元	悲惨世界（上、下）	98.00 元
背影	28.00 元	被侮辱与被损害的人	39.00 元
边城	36.00 元	变色龙：契诃夫中短篇小说集	39.00 元
彼得·潘	35.00 元	变形记 城堡	38.00 元
草叶集：惠特曼诗选	39.00 元	茶馆	32.00 元
茶花女	35.00 元	查拉图斯特拉如是说	38.00 元
沉思录	29.00 元	城南旧事	29.00 元
吹牛大王历险记（插图版）	35.00 元	大卫·科波菲尔（上、下）	79.00 元
当代英雄	45.00 元	稻草人	29.00 元
地心游记	32.00 元	飞鸟集·新月集：泰戈尔诗选	39.00 元
飞向太空港	39.00 元	福尔摩斯探案集	58.00 元
复活	42.00 元	傅雷家书	49.00 元
富兰克林自传	36.00 元	钢铁是怎样炼成的	39.00 元
高老头	39.00 元	格列佛游记	35.00 元

书名	单价	书名	单价
格林童话全集	49.00 元	给青年的十二封信	38.00 元
古希腊悲剧喜剧集（上、下）	118.00 元	海底两万里	38.00 元
红楼梦	69.00 元	红与黑	49.00 元
呼兰河传	35.00 元	呼啸山庄	39.00 元
基督山伯爵（上、下）	108.00 元	纪伯伦散文诗经典	42.00 元
寂静的春天	35.00 元	假如给我三天光明	32.00 元
简·爱	39.00 元	金银岛	35.00 元
经典常谈	29.00 元	荆棘鸟	45.00 元
静静的顿河	128.00 元	镜花缘	49.00 元
局外人·鼠疫	38.00 元	菊与刀	35.00 元
克雷洛夫寓言	32.00 元	宽容	32.00 元
昆虫记	39.00 元	老人与海	32.00 元
理想国	45.00 元	聊斋志异	55.00 元
了不起的盖茨比	38.00 元	列那狐的故事	39.00 元
猎人笔记	38.00 元	林肯传	39.00 元
柳林风声	36.00 元	鲁滨逊漂流记	39.00 元
鲁迅杂文选集	36.00 元	绿野仙踪	32.00 元
绿山墙的安妮	36.00 元	论人类不平等的起源和基础	35.00 元
罗马神话	16.80 元	罗生门	39.00 元
骆驼祥子	32.00 元	美丽新世界	35.00 元
秘密花园	36.00 元	名人传	39.00 元
木偶奇遇记	35.00 元	拿破仑传	49.00 元
呐喊	29.00 元	牛虻	38.00 元
欧·亨利短篇小说选	36.00 元	欧也妮·葛朗台	32.00 元

书名	单价	书名	单价
彷徨	32.00 元	培根随笔全集	38.00 元
飘（上、下）	88.00 元	普希金诗选	42.00 元
骑鹅旅行记	36.00 元	乞力马扎罗的雪	39.80 元
热爱生命 · 海狼	38.00 元	人间草木：汪曾祺散文精选	49.00 元
伊索寓言：555 则	36.00 元	人性的弱点	39.00 元
人类群星闪耀时	36.00 元	儒林外史	42.00 元
日瓦戈医生	68.00 元	三国演义	59.00 元
三个火枪手	59.00 元	莎士比亚喜剧悲剧集	49.00 元
沙乡年鉴	42.00 元	神秘岛	48.00 元
少年维特的烦恼	28.00 元	十日谈	68.00 元
神曲（共三册）	128.00 元	双城记	45.00 元
世说新语（上、下）	89.00 元	受戒：汪曾祺小说精选	46.00 元
四世同堂（上、下）	78.00 元	水浒传	69.00 元
苔丝	39.00 元	宋词三百首	39.00 元
谈美书简	36.00 元	谈美	35.00 元
汤姆叔叔的小屋	45.00 元	汤姆 · 索亚历险记	32.00 元
堂吉诃德	78.00 元	唐诗三百首	39.00 元
童年	38.00 元	天方夜谭	42.00 元
瓦尔登湖	36.00 元	童年 · 在人间 · 我的大学	49.00 元
乌合之众	35.00 元	我是猫	39.00 元
雾都孤儿	44.00 元	物种起源	42.00 元
西游记	62.00 元	西顿野生动物故事集	38.00 元
悉达多	32.00 元	希腊古典神话	49.00 元
乡土中国	36.00 元	小妇人	45.00 元

书名	单价	书名	单价
小王子	29.00 元	星星离我们有多远	35.00 元
喧哗与骚动	58.00 元	雪国　古都	39.00 元
羊脂球	38.00 元	一九八四	36.00 元
一间自己的房间	36.00 元	伊利亚特	82.00 元
尤利西斯	58.00 元	月亮和六便士	45.00 元
约翰·克利斯朵夫（上、下）	98.00 元	朝花夕拾	22.00 元
战争论	45.00 元	战争与和平（上、下）	108.00 元
子夜	49.00 元	中国民间故事	39.00 元
罪与罚	66.00 元	最后一课	36.00 元